# 她是第三种绝色

天在水
著

江苏凤凰文艺出版社
JIANGSU PHOENIX LITERATURE AND ART PUBLISHING

图书在版编目（CIP）数据

她是第三种绝色 / 天在水著 . -- 南京 : 江苏凤凰文艺出版社 ,2023.9
ISBN 978-7-5594-7876-4

Ⅰ . ①她… Ⅱ . ①天… Ⅲ . ①长篇小说 - 中国 - 当代 Ⅳ . ① I247.5

中国国家版本馆 CIP 数据核字 (2023) 第 130863 号

# 她是第三种绝色

天在水 著


| | |
|---|---|
| 责任编辑 | 王昕宁 |
| 特约编辑 | 闫雯晰 |
| 装帧设计 | 殷 舍 |
| 责任印制 | 刘 巍 |
| 特约监制 | 杨 琴 |
| 出版发行 | 江苏凤凰文艺出版社 |
| | 南京市中央路 165 号，邮编：210009 |
| 网 址 | http://www.jswenyi.com |
| 印 刷 | 三河市兴博印务有限公司 |
| 开 本 | 880 毫米 ×1230 毫米 1/32 |
| 印 张 | 8.5 |
| 字 数 | 245 千字 |
| 版 次 | 2023 年 9 月第 1 版 |
| 印 次 | 2023 年 9 月第 1 次印刷 |
| 书 号 | ISBN 978-7-5594-7876-4 |
| 定 价 | 49.80 元 |

# 目录

CONTENTS

# 目录

CONTENTS

# 第一章 绝色

月华如水，满堂浸润。

鹿饮溪从睡梦中醒来，一时不知今夕何夕，此地何地。

她茫然地眨了两下眼，视线滑向右边巨大的落地窗。

窗帘未拉，窗外正是新雪初霁，满月当空。

冬天，雪后。

月圆夜，万籁俱寂。

她许多年未见过这般亮堂堂的月光，印象里，只在童年的乡下看过。

那时盛夏，外婆抱着她，她腿上躺着猫，在院子里纳凉、赏月。

画面美好得太不真实，她恍如置身梦境。她是不是还在梦中？

太阳穴突突跳动，大脑异常混沌，鹿饮溪闭上眼睛，揉按额角。

该醒了，她还要赶通告呢。她习惯性地伸了一下懒腰，伸出的左手忽然碰到一片绵软东西，触感尤为温暖柔软。鹿饮溪猛地睁开眼睛朝左边看去，下一秒，她被烫着一般收回左手，身子向后缩了缩。

有个女人躺在床的另一侧。

月色下，那个女人乌发如瀑地铺散在枕间，眉目如画，鼻梁高挺，气质冷冽，鹿饮溪仿佛嗅见了枝头薄雪的味道。

雪有味道吗？有的。

乡下的冬天，大雪压青松，压了一整夜。第二日人推开门，青松化琼枝，雪色裹松香，一口冷气乍吸进肺中，干净，凛冽，沁人心脾，是与平日完全不同的味道。

鹿饮溪轻叹一声。她果然还在梦中。现实里哪有这么美的月色?

月色里，还有这么一位绝色躺在身边。

认清了现状，鹿饮溪慢慢放下戒备，松开紧抱着的棉被，低头打量自身的衣着——崭新的猩红色睡袍，一条腰带松松垮垮地系在腰间。

这打扮……难道梦里的自己喜欢走这种风格?

鹿饮溪手忙脚乱地拢好衣领，系紧腰带，然后转过头凝视着旁边女人姣好的容颜。犹疑片刻，鹿饮溪小心翼翼地靠近，伸出左手，想碰一碰她。

梦而已，镜中花、水中月一般的存在。

指尖即将碰到她的那一刻，鹿饮溪硬生生地刹住动作。她的睡容沉静柔美，在月色下好似一幅水墨画，清幽疏放，浓淡皆宜。

鹿饮溪不忍心吵醒对方。

随后，鹿饮溪抬起头，借着亮堂堂的月光打量这个陌生的房间。三面白墙，一面落地窗，房间里的物品很少，鹿饮溪一眼扫见了床头柜。柜上摆了一摞报刊杂志、一根蓝黑色签字笔，还有……一把闪着寒光的水果刀。

为什么要在床头柜上放一把水果刀?鹿饮溪歪了歪头，有些不解，转瞬又觉得这个梦境太过真实，入眼所见纤毫毕现。

正看得出神，左手的手腕蓦然缠上一丝冰凉的柔软触感，鹿饮溪下意识地望向旁边的女人。旁边的女人双目微合，一只手按揉着眉心，另一只手钳制着鹿饮溪的手腕。

怔了几秒，鹿饮溪对上陌生女人的视线。她有一双很漂亮的眼睛，如秋水，似寒星，目光却极为冷淡，看自己的模样和看路边一颗石子没什么区别。

鹿饮溪的视线游移片刻，轻声细语地和她打招呼："你好，你叫什么名字?"

没听见回答，鹿饮溪也不介怀，率先自我介绍说："我叫鹿饮溪，就是'霜落熊升树，林空鹿饮溪'的那个鹿饮溪。我出生的时候是冬天，我妈妈说她做梦梦见一只小鹿跃过丛林，蹦跶到溪边喝水，就给我取了这个名字……很好记的。”

她一本正经的模样，像是幼儿园小朋友在课堂上做自我介绍一般，幼稚而认真。

顿了顿，鹿饮溪柔声问：“你呢？告诉我你的名字，好不好？”

哪怕只是一场镜花水月的梦境，她也想知道对方的名字。

身边的女人目光冷冽，一字一顿地说：“简清，简单的简，清水的清。”

简清，简清……鹿饮溪在心里默念了两遍，牢牢记住，却不期然地涌现一丝怪异感。这个名字十分熟悉，她好像在哪里看过……

两相对视，无人开口。鹿饮溪挤出一丝清明神志，打破沉默的氛围：“我……是不是在哪里见过你？这好像不是我们第一次见面……”

简清缄默不语，静静地凝视她，目光流露出一丝审视意味。

太阳穴泛起阵阵的钝痛感，鹿饮溪闭上眼睛，脑海中涌入一些断断续续的、被伤害的记忆。忽然间，一只冰凉的手攥住她的手腕，吓得她打了个激灵，下意识地扬起左手，竟然“啪”的一声，狠狠地扇了身边人一个耳光。

“啪”的一声，冰箱门被人随手关上了。

一个穿着黑色睡袍的女人站在冰箱旁边。

女人身材高挑，脸颊红肿，神情冷淡，殷红色的鲜血沿着她的左手指缝蜿蜒而下，滴答滴答，积了一地。

她扯过一条薄毛巾，裹上从冰箱里拿出的医用冰袋。

冰袋贴上脸，刺骨的寒意沿着肌理融入血肉。

简清不动声色，一边敷脸，一边看向客厅的沙发。

沙发上的人，黑发、红唇，眉目清澈，抱着膝盖，红了眼眶，纤弱干净又委屈的模样，好像她才是那个挨打的人。

察觉到简清的视线，鹿饮溪抬头看向她。

对视了两秒，鹿饮溪唇色苍白了几分，下意识地抬起左手拢紧衣领，身子往沙发的角落里缩了缩，像只受惊的小猫。

简清放下冰袋走过去，居高临下地俯视着她。

鹿饮溪盯着简清的脸看了几秒，又低下头看着她不断滴血的左手，一瞬间有些心悸眩晕，面色更加苍白，颤声道："你……你包扎一下……"

扇了这人一耳光后，她大脑里记忆翻涌，头痛欲裂，不由得怒上心头，连梦都欺负人，美景那么虚幻，疼痛倒是真实无比，于是仗着在梦中，顺手拿起床头柜上的水果刀，还没想好拿来干什么，谁料这人竟眼都不眨一下，握住水果刀将其丢在地上。

空手夺白刃，这人简直像个疯子。

简清置若罔闻，抬起沾满鲜血的手，又看了看鹿饮溪，思忖片刻，竟恶作剧般，往她脸上抹了道血痕。

鹿饮溪惊魂未定，屏住呼吸，不敢动弹。

指尖冰凉，血液温热，鹿饮溪浑身轻颤，眼眶红得像只兔子，艰难地别开头，怒骂："你有病！"

"没有。"简清松开手，冷冷淡淡地反驳，"任何会通过血液传染的疾病，我都没有。"

你是脑子有病！

胃里翻江倒海，鹿饮溪恶狠狠地瞪着她，抬起左手挡住嘴，努力压制住干呕的冲动，用力擦拭脸颊。很快，手背上就沾满鲜红的血渍。

简清转身走开，翻出药箱，坐到沙发的另一侧，默不作声地在灯光下观察着左掌上的伤口。左手虎口至小指下方掌横纹处可见一道长约五公分的斜行伤口，创缘齐整，创面活动性渗血，五指屈曲活动不受限。

简清用碘伏和生理盐水清理了左掌后，翻了翻药箱，没找到能代替缝针的皮肤钉合器或医用胶水，只好先行包扎，以免创面长时间暴露在空气中。

鹿饮溪瞥见她娴熟而专业的动作，像是练习过成百上千回，终于想起来此人是一名医生，肿瘤内科医生，和曾经的鹿饮溪是同一个专业。

察觉到她的视线，简清转过头来看向她。两个人目光相接，鹿饮溪咬牙切齿地冷哼一声，别过头去避开对视，望向客厅的落地窗。落地窗被黑色窗帘遮得严严实实，透不进半点儿光。

偌大的客厅，宛如一个密不透风的囚笼。

五分钟前，扇出一巴掌后，鹿饮溪终于想起"简清"这个名字为何熟悉了。她在一本小说上看过。

昨晚月朗星疏，皎洁的月轮旁，有两颗异常明亮的星星。

新闻都报道说那是难得一见的天象，双星伴月——金星、木星、月球同时出现在夜空中。她搬了台电脑，坐在阳台外面，一边看月亮看星星，一边处理工作往来的邮件。电脑右下角时不时弹出一些广告，她一遍遍关闭，偏偏跳出一条怎么也关不掉的小说推广。无奈之下，她点进去看了一眼，发现是一本都市言情小说，男主角是胸外科医生，女主角是娱乐圈演员，书名是《刀尖星光》。

鹿饮溪是一名演员，也念过两年医科大学，医疗和娱乐圈都是她熟悉的领域，忍不住多看了两眼，发现书中有个小配角和她同名同姓。这人和她同名同姓也就算了，就连家庭出身、外貌爱好几乎也是照着她写的。她草草浏览了几章，直接滑到后面，发现书中一个叫“简清”的女人，从救死扶伤的白衣天使差点沦为误入歧途的杀人罪犯。

她连忙搜寻结局，看见后期的“鹿饮溪”，也被简清所害。

同名同姓实在太让人出戏，鹿饮溪跳着看完小说后，想关闭网页，连续点了好几遍鼠标都没有反应，看上去像是网页卡了。她直接合上电脑盖，强制关机，洗澡睡觉。

谁知她一觉醒来，就到了这里。这一切太过震撼，大脑足足宕机了五分钟，但是涌入大脑里的记忆和跳着看完也能拼凑出故事线的小说情节，都让她绝望地发现，这一切不是做梦，却比做梦更荒谬，她来到了这个陌生的世界，成了书中跟自己同名同姓的鹿饮溪。

鹿饮溪收回视线，双臂抱住膝盖，缩在沙发角落，红着眼眶，越想越绝望。

简清顺着鹿饮溪的视线，也看了落地窗几秒。她单手收拾好药箱，将要放回原处时，看了眼鹿饮溪沾满血迹的手背，再次打开药箱，拿出一包无菌纱布和免洗的消毒凝胶，走到鹿饮溪面前，将东西递给鹿饮溪。

鹿饮溪转开头，不理会她。好意不被接纳，简清没说什么，把东西放到茶几上，右手拉过鹿饮溪的左手。

“你别碰我！”

想到书中自己被简清害死的结局，鹿饮溪下意识地要挣脱开，却被拽紧不放。情急之下，她抓起简清受伤的左手，发狠地用力一握，挤压伤口，试图刺痛简清，让简清松开自己。被包扎好的掌心再度渗出鲜红的血液，手掌传来钻心的疼痛，简清一声不吭，依旧不放人，只是皱了皱眉头。

鹿饮溪看见血，面色一白，停下挣扎，怔怔地看着眼前的人。

这个人……感觉不到痛吗？

简清见她安静下来，鼻翼翕动，做了个深呼吸，忍住刺骨疼痛，拿起蘸了消毒凝胶的纱布替她擦拭手背上的血渍。

鼻腔蹿进一丝浓烈的酒精味，熟悉而久违的味道，让鹿饮溪有些恍惚。

简清开始用沾了温水的纱布擦拭她脸颊的血渍。

鹿饮溪回过神一般，按住她的手，红着眼眶说："我自己来。"

简清动作一顿。她的左掌和脸颊都还疼得厉害……到底是谁该哭啊？简清到底没说什么，把干净的纱布递给鹿饮溪，然后走到落地窗边，将脏污的纱布丢进一个套了黄色垃圾袋的垃圾桶中。

鹿饮溪擦拭完血渍，抬起手擦了擦眼泪，然后看着手中沾血的纱布，犹豫了几秒，也走过去将纱布丢进垃圾桶。

简清站在落地窗边，点击墙上的电子屏幕。

窗帘自动向两边散开，月光倾泻而入，满地皎洁银辉。

鹿饮溪抬头看了一眼。窗外月朗星稀，皎洁的月轮旁只有两颗异常明亮的星星，是与现实世界如出一辙的天象。她又转过头，看向右手边上的简清。简清安静地站在月色下，侧颜如玉，脊背挺直如松，气质冷冽如雪。这人是不是高山之上的冰块修炼成了精？冷冰冰的，能冻死人。

简清察觉鹿饮溪的视线，也转过头来看着她。两个人相视无言。

近距离看见那道鲜明红肿的巴掌印，鹿饮溪有些尴尬，避开她的视线，眺望窗外。

窗外是花园，园中栽了许多棵梅树，朵朵红梅胭脂一般立于枝头，枝头栖着三两片薄雪，一红一白交相映衬。

花前月下，鹿饮溪无心欣赏，后退一步，准备离开。突然，她的手腕被简清抓住。她想起书中这人睚眦必报的性子，有些后怕，磕磕巴巴地辩解："我扇你耳光是不对，但我拿水果刀是想自卫，没打算伤你，你自己要抢的……"

简清缄默不语，堵在鹿饮溪身前，垂眸冷冷淡淡地打量着她。

鹿饮溪被这样的目光盯着，忍不住后退了半步，后背紧贴在落地窗上。

简清走近一步，墨色的眼眸直勾勾地看着她，仿佛要透过外在的躯壳看清内里的灵魂。

盯了片刻，简清别开头，红唇一张一合："我记得你惯用右手，什么时候成了左利手（左撇子）？"

鹿饮溪不自觉地绷紧了后背。她这要怎么辩驳？她确实是左利手，刚才很多动作都下意识地使用了左手。可书中那个"鹿饮溪"不是。

书中的"鹿饮溪"不仅与她同名同姓，还与她有着相似的职业和成长背景，却不是全部的她。

她想到了电视剧里穿越后惯用的失忆借口，但无严重脑外伤、无心理因素刺激，自己在一个医生面前装突然失忆，被拆穿的概率太大。何况，失忆也不会让一个人突然从右利手变为左利手。

"我一直都是……"手心里急出了一层薄汗，鹿饮溪半真半假地解释，"之前怕被你歧视，就假装正常。今晚第一次和你相处这么长时间，我太紧张，忘了掩饰……"

她打算赌一把。

她隐约记得书里的情节，这个时间点，两个人应该只见过几面，今晚是相处时间最长的一次。

她就赌简清和她不算熟络。

"你右手用得很习惯，不是假装的。"简清目光冷淡地看着她，"要说实话。"

被直白地揭穿，鹿饮溪面不改色，又小声解释了几句："我小时候用左手，很多人说我不正常，会用奇怪的眼神看我，老师为了矫正我就打我的手心，同学围着我看我写字，还笑我，好像我是一个怪物……我就学会了用右手，但私底下还是会下意识地用左手……两只手都用，时间久了，看上去都很灵活。”

这话没掺假。鹿饮溪天生是左撇子，被强行纠正过。

小时候，她被母亲丢给乡下的外婆抚养。那个年代很多人觉得左撇子不吉利，看她用左手写字、吃饭，外婆就打她的手，要她改掉。后来上了村里的学校，老师一看她用左手写字，也轻轻拍打她的手心，希望用这种方式让她学会用右手写字。可她觉得自己没错，就不哭不闹也不改，固执地继续用左手写字。老师恨铁不成钢，拿她没办法，有些同学则借故取笑她，给她取各种外号。

乡下的小孩散养惯了，上学、放学并没有家长接送，都是几个小孩成群结伴地走。从幼儿园到小学，其他同学都是手拉手一起蹦蹦跳跳地回家，热热闹闹的，只有她从来都是孤零零的一个人，慢吞吞地走回去，有时还要被路过的同学笑上一两句。她回到家，邻居又对她指指点点。有的劝说左撇子不正常，违背自然规律，趁年纪小要赶紧改掉；有的说指不定就因为她是左撇子，克死了她爸爸，她妈妈才不要她，把她丢在乡下不管不顾……

这话伤人，她听了信以为真，抱着小书包在院子里站了很久，最后拿出练习簿，坐在院子的石桌旁，眼里憋着泪水，练习用右手写字。

简清一言不发，沉默地看着她，像在辨别这话语的真假性。

鹿饮溪不再躲避视线，迎上简清审视的目光，睫毛微微地颤了颤。

简清移开目光，没正面回应：“习惯用左手，不叫不正常，只是不一样。”

鹿饮溪牵起嘴角，自嘲地笑了笑：“有时候，和多数人不一样的人就是异类，就会被他们当作不正常。”

她的笑容看上去有些苦涩。

简清默了片刻，开口说：“我不会。”

言外之意是，鹿饮溪不用在她面前伪装。

鹿饮溪看着简清的眼睛，一时没说话。

简清垂眼看着她，也没再开口。静默对视许久，鹿饮溪后知后觉地反应过来，这人好像在委婉地安慰她，于是开口说了一声："谢谢……"

简清盯着鹿饮溪依旧泛红的眼眶，又低头看了一眼她的双脚。

她的双足白皙纤巧，赤裸裸地踩在地板上。

地板很干净，但简清有一点洁癖。

"洗脚，睡觉。"简清丢下这四个字，没追究被扇耳光、误割手掌的事，幽灵似的飘回房间了。

鹿饮溪目送她离开，抬起左手看着手腕。

手腕上残留了几道指痕，很浅，转眼就消失不见了。

鹿饮溪垂下手臂，不用再演戏了，眼中的柔弱之色尽数褪去，只剩冷静。

窗外月色清浅，红梅映着白雪，鹿饮溪依旧无心欣赏。

她想到书中的结局，"自己"被囚在别墅里被逼得自尽，尸体被埋在梅花树下做花肥，一想到这里，就怎么也欣赏不起来眼前的美景了。

看着红色的梅花，她仿佛都能闻见淡淡的血腥味。

鹿饮溪揉了揉鼻梁，点击墙上的电子屏幕，窗帘自动合上，把红梅白雪隔绝在视线之外。

她没有洁癖，但有个怪癖——心慌意乱时喜欢洗个热水澡。

鹿饮溪摸索到换衣间，挑了一件白色的睡袍，找到浴室，脱下身上书中的鹿饮溪性感的红色睡袍。

打开花洒，热水兜头而下，浇遍全身，鹿饮溪抹了一把脸，站在氤氲水汽中沉思。她真希望这一切都是梦，一觉醒来，她还躺在自己的床上。

可要是真到了另外一个世界，那抱怨毫无用处，害怕也无济于事，只能冷静下来，想办法远离危险人物。哪怕这是一场梦，她也要在梦里好好活着，而不是坐以待毙。至于怎么离开，什么时候离开，还需要一步步计划，她在等待这样的时机。

温水一遍遍地冲刷身体，洗去书中的鹿饮溪身上浓郁的香水味，也渐渐洗去鹿饮溪忐忑不安的情绪。洗完澡，擦干身子，鹿饮溪穿上睡袍，走到镜前的洗漱台边，捧起水不停漱口，冲去口腔中弥留的淡淡血腥味。

漱完口，鹿饮溪擦去镜面上的水汽，定睛打量着镜中的面孔，愣住。这张脸与现实中的自己一模一样，只是年轻了几岁。镜中的人二十岁出头的模样，漂亮，干净，不惹尘埃。

吹完头发，她回到了客厅里。

别墅装了地暖，室温尚可，她打算在沙发上将就窝一晚。躺下时，她看见桌上剩余的无菌纱布和免洗手消毒凝胶，翻了个身，面朝沙发背，不再去看。看到那些东西她就会想到那个冷冰冰的女人，以及女人的职业。

鹿饮溪对医生这个职业不陌生。她的父母都是医学院的教授，也是大学附属医院的医生。时下流行“劝人学医、天打雷劈”的调侃话语，但有些医生家庭出身的孩子，耳濡目染下，还是会选择学医。鹿饮溪也不例外。

十岁那年，外婆去世，她被母亲接回城里，在医院的家属院里长大。

高考后，她填志愿填了一水的临床医学专业，最后被父母所在的医学院录取。

八年制临床医学，本博连读，前五年内科、外科、妇产科、儿科等她什么都得学，第六年开始选导师选科室。大一时，她就做好了职业规划，选定肿瘤领域作为将来的研究方向。可惜计划赶不上变化，大二结束那年暑假，她在肿瘤内科见习，遇到了一些变故，从此改变了她的人生轨迹。

陈年往事历历在目，鹿饮溪原以为这辈子除了看病吃药，再不会接触医疗领域的人和事，没想到造化弄人，竟然来到了这里，还遇上了简清。

虽然没走上医学的“不归路”，但她对从事肿瘤专业的医生始终怀有一种异样的情怀。那曾是她的梦想，也是她一生的遗憾。

鹿饮溪转回身，盯着桌上的纱布和免洗消毒凝胶看了许久，最后一个翻身坐起，拖出药箱走向主卧。

卧室里开着灯，简清闭着眼睛躺在床上，没有阴郁幽冷的目光，睫毛浓密，睡容恬静，宛如童话故事中走出的睡美人。

刚才在月色下，她好似雪中卧着的一块无瑕美玉。

现在鹿饮溪知道了剧情走向后再看她，她就像幽林中躺着的一条美人蛇，还是剧毒的那种。

鹿饮溪恨不得上前踩那人两脚，但理智劝住了她。

因为她看见那把重新被擦得锃亮的水果刀明晃晃地摆在床头。

鹿饮溪提着药箱，轻手轻脚地走进去。她想让简清重新处理一下左掌的切割伤，以免伤口被感染，没想到这个冰块又睡了过去。有这么困吗？

鹿饮溪站在床边，垂眸看着床上的人，犹豫着要不要喊醒她。

正在犹豫间，她的视线扫过简清落在被子外的双手。

简清的左手被纱布缠了一圈又一圈，本已止血的伤口，遭受挤压后再度开裂，血液染红了纱布，如今创面已和敷料粘连在一块儿。她的右手骨节分明，手指纤长，指头圆润，不留长指甲，手背肌肤比其他地方更显苍白，还带着几道冻裂的小口子。这样的手，竟令鹿饮溪生出一丝亲切感。她在医院见过许多双这样的手。每到冬天，医护人员的手都不怎么好看。

医院院感科三天两头强调手部卫生，医护查房要洗手，换药要洗手，接触病人要洗手……一天下来，少说要洗上百次手。

医务工作者的手十有八九会在冬天脱皮、皲裂、生冻疮，久而久之，糙得厉害，摸上去手背都带着一层磨砂感。

很多人会在睡觉时抹一层厚厚的护手霜，当作保护。这人睡觉时怎么不抹点儿护手霜呢？

她隐约觉得这个冰块很不爱惜自己，总是一副冷冷淡淡什么也不在乎的模样，被弄疼了也不吭一声，只是默默忍着。也不知道这个冰块经历过什么，才会在床头摆一把水果刀陪着睡觉。

鹿饮溪将目光转到床头柜上的水果刀上，试图回忆起有关简清的更多剧情细节，却什么也想不起来。

早知道会莫名其妙地来到书中的世界，昨晚她就不该跳着看，哪怕完整地看一遍，也不至于像现在这样看什么都像雾里看花，朦胧不清。

鹿饮溪叹了一声气，从药箱里翻出一支化瘀止痛的药膏，仔细阅读说明书后，拧开盖子，挤了一些药膏到棉签上，俯身在简清的脸上轻轻涂抹。

人的脸上留下巴掌印主要是因为皮下毛细血管破裂，引起瘀血，短时间内冰敷促进毛细血管收缩足矣，一般不需要额外用药。但鹿饮溪有那么一丝心软和愧疚——扇得太狠了。

她的左掌现在还能感受到一丝麻麻的痛意，更别提眼前这人红肿的右脸颊。她也庆幸，对方是女性，攻击性和压迫性比男性低得多——挨了一记狠狠的耳光、被锋利的水果刀豁得鲜血淋漓后，也只是愣了片刻，然后自己默不作声地走出去敷脸……看上去，这人不算很坏，至少目前还不算坏。

最后，鹿饮溪用棉签轻轻戳了戳简清的脸颊，当作小小的报复，然后收回手，正准备起身，手腕忽然覆上一层冰凉的触感。

鹿饮溪僵住，目光落在简清的脸上。

简清握着鹿饮溪的手腕，嘴唇翕动，冷冰冰地吐出几个字："睡觉吧。"

鹿饮溪甩开她的手："我睡沙发。"

简清单手撑着床坐起身，半倚在床头，斜眼打量她，淡淡地说："客房在隔壁。"

言下之意是让她去客房睡。

鹿饮溪转身就走，走了几步又停下，转回身说："我把药箱拿进来了……"

简清扫了一眼鹿饮溪拎过来的药箱，没理会，指尖点了点身侧的枕头："你的，抱回去。"

客卧是供书中的鹿饮溪休息的，上半夜她抱着枕头跑过来，说怕黑，怕冷，要和简清在一个房间睡觉。

鹿饮溪走过去，捞起枕头抱进怀里，站在原地没动，看着简清。

简清拿起床头的杂志，借以助眠："不走？"

她还是那副冷淡的腔调，似乎对鹿饮溪带有一点儿嫌弃之意。

鹿饮溪踌躇片刻，抱着枕头提醒了一句："你左掌的伤口，要不要重新包扎一下？"

简清看了一眼被纱布缠住的左掌，又看向鹿饮溪，沉吟片刻，试探着问："我昨天教你的清创缝合，你还记得多少？"

此言一出，鹿饮溪怔在原地，拼命地回忆剧情。

书中的鹿饮溪是传媒学院大二的学生，经人介绍进了某个正在拍摄的医疗剧剧组。拍摄之前，导演专门组织剧组的演员到医院实习两个月。医院很配合，让医教科安排各临床教研室的医生点对点带教。简清恰好是鹿饮溪的临时带教。

鹿饮溪在校外没有固定住所，医院本打算将她们安排在员工宿舍，但鹿饮溪不愿住进人多的宿舍，便和简清讨巧卖乖，暂时住进了简清的家。

鹿饮溪看着简清的眼睛，抱紧枕头，弱声说："全忘光了……"

她学过医，可大二结束就辍学了。

大一大二的医学生，只上过组胚、生化、系统解剖、局部解剖等理论基础课，清创缝合一类的临床操作技能，等大三上《外科学》的实验课时才会接触。

简清凉飕飕的眼神扫过来，鹿饮溪更加没底气，却还是小声反驳了一句："就算记得，也不能让我给你缝吧……"

她大二时被临床技能大赛的培训老师抓去集训过，练过那些技能操作，但都多少年过去了，手法早生疏了。

"就算我能缝，家里应该没有麻醉药品，没法局麻，总不能学电视剧里的人硬缝，那得多疼啊……要不，你到附近的诊所缝一下？我可以开车，这个我会，我送你去。"这会儿鹿饮溪倒没存什么芥蒂，只把简清当作一个左掌被割伤的普通患者，尽可能地释放自己的善意。

简清低头翻杂志："不用。"

看出她这是在赶人了，鹿饮溪点头"噢"了一声，不忘提醒说："那你记得把伤口重新清理一下。"

说完，她抱着枕头走出去，顺带关上了门。

房门合上，室内重新陷入寂静，简清低头翻看杂志上一篇关于多重人格障碍的文献。她根本没教过鹿饮溪清创缝合，何来忘光一说？

第二天清晨，简清收拾行李，带鹿饮溪从乡下别墅赶回江州市区。

简清倒不是为了给手掌缝针，而是组上几个病人情况危重，下级医生有些应付不来，一晚上打了十来个电话，明面上咨询汇报，实则在发求救信号——你快回来，我承受不来。

元旦假期就此泡汤。这是工作以来的常态，简清早已习惯，稍一思索，便把鹿饮溪也抓到医院来。

简清在医院的形象向来是冷漠严肃，不苟言笑，忽然带着一道淡淡的巴掌印，和手上一道五公分的口子出现在医院里，同事看到都一脸惊诧，想问又不敢上前问。

简清视若无睹，指着一个娃娃脸的女医生说："魏明明，来缝针。"

魏明明连忙拿上缝合包，感动不已："呜呜呜……老板你真好，那些病人看我挂着研究生的胸牌，都不让我动手。连自己人都不待见我，上回赵医生被划伤了我主动请缨，她都不信任我……"话锋一转，她忍不住八卦，"这么大一道口子，咋弄的啊？还有脸上，谁这么胆大包天……"

鹿饮溪低着头，努力把自己的存在感降到最低。

"切水果割伤的。"简清斜睨魏明明，没回答脸上的巴掌印是怎么回事，反问她，"喜欢缝？那下个月你去急诊科轮转。"

"不喜欢，不喜欢！我只喜欢鞍前马后地伺候老板你。"魏明明把头摇得像拨浪鼓，生怕被发配到急诊科，一个劲地拍马屁，"瞧这伤口，处理得真及时，一点儿都没感染，一看就是……"

"闭嘴。"

魏明明瞬间噤声。

傍晚，简清和别人换了值班。她值的是二线班，可以在家听班，也可以在医院的值班室里睡觉，有一线医生和住院总医师解决不了的问题再出面。

今天搭班的一线医生怀有五个月的身孕，病区也有危重病人，她就在医院守着。肿瘤科的夜班相对平稳，但也只是相对外科系统而言，不用手术，不怎么需要处理门急诊病人。

肿瘤病人会出现各种危急值，有时还会碰上棘手的抢救情况，倒霉一点儿的值班医生晚上根本没法睡。

一线值班医生大多能应付危急值的问题，还有住院总医师协助，魏明明打下手，简清安静地在电脑上查文献，制订病人的治疗方案。

鹿饮溪被简清塞了一沓厚厚的资料，坐在桌前揉额头。

她离开医疗行业已有五年之久，如今莫名其妙地到了这个陌生世界，回到了曾经熟悉的医疗环境中，心底还有一种茫然的不安感。

她忍不住再次怀疑，这是不是一个离奇古怪的梦境？在这个梦里，她重返二十岁，重返医院，重新学习医学知识。她曾在无数个日夜做过类似的梦，但从未有过如此真实的体验。

鹿饮溪用力咬了自己的手腕一口，立刻传来钻心的疼痛感，手腕上也留下了一道深深的牙印。可她还在这里，并没有醒来回到现实世界中。

鹿饮溪看着那道牙印，险些又要红了眼眶。欲哭无泪的茫然与无力感，再度激起内心的惶恐不安情绪，偏偏她还不敢表露。

简清似有所察，转过头来看着鹿饮溪，神情冷淡。

简清的气场太强大，面无表情时几乎压迫得旁人不敢大声喘气。

鹿饮溪低下头，不敢和她对视，试图把惶恐不安的情绪塞到角落，不让任何人察觉。

简清盯着鹿饮溪看了几秒，忽地从自己的白大褂口袋里掏出一颗奶糖，一声不吭地放到桌上，伸出食指推到鹿饮溪面前。

鹿饮溪愣住，抬起头看了看那张漂亮冷淡的面孔，又低头看了看奶糖。

犹豫了几秒，她伸手拿起糖剥开，放进嘴里，甜意在口腔中蔓延开。

简清又掏出一颗糖推到她面前。

鹿饮溪想起小时候，外婆背着她走亲戚时，也喜欢在口袋里放几颗糖。路途遥远，她在外婆背上闷得无聊，撇嘴想哭，外婆也是这样一颗一颗地投喂糖果。

鹿饮溪便又剥了一颗糖放进嘴里。

奶糖带来的童年回忆驱散了少许的不安，鹿饮溪低声向简清道谢。

简清从口袋里掏出第三颗奶糖。这回，鹿饮溪伸出手心接糖。

简清给了糖，收回手，继续在电脑上敲敲打打。

鹿饮溪嘴里含着糖，终于平复了情绪，目光落在桌上的资料堆里，试图转移注意力。无论这是不是梦，她都应该冷静下来，尽快熟悉这个环境，在这个陌生的世界里生存下去。

她翻开桌上的资料。江州大学附属第一医院，是A省首屈一指的省会三甲医院，也是全省规模最大的教学医院。医院建设了专门的肿瘤综合治疗大楼。肿瘤科、放射治疗科、介入科、血液肿瘤科、肿瘤中心实验室都设立在这里，统称为“肿瘤综合治疗中心”。肿瘤科设有三个病区，简清是肿二区的医师，主攻肺癌、食管癌的诊治与研究，也会涉及胃、肝、乳腺等部位恶性肿瘤的诊治。

鹿饮溪默默记忆这些信息点，看到一半，拿出手机悄悄搜索简清过往发表的论文，主看第一作者以及SCI（科学引文索引）一区、二区的文章。

她的父母都是医生，她在医院的家属院里长大，也曾立志投身医疗领域，对这一行再熟悉不过了。

肿瘤是医学界的研究热点，相对来说容易出论文。但论文数量多少不代表科研水平高低，一个好的研究课题起码要两三年的时间才能出成果，有些人在SCI四区换汤不换药地灌水，不懂行的媒体也跟着胡乱宣传，什么医学天才年纪轻轻发表二十余篇SCI，看得业内人士拍断大腿——世间竟有如此惊才绝艳的少年？结果大家一查，都是水刊，水漫金山。

鹿饮溪点开简清的论文，一篇篇仔细地看过去……

“怎么，怀疑我学术不端？”

耳畔传来清冷的嗓音，鹿饮溪绷直了脊背，循着声音传来的方向转过头去。

简清左手搭在桌沿，指尖在桌上敲了两下，桌面发出清脆的“咚咚”声响。她看着鹿饮溪笑了笑，并非扬扬自得的嘲笑表情，而是一个年轻学者成竹在胸、气定神闲的微笑，宛如小孩做出了幼稚的挑衅行为，而大人在无条件地包容小孩。

鹿饮溪蓦然涨红了脸。被这么一笑，倒像她在以小人之心度君子之腹。

简清慢条斯理地说：“我去会诊，你慢慢查，待会儿回来打印一份考卷给你做。”

羞意和惭意瞬间被对考试的恐惧感掩盖，鹿饮溪拽住简清的衣袖："你刚刚可没说要考试……"

她怀疑这人在蓄意报复。

"现在说也不晚。"顿了一秒，简清拨开她的手，冷冷地说，"在医院，没洗手不要碰我。"

鹿饮溪悻悻地收回手，收起手机，不敢再查简清的论文。

她看出来了，这人就是在公报私仇，死洁癖，小心眼。

会诊结束，简清拎着奶茶和甜品回到肿瘤二区的办公室，没看见鹿饮溪。

偌大的办公室里只剩下住院总医师张跃和进修医生赵文倩。

她放下奶茶和甜品，问电脑前的赵文倩："人呢？"

她询问的语气很平静。因为办公室里剩下的两个人——张跃正抽出空闲时间和女朋友视频聊天，赵文倩在安静地敲打病历。不是剑拔弩张的氛围，说明她离开的这段时间，病区没有出现特别紧急的情况。

"和明明去示教室里面背书了。"埋头写病历的赵文倩抬起头，看见奶茶和甜品，开心得一蹦三尺高，连忙跑去洗手，"老板，我爱你！"

科室的二线值班会轮流包下值班人员的早餐，但买奶茶和甜品当夜宵实属不多见。

简清面无表情地点了点头，表示接收到了爱意。

她察觉出鹿饮溪的情绪有些不对劲。

鹿饮溪像一只刚被捉回家的猫，惶惶不安，极度不适应陌生的环境。

简清买了女生都爱喝的奶茶，想要安抚她一下。

怕奶茶过一会儿就凉了，简清拿走几杯放在保温箱里温着。

出来时，看见赵文倩还在写病历，她说："早点儿回去，明天再写。"

"好嘞，写完这份就回去。"

不同的科室，有不同的氛围。肿瘤科算是氛围比较压抑的科室，医护常年和各种癌症患者打交道。能在这个科室长久待下去的医护人员，大多是乐观豁达想得开，或是性格淡漠不轻易共情的人。

赵文倩离开后不久，鹿饮溪从示教室回到了办公室里。

"简医生，我背完了，可以考了。"

简清把打印好的考卷递给鹿饮溪："四十五分钟。"

试卷内容涵盖了江州大学附属第一医院的基础介绍、肿瘤综合治疗中心的业务范围，还有一些肿瘤基础知识，像是一份入职试卷。

半个小时后，鹿饮溪提前交卷，张跃给她递了杯奶茶，笑道："给，我师姐请大家喝的，还是热的呢。"

张跃和简清师出同门，还在读博，如今正经历最难熬的住院总医师阶段，等熬过去了，博士毕业后能直接考主治医师。

住院总医师，大家习惯称之为老总，是升主治医师的必经之路，一年三百六十五天，每天二十四小时住在医院里，负责常规会诊、实习生带教工作，以及科里的大小行政工作。

质控科、医务科的人下临床督察时第一句话就是：你们的老总呢？

原本医教科给鹿饮溪安排的带教是张跃，后面被简清以熟人的名义揽了过去。

鹿饮溪接过奶茶："谢谢张哥。"

简清等了一会儿，没听见鹿饮溪感谢自己，改卷子的手稍一停顿。

鹿饮溪接过试卷一看，气成了一只河豚。

她只错了一道选择题，怎么可能是 89 分？

简清没理会她幽怨的眼神，低头抿了一口咖啡，神情淡淡地说："不早了，去休息。"

鹿饮溪喝完奶茶，消化了一会儿，被简清赶进了值班室休息。

医院的值班室又黑又狭小，没有窗户，床是那种铁架子式的上下铺。

鹿饮溪想起在自己很小的时候，爸爸还没有去世，值班时不放心留她独自在家，也会把她带到医院。

晚上，她就躺在值班室里睡觉。也是这样漆黑的房间，也是这般老旧的上下铺，冬天时，爸爸会在床上放一件厚厚的大衣，给她当被子盖。

她不喜欢医院的被子，总带着一股消毒水味儿。如今，这张床没有异味，只有沁入肺腑的冷香，与简清身上的香味如出一辙。

那个有洁癖的人值班时都是从家里带床单、毛毯、枕套，讲究得很。

鹿饮溪有些认床，睡不着，便枕着手臂，在心底默默计算时间。

现在是一月初，导演让演员在医院实习两个月，拍摄大概要三个月。

国内一些不知名的演员片酬习惯分期支付，不会一次性结清，她待满五个月左右，全部片酬到手能有一二十万。

这比不上大明星的收入，但足够她出国生活一段时间。

她不打算参与这些对她而言的“纸片人”的恩恩怨怨，更不想干扰这个世界的故事走向，初步计划是躲去国外，远离这些剧情和人物，本本分分地当一条“咸鱼”，安安静静地等待故事结局。

这样，说不定她就能顺利醒来，回到现实世界里。

鹿饮溪翻了个身，又默默思索——这五个月里，有没有办法不待在简清的身边呢？

这部医疗剧将来会在江州大学附属第一医院取景，聘请医院的专家进行把关，她饰演的还是一名肿瘤科医生，只要涉及肿瘤相关的知识，就绕不开简清。除非她不接这部戏了。但她在这个陌生的世界里身无分文，举目无亲，连个信得过的朋友都没有，要怎么存活下去？

并非拉不下身段做兼职，早些年她发传单、当群演、当尸体、做模特，什么样的兼职都做过，只是性价比相对来说太低了。她除了捡现成的戏拍，有什么样的兼职，能在五个月内挣到一二十万元？反正她的最终目的是活下去，活到故事的大结局，回到现实世界中去。

自我疏导一番后，鹿饮溪枕着胳膊，瞥了一眼房门所在的方向。

房门底部的缝隙透进一丝微弱的光，那是办公室里照进来的光。

简清让她进来睡觉，自己却还待在外面。

那人不困吗？鹿饮溪盯着那束光，若有所思。半晌，她慢慢爬起来，蹑手蹑脚地打开门走了出去。

办公室里，简清穿着单薄的白大褂，趴在桌子上，枕着右臂，双目紧闭，浓密的睫毛投下一片阴影，遮盖了淡淡的黑眼圈。

她不是不困，似乎只是不想在黑漆漆的值班室里睡觉。她好像习惯在光底下睡：亮堂堂的月光，卧室里明亮的灯光……

鹿饮溪站在原地看了一会儿，没吵醒简清。她去换衣间取下简清的大衣，轻轻盖在简清身上，又重新回到值班室休息……

一觉睡到天亮，鹿饮溪早早醒来。她想到简清的左掌昨天缝了针，不能沾水，洗漱时应该会有些不方便，可又不太好意思主动帮忙，显得像无事献殷勤，就倚在洗手间门口，看简清刷牙，等简清开口请她帮忙。然而，简清从头到尾都没看她一眼，缠着纱布的左手背在身后，单手完成刷牙操作。

鹿饮溪心想，刷牙可以单手完成，洗脸总要用双手拧毛巾吧？

简清无视她的存在，右手撩起清水打湿面孔，抹上洗面乳，拍洗干净，然后抽出架子上的一次性洗脸巾擦拭水渍，全程依旧是单手操作。

洗完后，简清顶着一张白净的面孔，走到鹿饮溪面前，居高临下地打量着她："怎么，等人帮你洗？"

被冷冰冰地嘲讽了，鹿饮溪轻哼一声，走进去洗漱。忍不住心想，刷牙洗脸你可以单手操作，等你遇到一只手办不到的事情时看谁帮你，你总会有求我的一天！她一边刷牙，一边在脑海里幻想，高高在上的简医生到了晚上低声下气地恳求她，让她帮忙的各种画面，用精神胜利法安慰自己。

昨夜值班，两个人上午还得在医院里上班，下午才能休息。

肿瘤科属于内科系统，没有外科系统的大型手术，早交班后，两个人开始教学查房，大概一两个小时，剩下的时间开医嘱、看病人、写病历。

下班后，鹿饮溪和简清回到家，共处一室，没有多余的交流。

鹿饮溪胡乱猜想，也许简清本身就是沉默寡言的性子，因为工作原因，需要在医院和患者、家属、同事进行大量的沟通和交流，回到家后，自然就不想开口多说话了。

很多医务工作者都有这个毛病——临床上见惯了生死与挣扎，情绪被反复刺激，情感阈值变得很高，只要不涉及生死，对身边人的病痛和情绪反而更冷漠，安慰与陪伴都留给了陌生的患者。

她的母亲顾明玉就是这样。

冷漠就冷漠，鹿饮溪根本不在乎简清的态度，也对简清提不起半点儿兴趣。她甚至没把简清当真实的人看待，只看作虚拟世界里的纸片人，宛如游戏世界里的 NPC（非玩家角色），是可以利用通关游戏的工具人。

她需要在意工具人的态度吗？当然不需要。

昨晚没睡几个小时，鹿饮溪困得眼皮直打架，中午扒拉了几口饭就回房间睡觉了。

等午休醒来，她睡眼惺忪地走出卧室，客厅里没有人。

这间公寓在十七层，四室一厅，复式结构，装修简洁干净到不像是有人居住的样子。屋里没有一点儿烟火气息，像是嫦娥住的广寒宫，还真应了字面上的“高处不胜寒”，和公寓主人如出一辙。

鹿饮溪走了几圈，没在室内发现人，就转悠到客厅外面的阳台上。

阳台上，日光正盛。

鹿饮溪走过去，看见躺椅上的女人裹了一身白色浴袍，身材窈窕，面容姣好。

简清闭眸仰躺在长椅上，浓密如海藻的长发未拧干，自然垂下，水珠自发梢滴落，砸在地上碎成一片。金黄色的阳光打在她身上，为她镀上一层朦胧的滤镜，恰似东风解冻，冰雪消融，露出了万种风情。

鹿饮溪欣赏片刻，搬了张小椅子坐下，戳了戳简清的肩膀，轻声开口：“哎，我帮你把头发吹干吧。”

躺椅上的人睁开眼，冷淡地看过来。

# 第二章 生病

鹿饮溪用毛巾裹住简清的发尾轻轻拍打，和她分享了护发小技巧：“擦头发不要太用力，像这样，先用毛巾按一按，拍一拍，挤走多余的水分，然后再用吹风机吹，最好买瓶护发精油，吹到半干的时候抹一点……”

简清闭目养神，没有回应，不知道听进去了多少。

鹿饮溪理解她的疲倦，把吹风机调到最低档，降低噪声，以便她入睡。

从事医疗这一行的人向来过劳过累，且不仅是身体疲倦，精神还必须时刻处于高度专注状态。沉甸甸的人命压在肩上，医务工作者稍不注意，一个小失误就可能造成难以挽回的后果。

将头发吹到七八分干，鹿饮溪留其自然风干。

现在日头正盛，等过了下午二点就会弱下去。

鹿饮溪起身去沙发上拿了条毛毯给简清披着，然后坐回她身边，拿了纸笔，一笔一画地勾勒出她在阳光底下晾头发的模样……

傍晚时分，简清出了一趟门。

她回来后，鹿饮溪发现家里多了各种各样的护发用品，还有很多左撇子专用的工具。

鹿饮溪习惯用左手，但很多日常用品，如剪刀、鼠标、吹风机，都是贴合右手手型设计的，左手用起来很不方便。

从小到大，她都是将就着用。从来没有人察觉她的将就。

鹿饮溪拿起新剪刀比画了两下，感觉十分顺手。心里一暖，她抬头看向简清，眼神变得澄澈而柔软。

简清没看她，一如既往地沉默着做自己的事。

鹿饮溪收回视线，低头笑了笑，把工具整理归类。

她头一回觉得，这个脑子有病的人有那么一丝丝体贴。

第二天是周日，但医院没有周末，只有轮班。

工作状态的简清更加六亲不认，多数时候会忽略鹿饮溪的存在。

鹿饮溪也不是时时刻刻待在她身边，偶尔会去帮医生和护士跑腿送东西或打印材料。

肿瘤科二区走廊上有一块心愿墙，鹿饮溪路过时会停下看几眼。墙上贴满了五颜六色的便笺，写着一些鼓励的话语。

> 我一定能战胜肿瘤，我还要读书，还要考试，还要喝奶茶，我还没交过女朋友！
>
> 希望我的爸爸能够好起来，我要带他去看长城和天安门。

这些是患者和家属写下的愿望。

> 所有病友都是我们的战友！
>
> 加油，加油！不可以倒下，不可以气馁，病人和家属都在看着你！

这些是医护人员写下的留言。

这里的人都在互相鼓励安慰。

鹿饮溪一条条看过去，忽然有人轻轻扯了扯她的白大褂的衣角："姐姐。"

她低头一看，是一个光头的小女孩，眉目清秀，左手戴有病人腕带。

她蹲下身，和小患者平视，柔声问："怎么了？是不是有哪里不舒服？"

小女孩眼神里满是无措："我找不到妈妈了……"

鹿饮溪闻言一惊，下意识做了最坏的联想。

医院里有陪伴安慰的温馨画面，也少不了放弃遗弃的情况，人性的光辉面和阴暗面，随时随地都在上演。

鹿饮溪站起来，牵过小女孩的手，带着她往医生办公室走去：“住几床呀？”

小女孩走路一瘸一拐的：“八床。”

鹿饮溪低头看着她的小腿，再次蹲下身：“要抱抱吗？”

小女孩摇摇头，掀起裤脚，露出假肢，稚声稚气地说：“上个星期刚有的新脚脚，我想多走一走，很久没有走过路了。”

鹿饮溪没有露出怜悯的眼神，也没有安慰小女孩，只是摘下自己的口罩，露出一个笑容：“好，我陪你走。”

她一边走，一边打探小女孩最后一次见到妈妈是在何时何地。

两个人走到医生办公室的门口，简清看见小女孩，和面前的患者说了声“抱歉，稍等一下”，然后疑惑地叫出小女孩的名字：“桑桑？”

她怎么又偷跑出来了？

桑桑显然有些害怕，抱着鹿饮溪的大腿，躲在她的身后，用黑黑的眸子看着简清。

鹿饮溪摸了摸她的小光头：“八号床的，找不到自己的妈妈了，病历上应该有家属的联系方式。”

简清对桑桑说：“你爸爸昨天摔伤了腿，妈妈去骨科病房给爸爸送晚饭，待会儿就回来。”又告诉鹿饮溪：“送她回病房，我今晚要加班，你先去吃点儿东西。”

鹿饮溪在心里松了一口气，点了点头，牵着小女孩的手离开办公室。

还好，历史没有重演，这一次她遇到的不是被遗弃的病人。

加班到晚上八点，简清从工作中抽身，想起鹿饮溪送桑桑回病房后一直没回办公室，便起身去八号床找人。

八号床的桑桑是简清负责的年龄最小的病号，骨癌截肢术后复发转移，今年十岁。发现恶性骨肿瘤那一年，桑桑才八岁，某段时间一直喊腿疼，父母没在意，以为是小孩玩闹时磕磕碰碰，贴了几片中药药膏了事，后来看她疼得一瘸一拐了，才带她到医院检查。当年，医生给她做了截肢手术，锯掉了她的左小腿，防止癌细胞扩散。

肿瘤领域有个重要指标叫“五年生存率”，只要五年内患者癌症不复发，就可以看作达到了医学上的治愈标准，五年以后，患者癌症复发的概率大大降低。

桑桑没有撑过那五年，截肢手术后第二年，癌细胞转移到了肺部。这次已经不适合手术了，经过 MDT（多学科会诊）讨论，她从骨科被转到了肿瘤科。

肿瘤患者在夜间会感受到更明显的疼痛，有时桑桑半夜被疼醒，看不到妈妈，会害怕得溜出病房，走到医生办公室里找人。

简清第一次看见她走进办公室时，难得流露出一丝温情，让她在自己身边坐着，等妈妈回来。她不敢拒绝，像是被坏人绑架了一般，表情委屈地坐在简清的身边，害怕得快哭了。

简清不擅长安慰小孩，小孩也怕她。

从前简清在儿科轮转，一走进病房就哭声四起，吓得儿科主任连忙把她推走。有时她和患者挤同一班电梯，碰到抱小孩的人，小孩一看见穿着白大褂的她，准会哇哇大哭。有的小孩还会伸出小手推她，一把鼻涕一把泪地喊：“坏人，坏人，走开！”她不得不走出电梯，等下一班。

简清走到八床病房的门口，没有进去，抱着手臂倚在门边，看鹿饮溪哄小孩。

鹿饮溪支起一张床上小桌，盘腿坐在床上，在纸上涂鸦，一边画，一边编故事。

“说好了，最后一个故事了，讲完你就得放我去吃饭了。”

“嗯，最后一个。”

鹿饮溪用蓝黑色签字笔画了一个 Q 版的癌细胞，有鼻子有眼，举着矛，张牙舞爪的，又画了个形态正常的细胞，勾出笑眯眯的表情，然后写上“细胞”两个字。

“这些叫细胞，我们身体里面住着很多细胞，突然有一天，出现了一个坏细胞，这个坏细胞是正常细胞里的叛军。”

桑桑安静地听着鹿饮溪编故事，目光黏在纸上。

“坏细胞会抢正常细胞的营养，我们吃进去的食物会被它抢走，它又不肯干活，好吃懒做，养着没用。”

鹿饮溪接着画 Q 版癌细胞扯了一面大旗，旗子上写了“招”字。

“它们还会招兵买马，不断壮大队伍，而且扩充速度很快，在我们身体里烧杀抢掠，安营扎寨，嗯……就跟你看的《三国演义》绘本里面作乱的叛军一样。”

桑桑床头放了很多故事绘本，《西游记》《水浒传》《三国演义》……《三国演义》放在最上面，也最旧，封面已经卷边了，显然是看了很多遍。

鹿饮溪又画了一个戴军帽的细胞：“有叛乱的坏细胞，自然也有去镇压坏细胞的好细胞，我们一般把它们叫作免疫细胞，免疫细胞是我们身体里的警察。”然后，她画了两个肺，“有时候，坏细胞会把自己伪装成好细胞，逃过警察的追杀，聚集到肺这里，占山为王。它们长得很小很小，所以数量少的时候，我们的人可能察觉不到它的存在，等到它们数量变多了，规模大了，才会被发现。”

桑桑隐约听明白了：“我的身体里是有很多坏细胞吗？”

鹿饮溪点头：“嗯。以前坏细胞聚在你的小腿上，医生就直接做手术把坏细胞一锅端，这是目前打败坏细胞最有效的方式之一。”

把整个战场一锅端的截肢术，就是手术治疗，实体瘤较小，早、中期没有局部和远处转移的患者，手术能最大效果地进行治疗。

鹿饮溪指了指肺：“但这些坏细胞很狡猾，会逃跑，会转移阵地，原本在小腿上的，现在又跑到肺这里，东山再起了。”

她想了想简清的模样，画了一个穿着白大褂的女医生形象：“这是肿瘤医生，你可以将她看成是指挥打仗的将军，或是指挥官，医生会帮助你打败坏细胞。你白天挂的那些药水——”鹿饮溪指了指输液瓶，“那相当于是指挥官往战场上投放了一颗炸弹，把坏细胞炸死。这样做有一个缺点，好细胞可能会一块儿被炸死，所以输了这个药水以后，会掉头发啊，呕吐啊，很难受的。”

输液治疗就是化疗，即化学药物治疗。化疗药物敌我不分，杀死癌细胞的同时，也会杀死正常细胞。

“除了炸弹，指挥官还有激光枪（放疗），用射线射死坏细胞，当然，这样做有同样的毛病，好细胞坏细胞都被射死了。”

放疗，即利用放射线治疗。放疗疗法同样是敌我不分，杀敌一千，自损八百。

桑桑皱着眉问：“就不能不把好细胞杀死吗？怎么指挥官这么凶还这么笨？”

听到简清被小女孩这么稚声稚气地骂，鹿饮溪乐不可支，附和道：“嗯，她又凶又笨！”

下一秒，鹿饮溪又解释说：“当然，这也不能怪她，是我们还没有发现更多更好的武器。嗯……倒是有一种方法，可以不杀死正常细胞，你想象一下射箭。”

鹿饮溪画了一把弓箭和一个靶子：“射箭时，我们的弓箭需要瞄准那个中心的红点，就是靶点。坏细胞身上也有靶点，只要指挥官手中的箭（靶向药）瞄准了靶点，就可以精准地杀死坏细胞，而不会杀死正常细胞。”

桑桑称赞道：“这个好……”

“是很好，但存在两个问题，第一，目前找到的坏细胞的靶点不多；第二，我们缺少合适的箭（靶向药）。所以，很多时候，医生没办法用这种方式治疗。”

靶向治疗，即精准地瞄准癌细胞的靶点，杀死癌细胞而不损伤正常细胞。

“没有其他方式了吗？”

“有，发动内战，让免疫细胞攻击坏细胞。”

“有几种方式，我举例说其中一种。我刚才说过，坏细胞会伪装，逃过警察（免疫细胞）的追杀，你猜怎么伪装？”

桑桑摇了摇头：“猜不出来。”

鹿饮溪指了指之前画过的那个戴着军帽的免疫细胞。

“这个免疫细胞，它身上装有一把锁，而坏细胞身上有一把钥匙。只要坏细胞手上的钥匙和免疫细胞的锁对上，那么免疫细胞就看不出它是坏蛋，误以为它是良民，不追杀它了。”

“我们要做的就是糊住那把钥匙，或者糊住那把锁，让它们对不上，这样，免疫细胞就能识别出坏细胞，把它杀死。”

这种发动内战，回归到免疫细胞消灭癌细胞的方式，就是免疫治疗。

免疫治疗是近十年来肿瘤领域获得的最大突破。

桑桑看着涂鸦，慢慢消化这些知识。

鹿饮溪继续在纸上勾勾画画，很快就勾勒出一个眉清目秀的小女孩，小女孩牵着女医生的手。她把画递给桑桑，温柔地说：“医生和你是并肩作战的战友，所以你不要怕医生，要好好听那个医生姐姐的话，乖乖吃饭睡觉。你休息好了，你身体里的免疫细胞的力量会更强大。”

从公元前 400 年左右，波斯王后切下患癌的乳房，开启手术治疗癌症的初代革命，到 21 世纪，免疫治疗时代的到来，人类与癌症的战争已长达数千年。

癌症不消亡，战争便不止。

任何一名直视疾病，勇敢与疾病对抗的患者，都是医生的战友。

鹿饮溪拧开水龙头，冲洗着手上沾染的墨迹。

病房里，桑桑的妈妈已经回来了，抱着桑桑哄她入眠。

鹿饮溪走到门口，停下脚步，转身看了一眼躺在妈妈怀里的小女孩。生病时，孩子能躺在妈妈的怀里，才是最安心的吧……家人带来的安全感，是任何人都无法替代的。

鹿饮溪笑了笑，转身离开。她盘腿坐久了，腿脚有些发麻，扶着墙壁走得很慢。路过一扇小窗时，她停下，抬头仰望窗外的月亮。她的文学修养不高，看到月亮，能想到的就只是那句“举头望明月，低头思故乡”。

故乡，故乡。有生之年，她还能不能回到自己的故乡？还能不能……再见到自己的家人？她已经很多年没再见过自己的妈妈了，二十岁那一年，决裂之后，她们再也没说过一句话……

晚风流淌，她站在窗前一动不动，就只是望着月亮思念故乡。

简清提着一袋小面包寻过来，没有出声打扰她。

小窗投进来的一小片月色，恰好能笼罩站在窗边的人。鹿饮溪站在月光下，简清站在阴影里，默默地望着她。鹿饮溪望着月亮，一点点收拾好脆弱的情绪，转过身时，险些被吓了一大跳。

她身后站着一个穿着白大褂的医生。医院里医护都穿着白大褂、戴着口罩，不好认人，偏偏鹿饮溪一眼就认出那是简清。简清悄无声息地倚在墙上，手里还拎着一袋小面包。

鹿饮溪走过去："什么时候来的？"

简清没回答，也没问鹿饮溪为什么红着眼眶像个小兔子，只是把手里的小面包递过去。

鹿饮溪犹豫了一会儿，伸手接过小面包。

她确实已经饿得前胸贴后背了。

撕开小面包的包装袋，闻到浓郁的奶香味，鹿饮溪几乎是一口将其吞下。

简清静默地注视着她，怕她噎着，走到旁边的自动贩卖机前买了一瓶饮料给她。鹿饮溪小口小口地抿着饮料，心中对简清体贴的认知又加深了一层。

第二天，简清值科研班，一上午都在中心实验室里待着。

江州大学附属第一医院的肿瘤中心实验室有专职的科研人员，也有临床科室过来轮值科研班的医生。

简清的左掌受了伤，有些操作不方便进行，鹿饮溪就被派到了实验室里替她跑腿、录数据、干杂活，任劳任怨。科研班相对比较清闲，到了下午，简清把工作带回家去做。

室外细雪飘舞，室内一片静谧，只有敲击键盘的清脆声响。

回了家，鹿饮溪不用干活，闲得无聊，便翻出一条卷尺，挺直腰板给自己量身高。身高 167cm，这身高比现实中的低 1.5cm 左右。

她捏着卷尺，自言自语："我觉得我还能长高。"

她能长到和现实世界里一样高。

键盘的敲击声顿时停下。简清看了鹿饮溪一眼，冷不丁地开口："你二十岁了。"

其实，她的心理年龄是二十五岁。鹿饮溪有心装嫩，不以为然地说："二十岁怎么了？说不定我的骨骺线还没闭合，还能继续长，长到比你高。"

她目测简清的身高在 170cm 往上，腿长腰细，身材好到让鹿饮溪都有些嫉妒。

简清收回视线，没说话，敲击键盘的“嗒嗒”声更显轻快。

鹿饮溪确实是很年轻的小孩，小到还在冒牙，疼得红了眼眶，在某医生面前晃了又晃，看样子是想让人问上几句，说些关心体贴的话语。

简清偏偏不问不说，装没看见，纤长的手指继续在键盘上敲打。

鹿饮溪终是按捺不住，凑到某医生跟前求助：“简医生，我牙疼，长智齿了。”

简清连眼皮都没抬：“我是肿瘤科医生，不是口腔科的。”

她一副假意冷淡的态度。

鹿饮溪捂着脸，弯腰平视对方，含含混混地说：“我不是请你帮我拔牙，肿瘤科也可以治疗疼痛的。”

有 60% ~ 80% 的晚期癌症患者会产生癌痛，晚期癌症治愈希望渺茫，医生能做的事十分有限，缓解疼痛是其中之一。

简清抬起缝了针的左手，淡淡地说：“我不给暴力伤医分子看病。”

鹿饮溪病急乱投医，轻轻扯了扯她的衣角：“简医生，一码归一码，希波克拉底（希波克拉底为古希腊伯里克利时代的医师，被西方尊为‘医学之父’，西方医学奠基人。）在天上看着你呢，做医生要有良心，你宣过誓的。”

她不能这么小心眼地睚眦必报。

简清看着她，回忆了一会儿搁心底沾了灰的希波克拉底誓言，淡淡地“哦”了一声，上半身前倾，轻声说了一句：“鹿同学，我没有良心。”

鹿饮溪瞪了一眼面前的女人。

女人云淡风轻若无其事，继续在键盘上敲敲打打，看也不看她。

鹿饮溪只好委屈地自己去扒拉药箱。

药箱很大，分门别类地放了不同的药物和一次性医疗器械。

翻着翻着，她忽然在药箱里翻出了一盒奥沙西泮，还发现其他一些镇静安眠类的药物。

奥沙西泮常用于缓解焦虑、失眠，长期服用具有一定的成瘾性，滥用会产生依赖性，过量会引起死亡，因而医院每次都会严格控制用量开给病人。

这些天观察来看，简清夜间似乎睡得不太好，有点动静就会醒来，这些药，应该是辅助她睡眠的。

按照那本书中的情节，后期的简清因为童年的隐痛而伤害过不少人，最后自己也选择服用药物躺在雪地中静默地等待生命结束。

简清见鹿饮溪扒拉半天只抓出一盒安眠药，走过去拿走她手里的药放到了一边。

鹿饮溪已经疼出了一脑门薄汗，柔软的发丝贴在耳际，样子可怜兮兮的。

简清盯着她看了几秒，伸手拂开她的发丝，拿过一个电子测温仪，对着她的额头“嘀”了一下。额温 36.8℃，没发热。

“张嘴。”

鹿饮溪没挣扎，顺从地张开嘴：“啊——”

冰凉的手指在她的下颌上触摸、按压，感受淋巴结的大小。鹿饮溪皱了皱眉，忍住痛意。

简清问：“疼痛程度从零到十，你选个数字描述？”

数字分级法是疼痛量化评估常用的方法，从零到十依次递增。

鹿饮溪撇嘴道：“六，好痛。”

四到六算中度疼痛，肿瘤科有不少七到十的重度疼痛患者，简清见怪不怪，一脸冷漠的表情，问：“有什么胃肠道疾病和药物过敏史？”

医生除了对症下药，还必须考虑药物可能带来的毒副作用，有些药对胃黏膜刺激大，有些人对某些药物过敏，有些药物不能联合使用。

鹿饮溪回忆了一会儿这具躯体的记忆，摇了摇头：“都没有……最近也没有服用过其他药物。”

简清翻出阿莫西林和甲硝唑递给她：“盐水漱口，各吃两片，一日三次，饭后服用，饮食清淡，不要喝酒，布洛芬你自己看情况服用。”

说完，她随手挤了些免洗消毒凝胶揉搓手，便转身打算去继续赶论文。

听见她的细心叮咛，鹿饮溪心中一暖，拉住她的衣角，不放她走。

衣角被扯住，简清停下脚步看向鹿饮溪，微微挑了挑眉。

鹿饮溪垂下眼帘，没说话。

一扫而过的那些文字，幻化成一帧帧影像，脑海中不断浮现出简清躺在雪地中等待死亡的画面。

鹿饮溪想说些什么，又不知道该不该说。

疼得没有精力多加思考，踌躇半晌，她还是开了口："你以后不要做坏事，好不好？"

简清看着鹿饮溪，不明白她为什么突然说出这种奇怪的话。

她看向药箱里的吗啡和七氟烷，无声地思考片刻，问："我能做什么坏事，吸毒吗？"

她在急诊的时候，确实曾遇到一些毒瘾发作的不法分子，谎称自己到了癌症晚期，身体剧痛，试图骗取注射吗啡，却被医生一眼识破，报了警。

鹿饮溪没有回答，只是攥紧她的衣角，颇有得不到承诺誓不罢休的架势。

简清被闹得有些没了脾气。

"好，我不会做坏事。"她依旧是有些冷淡的口吻，却多了一点哄小孩似的无奈意味，"去吃药，待会儿去医院。"

得到了承诺，鹿饮溪松开她的衣角，捂住脸颊问："去医院做什么，不是说下午让我休息吗？"

简清瞟了她一眼，伸手轻轻弹了一下她的脑门："拍片，拔牙。"

口腔科里。拍完牙片后，牙医直接在电脑上读片，又打量了鹿饮溪一眼，笑眯眯地说："小姑娘模样标致，牙齿长得也别致，下边两颗横着长的智齿贼对称，都得拔啊。"

鹿饮溪闻言，鼓着腮帮子险些晕倒。

智齿的生长比较随心所欲，横着、斜着、正着长的都有。横着生长的智齿，医学术语叫作横向阻生齿，离神经近，拔除风险高、难度大、术后反应激烈。常有病人在麻醉效果过后，痛得号啕大哭、涕泗横流。

简清毫无怜悯之心："等消炎了就带她来拔。"

牙医乐呵呵地点头："顺便让我的学生观摩学习一下啊。"

教学医院里，有带教任务的医生最喜欢那些症状典型的病人，碰到一个恨不得把所有学生都抓过来观摩学习。于是，鹿饮溪拔牙的那天，身边围了一圈又一圈穿着白大褂的实习生。

牙医托着她的脸，慢条斯理地给学生讲解："你们看，她这样的阻生齿，需要切开牙龈，翻瓣暴露牙冠，还需要分割牙齿，逐块拔除……"

灯光太刺眼，言语太吓人，鹿饮溪闭上眼睛，手指紧紧捏着衣角。

麻醉生效后，医生开始拔牙。嘴里宛如被放了一个施工队，医生又锤又撬又钻，丁零当啷一阵倒腾，口腔中充斥着血腥味，混合了医用手套的乳胶味，耳畔还有学生的窃窃私语声。鹿饮溪皱着眉，强忍着不适感，全力配合医生的动作。

没人会喜欢在惶恐不安时，还被当作教学标本，被一群陌生人围观。可教学是医学传承的根本，代代医者口口相授，薪火相传。

这世上也许有绘画天才、音乐天才，但在生物医学领域里没有天才，只有一点一滴的积累。任何一名医生的成长都依赖大量病例积累经验，这是一个特别注重实践和经验的领域。

鹿饮溪明白这个道理，心甘情愿地当小白鼠供实习生观摩学习。最后的缝针部分医生也是交给实习生操作的。实习生肉眼可见地有些紧张，打结不顺不说，手还有些抖，等到缝好，局麻的药效都过了。

简清忙完工作过来接鹿饮溪时，鹿饮溪正双手搭在膝盖上，安静地坐在一旁输液。她咬着棉签，看了简清一眼，面色苍白，腮帮子肿得像只仓鼠，痛得说不出一句话，咽口水都像刀割般疼痛。

牙医呵呵地夸道："这小姑娘好乖啊，让做什么就做什么，不哭也不闹。"

鹿饮溪看了牙医一眼，在心里默默反驳：那是因为疼得没力气哭闹，你的学生的技术水平实在太差……

简清从冰天雪地的室外进来，还带着一身寒气，淡淡地说："别被她的外表欺骗，她可能在心里骂骂咧咧呢。"

你胡说！

拔牙后忌辛辣刺激，鹿饮溪只能吃流食或半流食。简清摸着缝了针的左掌，叮嘱道："接下来，饮食要清淡，我会做饭。"

鹿饮溪感激地点头，这些天都是在食堂吃或点外卖，还没吃过简清亲手做的饭菜。

谁料拔牙后的第一天晚上——简清煮了一盆香气四溢的火锅，当着鹿饮溪的面慢条斯理地涮着小肥牛、毛肚、蔬菜，吃得有滋有味。

鹿饮溪在火锅香气中冷着一张脸，捧着一碗寡淡的鸡蛋羹，一勺一勺咽得艰难。

第二天晚上，简清下班晚，没亲自下厨，打包了麻辣小龙虾回家。

她左掌还没拆线，不方便剥壳，便支使鹿饮溪给她剥虾。

人在屋檐下，不得不低头，鹿饮溪闻着麻辣鲜香的味道，忍住开口痛骂的冲动，给她一只一只剥好小龙虾。

故意的，简清绝对是在故意报复！她左掌受伤也该忌口，偏偏宁愿自损八百，也要杀敌一千，真是又狠心又小肚鸡肠的女人……

简清长相斯文，吃相也斯文，夹起一只虾细嚼慢咽，目光落在鹿饮溪的脸上，问："又在心里骂我？"

听到她冷冰冰的口吻，鹿饮溪吓得把头摇得像拨浪鼓，捧起白粥慢慢吞咽。

第三天晚上，鹿饮溪再也无法忍受，决定离家出走。她跑外面一个人吹寒风吃面糊糊，也好过被简清折磨。没承想，她还没走出家门，脚步一阵虚浮，接着浑身发烫，烫得脑袋一片混沌。她发热了，拔牙后引起的感染性发热。

口腔是有菌环境，拔牙后免疫力低下的人群，如老人、小孩，稍不注意就容易引发感染。

她之前在医院输过液，没想到还是中招了。鹿饮溪扶着脑袋，冷静地翻找出体温枪，给自己测体温—— 38℃。拔牙后引起的发热不超过 38.5℃，她在家吃粒消炎药就好。鹿饮溪扒拉着药箱，给自己找出药，服药后又灌了一大杯热水，然后拿了个抱枕，躺在沙发上闭目养神。

简清下班回来时，客厅不像前几日那般亮着灯，一片昏黑。

她站在玄关口怔了几秒，回过神后，双手慢条斯理地解着大衣排扣，眼中阴郁的寒意却在一点点堆积。她褪下黑色大衣，挂在衣帽架上，视线扫向鞋柜——鹿饮溪的长靴还在。

人没离开。阴郁的神色瞬间缓和了几分。

简清换好鞋，走到客厅里，借着窗外微弱的光，看见沙发上缩着一团身影。她走过去，想伸手探一探鹿饮溪的额头，又怕自己冰凉的手冻着人，于是先将手贴在自己的脖颈上暖了暖，再去摸鹿饮溪的额头。

额头滚烫。本就半睡半醒的鹿饮溪听见细碎的动静，皱了皱眉。呼出的气都是烫的，喉咙又痛又干，她睁开眼睛，看见一张漂亮冷淡的面孔。鼻翼翕动，她用力嗅了嗅，某人原本清冽的冷香被免洗消毒凝胶的酒精味掩盖。于是，鹿饮溪微微皱眉，小声嘟囔了一句："你都被医院腌入味了……"

也就是烧糊涂了，她才敢这么大胆，嫌弃救死扶伤的白衣天使。

简清拿测温仪给她测量体温，问："吃药了吗？"

鹿饮溪躺在沙发上，搂着抱枕，轻声回道："吃了消炎药……"

她的嗓音干涩嘶哑，不如往常那般悦耳。

简清打开灯，去倒了一杯温开水："多喝热水。"

鹿饮溪接过水杯，笑了笑。

这句话经常被调侃为直男语录、敷衍，其实从医学角度出发，多喝热水挺好的。当然，水不能太烫（65℃以上），太烫的食物会损伤食管黏膜，黏膜上皮细胞被灼伤后脱落，食管内又会分裂生长出新细胞。黏膜上皮细胞反复被烫伤脱落，就反复分裂生长，而基因突变发生在细胞分裂期，分裂次数越多，突变的概率就越大。其中有种突变的细胞会打开桎梏自身的枷锁，避开免疫系统的追杀，掠夺正常细胞的营养，在人体内横行无忌、攻城略地——即所谓的癌细胞。

一言以蔽之，人长期食用太烫的水或食物，会提高罹患食管癌的风险。

昔年学过的知识在脑海中一一回放，鹿饮溪曾有意逃避与医学相关的一切事物，如今却总在不经意间想起。她小口小口地抿着温水润嗓，默默思索其中缘由。也许，她在这个陌生的世界，面对着一个又一个陌生人，熟悉的东西能带来一点微不足道的安全感。她的大脑在潜意识里帮她寻找安全感。

人体是一台精妙的仪器，无论主观上接不接受外界环境的变化，机体总在潜移默化地协调适应变化，以求尽快融入环境。

酒精味还在鼻间萦绕，鹿饮溪像是想起了什么，忽地丢开抱枕，踉踉跄跄地跑回卧室，又跑出来，往简清怀里塞了一盒东西。

简清拆开包装一看，是一支崭新的护手霜。

前些天，鹿饮溪逛街采办生活用品，看见货架上的护手霜，莫名其妙地就想起了简清的手，便顺手买下了，但一直找不到理由拿给她。

今天正好有了正当理由——

"一双手都是酒精味，抹点儿香香的护手霜。"

简清看着鹿饮溪，没说话。她一向话少，情绪不外露，一双眼睛极为漂亮，墨玉色的瞳仁，直勾勾盯着人看时，能把人的心勾得怦怦跳。

被盯得浑身不自在，鹿饮溪捏紧水杯，鼓起勇气小声凶她："看什么看？用你的钱买的，羊毛出在羊身上。"

和现实世界相似的遭遇，在这个世界里，父亲早逝，母亲也因为某些原因和她断了联系。好在学校有个老师帮了她一把，把她介绍给电视剧的制作组，才有了这次拍摄赚钱的机会。

但目前还没收到款项，如今她在这个世界里身无分文，不知原来那个鹿饮溪和简清怎么"花言巧语""撒泼耍赖"，才得以住进了简清的家。

目前她的一切开支都由简清负担。

她在手机上记了账，打算等离开时全部还给简清。

被人凶了，简清也只是淡淡地"哦"了一声，收起护手霜，说："待会儿抹，我还要做饭。"

鹿饮溪提醒说："晚上睡前也要抹，要经常抹，抹厚厚的一层才管用。"

这人在医院一天要洗几十上百次手，不好好保养，一双手得糙成什么样？

简清点头，问她："晚上想吃什么？"

鹿饮溪愣了一下，随即喜上眉梢："要喝肉汤。"

她被折磨了两天两夜，只闻着肉香，吃不到半点儿肉，快要馋死了。

就算现在咬不动肉片，她也要往胃里灌点儿带肉味的汤水。

简清去厨房忙活，鹿饮溪像只黏人的猫，拖着发热的病体，跟着简清从客厅走到厨房。

鹿饮溪烧得头昏脑涨，意志力下降，自控力不如平常，嘴巴像开了锁的匣子，叽里咕噜地往外倒傻话。

“为什么你没有五百米的大床和前呼后拥的管家、保姆？”

她以前看小说，主人公不是万人迷就是大财阀。

简清没有嘲笑她的傻话，一面切葱段，一面配合地回答道：“没那么多钱。”

人在发热时，大脑皮层处于极度兴奋状态，脑组织代谢加快，处于相对缺氧状态，进而导致脑细胞功能紊乱，外在表现就有可能是颠三倒四地说胡话。

“你家很有钱。”

按照书里的人物设定，简清家境优越，如果不当医生可以回家继承家业的那种。

“那是他们的，不是我的。”

“你没钱为什么还能借宿给我？”

“你求我的。”

鹿饮溪轻轻地“哼”了一声，想不起来具体的记忆。

她看小说都是跳着看的，不知道这段剧情，对书中的鹿饮溪的记忆也是断断续续的。

只知道简清是她的临时带教，而她还是个大学生，在校外没有固定住所，医院本打算将她们安排在员工宿舍，但她不愿住进人多的宿舍，便和简清讨巧卖乖，暂时住进了简清的家里。

至于具体怎么说的，冷淡如简清又为什么能同意，她实在记不清了。

于是，心里想什么她就说什么：“我不记得了，为什么我让你带你就同意了呢？”

简清没回答，陷入了沉默之中。

鹿饮溪误解了对方的沉默。

这些年，鹿饮溪看过不少狗血剧本，什么爱而不得，睹物思人——顿时戏精附体："你是不是还有一个什么爱而不得的'白月光'出国了？难道我长得像你的'白月光'，不能吧，我长得像男的？"

她说得气势汹汹，凶得像只奓毛的奶猫。

简清抬头看了鹿饮溪一眼，没忍住，轻笑出声。

鹿饮溪背对简清，扒在门上，用手挠门："你还笑话我……你这人怎么这样啊……"

简清颇为无奈地叹了一声气，解释说："没有，你别瞎猜了。"

鹿饮溪站直身子，摆出一副"这还差不多"的表情，随后又放低了声音，软声道："你家地板好软啊，踩上去都软绵绵的。"

简清疑惑地看了一眼地板。

地上铺的是质地坚硬的抛光砖——看来她真是烧得不轻。

简清走过去，把鹿饮溪揪出厨房，按到沙发上，又给她测了一次体温，已经超过 38.5℃了。

"要吃退烧药。"

"我空腹，饿了，不吃药，要吃饭。"

简清拿毛毯裹住她，又拿了个冰袋，用薄毛巾裹住，放在她的额上物理降温："别乱跑，坐着休息，做好了喊你。"

鹿饮溪烧得头昏脑涨的，但莫名其妙地觉得心情舒畅，拉着简清的衣角讲道理："我牙不好，肉要煮得软一点儿，最近的饭也要蒸得软一点儿，你不可以在我面前吃好吃的东西了。"

"还有，你不能这么记仇了，我这病很有可能就是被你气出来的。"

"不小心伤了你的手掌，我也遭到了牙痛的报应，现在我们真的扯平了，你不要记仇了，我们同住一个屋檐下，要同甘共苦……"

听着无理取闹的长篇大论，简清看着鹿饮溪的糊涂样儿，终究还是没说什么。

她觉得自己一时心软，却捡了个"小祖宗"回家。

两个人果真同甘共苦了。简清没有区别对待，今晚两个人吃的都是鸡蛋羹，搭配瘦肉清汤。

简清的厨艺很好，鹿饮溪心满意足地喝光所有汤，把空碗底亮给简清看："明天有空继续煮好不好？我还想喝。"

简清点头同意。

饭后，吃了药，鹿饮溪又躺到沙发上去了。

简清洗了澡，抱着笔记本电脑坐在她身边写科研基金的申请标书。

今天一天，鹿饮溪几乎都是在沙发上度过，宁愿在沙发角落缩着，也不想回房间的大床上躺着。房间很大，床也大，但一个人显得太空旷。她想有个人陪着。生病的时候，总是比平常更容易感受到孤独和无力，尤其是在这个无亲无友的陌生世界里，她只认识简清。

简清还是个医生。医生能给病人带来莫大的安全感。虽然简清在家里没穿白大褂，但鹿饮溪重新闻到了她身上熟悉的冷香，像是冬日下雪时将冷气吸入鼻子，那股清洌干净的味道能让人回忆起家乡的雪天。

鹿饮溪嗅着她的气息，听着"嗒嗒"的键盘敲击声，迷迷糊糊地睡着了。键盘敲击声偶尔会停下，世界陷入一片寂静，然后有冷冰冰的手掌探过来，手心紧贴鹿饮溪的额头，接着翻转，换成冷冰冰的手背贴过来。等这只手掌的温度与额头温度一致，那人就换另一只手。意识浮浮沉沉的，鹿饮溪只觉一片心安。

两只冷得像冰块的手都变暖后，微弱的键盘敲击声再度响起，伴随一句低声感叹："果然比暖手袋好用……"

鹿饮溪动了动指尖，瞬间把感动的情绪收了回去，只恨自己烧得浑身绵软无力，不能爬起来咬她一口。

拆线这一天，鹿饮溪独自去了口腔科，依旧把自己交给实习生练手。

教学医院里，主治、主任级别的医生早已不需要做拆线这些基础活，都是交给实习生做，也许实习生比他们还熟练。

简清刚好结束门诊，顺带拐了个弯，来口腔科接鹿饮溪去食堂吃饭。

她站在鹿饮溪身旁，抱着手臂，盯着实习生操作。

实习生看到她，战战兢兢地喊了一声："老师好……"

实习生无论见到哪个科的医生或护士，都得喊一声"老师"。

简清瞥了一眼实习生，礼貌性地应了一声："你好。"见他紧张得手在抖，就走开了，转身去找老同学叙旧。

她走开后，实习生明显松了一口气，三下五除二地就拆完了线。

鹿饮溪从牙椅上爬起来，漱了口，客气地说了一声："谢谢，耽误你的下班时间了。"

"没关系，没关系……"实习小哥脱下手套洗手，又紧张地搓了搓脸，然后深吸了一口气，从白大褂的口袋里掏出手机，鼓起勇气，"上次不好意思……缝得不太熟练，我们加个微信可以吗？我请你喝奶茶……"

桃花运来得太突然，鹿饮溪捂着腮帮子，下意识地看了一眼简清所在的方向。

简清正埋头翻看口腔颌面肿瘤的病例，似乎没注意到这边的动静。

鹿饮溪对这些人没兴趣，婉言谢绝了对方的请求。

实习生动了动唇，话还没说出口，简清站起身走了过来。

"走了，吃饭。"

鹿饮溪挥了挥手，和牙医、实习生说再见。

走在路上，她问简清："去食堂吃还是回家？"

"食堂。"

"下午还有门诊吗？"

"没有。"

"下午在病区吗？"

"在。"

鹿饮溪一连问了几个问题，简清都是言简意赅地回答。

鹿饮溪看出来了，她没有聊天的兴致。

这人平常只是不爱说话，并非沟通能力差，甚至可以说沟通技巧很好，有时会委婉地提示病人让家属陪着来，以应对后续告知一些不太好的检查结果的情况。

但今天简清摆出了一副爱搭不理的模样，纯粹就是不想聊天。

鹿饮溪抿了抿唇，识趣地没再开口。

生病时，她会觉得简清没那么冷冰冰的，两个人的距离没那么远。

也许，照顾病人，亲近病人，只是医生的职业习惯。

现在，鹿饮溪也没了生病时那股软绵绵的黏人劲儿，恢复理智，大脑时不时就会发出警示，警告自己要和此人保持距离。不必失落，不用在意，陌生世界的“纸片人”而已，而且是原剧情中最终会害她的人，还是保持距离吧。

不将私人情绪带到工作中是职场人的基本素养。

鹿饮溪在社会上摸爬滚打有段时间了，明白这个道理。到了下午，依旧老老实实地跟在简清后面当小尾巴。

她试着不去在意。她只想重新熟悉医疗环境，把自己代入角色，拍摄完医疗剧，拿到钱后远走高飞。

简清低头卷着袖口，眼睑随之垂下。她的睫毛又长又卷，垂眸、闭眸时会削弱她的清冷感和距离感。

鹿饮溪看着她。对方的相貌很出色，鹿饮溪第一眼看到她时，只觉得她美得像镜中花、水中月，可望而不可即。稍一接触，又觉得她阴郁寡言，让人忍不住心生畏惧。接触多了，今天再看，鹿饮溪恍然发觉，她身上的白大褂很合身，像一件贴身定制的白色风衣，衬得她身姿挺拔，如竹如松，在人群中一眼就能看见她。

像简清这个级别的医生，已经不需要亲自书写病历，那是实习生、研究生、住院医师的活。有一种病历除外——临床试验的病历，必须由研究者亲自书写。她手中有两三个临床试验，所以经常被研究助理堵在办公室里，逼着她敲病历。

她会面无表情地小声吐槽：“我都两三年没写过这东西了……”

尽管如此，她还是会继续敲击着键盘，认真填写。

鹿饮溪觉得，被逼着干活的简清有点儿可爱，忍不住偷笑，以致笑容太灿烂，被简清抓个正着。

简清看着鹿饮溪，淡淡挑眉。

鹿饮溪瞬间就笑不出来了，低下头默默背诵手头的资料。

简清没有实习生的带教任务，只负责研究生、住院医师、进修生的教学工作。她教学查房时不会故意刁难人，会抽丝剥茧、由表及里地引导下级医生的思路，似乎什么疑难杂症都知道，像一本行走的教科书。

魏明明是简清带的唯一一个研究生，也算是她的开山弟子。魏明明的性格大大咧咧，包揽了拿外卖、送材料等杂活。送完材料回来，还会毫不客气地和简清说："老板，我渴了，想喝奶茶。"

简清坐在电脑前敲字，看也不看就说："不健康，少喝。"

魏明明强调道："您上周还给我们买了！"

"上周喝了，这周就没了。"

魏明明向鹿饮溪投去求助的目光。

整个科室的人都知道她俩是熟人，似乎还是沾亲带故的远房亲戚。

鹿饮溪收到求助的目光，犹豫片刻，比了个"OK"的手势，凑到简清身边，扯了扯她的白大褂的衣角："简医生，我也想喝。"

简清转过头瞥了她一眼，又转回去看电脑屏幕，同样丢了句冷冰冰的话："不健康，不许喝。"直接禁止，但下一秒，简清捞出白大褂口袋里的手机，"点果汁。"

鹿饮溪双手背在身后，比了个"胜利"的手势。

魏明明上前拿过手机，熟练地点开外卖 APP（手机应用程序）："果汁也行，点哪家的？我要挑最贵的，老板你要喝点儿啥？"

简清敲完病历，在电脑上看 CT 片："不喝，去帮我冲杯咖啡。"

埋头点外卖的魏明明抬起头，反问道："老板，速溶咖啡健康吗？"

简清冷冰冰的视线扫了过去。

魏明明把手放到嘴边，熟练地做了个拉拉链闭嘴的动作。

鹿饮溪自觉地揽活，去茶水间帮简清冲泡咖啡。

医院里的人喝咖啡不追求口感，只为驱散困意，冲泡手法亦简单粗暴——放好咖啡粉和白糖，将开水浇下，浓香味就出来了。

鹿饮溪轻轻搅拌杯中的琥珀色液体，隐约察觉到简清对自己的态度似乎有了一丝变化。但鹿饮溪不敢确认。

身处医院，没有太多的时间与空间整理私人情绪。泡好咖啡，鹿饮溪回到办公室里，看见简清正和一位白发苍苍的家属谈话。

家属身边坐着一位穿着病号服的年轻病人，看上去不到三十岁。

实体肿瘤与年龄密切相关，肿瘤科中老年患者居多，可近些年，十几二十岁的年轻患者渐渐多了起来，癌症呈现年轻化的趋势。

“检查结果出来了，CT 显示病灶没有缩小，比原来大了一点儿，原来的化疗药可能已经产生了耐药性，就是说失效，不起作用了，接下来要换一个新的化疗方案。”

简清一如既往地用冷静平淡的口吻叙述着病情。不熟悉医疗环境的人，第一反应会觉得医生太过冷漠。其实，简清的话里已经蕴涵了一丝体贴之意。

肿瘤科的医护人员在病人面前交谈时，怕刺激病人的情绪，会避免用癌、肿瘤这些字眼，习惯说 cancer（癌症）、tumor（肿瘤、肿块），或是占位、病灶，有转移了就说 M 灶（远处转移灶）。

得知病情的进展，病人脸色灰白，家属惶惶不安，用祈盼恳求的目光看着医生。

这是肿瘤科的常态：医生一次次地向病人宣告方案失败、疾病进展，病人和家属一次次面对宣判、失望，乃至绝望。

简清没有停下来安慰病人及家属，而是继续冷静地同他们谈论治疗方案。

徘徊、犹豫、不忍心，都不能解决问题，老练的医生已经习惯了一针见血，直面问题，把病人的真实情况告知家属，提出后续可供选择的治疗方案。

直面问题，是医患双方最好的选择，也是必须做的选择。

“还很年轻啊……”病人和家属离开后，鹿饮溪看着病人的肺部 CT 惋惜道。

“二十八岁。”简清低头抿了一口咖啡。

“几期了？”

“Ⅳ期。”

鹿饮溪垂下眼帘。

二十八岁，只比她年长三岁，人生大好年华，这个年纪就要直面死亡，谁会不想挣扎求生？

简清看了鹿饮溪一眼，往她怀里塞了一本《肿瘤学概论》：“待会儿跟我去上课。”

她下午四点要给学生上两节理论课。

鹿饮溪从沉重的情绪中抽身，问："我去做什么？"

她上课还需要专门有个人给她端茶倒水吗？

简清冷冷地吐出两个字："听课。"

北风呼啸。

江州大学临床医学部与附属医院仅一墙之隔，医生脱下白大褂就能往教学楼赶。走在校园里，鹿饮溪像被父母逼着上学的熊孩子，迎着北风，一步一步走得很不情愿。

校园已被冬雪覆盖，鹿饮溪在一丛绿植前驻足，伸手捏树叶子，轻轻一折，揭出一片脉络清晰的冰叶子。

小时候，在乡下的冬天，她经常揭树叶上面凝结的冰片，还会将其含进嘴里吃，一口一口嚼得嘎嘣作响。

想起童年回忆，沉重的心情舒缓了几分，鹿饮溪捏着冰叶子，看向前面那个高挑的背影。她是不是怕自己继续在肿瘤科待下去会心情压抑，才把自己喊出来的？

鹿饮溪这么一想，心情万分柔软。

鹿饮溪追上前，拉住简清的衣角："简老师，送你一片叶子。"

简清接过晶莹剔透的冰叶子："再这样慢悠悠地走，我要被医教科抓迟到了。"

"啊，你若迟到五分钟是不是算教学事故？只要你不被主任抓到，被医教科的其他老师抓到还是可以通融的吧？"

医院医教科的老师很多是临床退居二线的医生，不做临床了，但又不想离开医疗行业，所以转了行政岗位。医教科的老师从临床过来，自然知道医生有多忙，偶尔一两次抓到医生迟到，也会睁一只眼闭一只眼。

简清避过这个问题，指尖在冰叶子上敲了两下，反问道："你对医院、医学院很了解，是不是学过医，在医院待过？"

冷淡而又笃定的口吻，惊得鹿饮溪瞬间收了所有的心思。

"我是学表演的，怎么可能学过医？不过，我的父母都是医生，我在医院家属楼里长大，逛医院就像逛自家小区一样。"

她依旧给出了半真半假的解释。

鹿饮溪无比庆幸，自己是一名演员，演技、临场反应都比普通人要好一些。

“哪个科的？”

“爸爸以前是肿瘤内科的，妈妈在心胸外科。”

简清一挑眉，问：“以前？”

她总是这般敏锐，能抓住很多细节。

鹿饮溪平静地说：“我爸在我五岁的时候去世，是外婆和妈妈把我拉扯大的。”

她的语气不带半点儿哀伤之意。

哀伤的情绪早已被时间冲淡，衍生不出多余的感觉。

简清点了点头，继续问：“你怎么没学医？”

“劝人学医，天打雷劈。”鹿饮溪拿套话搪塞。

“有父母指导，会好些。”

“应该吧，好歹是医二代。”鹿饮溪回答得含糊。

她的路确实好走很多。

被父母所在的医学院录取后，鹿饮溪到医院见习，科里的主任、护士长几乎都认得她，会看在父母的面上照顾她一下。课堂上有什么不会的地方，下了课她可以直接回家属楼，敲开主任的门请教。手术依赖团队协作，她是左撇子，会下意识地使用左手，操作起来多少有些不方便，所以她早早放弃了外科，选定了内科系统作为职业发展方向。

她对医疗系统极其熟稔，每一步都走在同龄人的前面，绩点、导师、科研、职业规划……都完美无缺。如果不是大二暑假发生的那件事，如今的简清，几乎就是未来的她。

鹿饮溪停下回忆，问简清：“你呢？为什么学医，为什么选肿瘤科？”

简清回道：“稳定，钱还行。纠纷少，好发论文。”

一句话引得鹿饮溪失笑。

没有高大上的理想信念，没有所谓的情怀，俗气的回答也是多数医生最真实的想法。

恶性肿瘤（癌症），在民间的称谓是“绝症”。

踏进肿瘤科病房的患者、家属，对疾病有了一定的心理预期，不会苛责什么，甚至会把医生当救命稻草一般牢牢抓紧。所以，肿瘤科的医患纠纷相对较少。而肿瘤算是医学领域的研究热点，医生发表论文相对容易些。但肿瘤科进入门槛高，地区顶级三甲医院的肿瘤科招聘要求最低是博士起步，医生还得拿出论文来证明科研能力。

简清又问鹿饮溪："为什么学表演？"

鹿饮溪敲着脑袋回忆。她的家人都长得挺好看的。

母亲顾明玉，是从大山里走出来的，是那个年代村里唯一的大学生，脑子好，相貌也好。大学时，走在街上有星探塞名片，说要捧顾明玉当明星，顾明玉抱着医书不撒手，坚定从医路。

父亲鹿鸣算是艺术世家出身，祖辈都是戏曲家、音乐家、舞蹈家，但都是传统艺术行当的，没有学表演的人。到了鹿鸣那一代，鹿鸣选择从医，与艺术沾不上半点儿关系。

鹿饮溪念大一那会儿，有剧组借医院场地拍摄医疗剧，她路过围观，副导演见她相貌出众，便把她拉去客串。就一段哭戏，几分钟的镜头，她在医院见惯患者、家属的眼泪，表演起来信手拈来，感染力强，人又不怯镜头，灵气十足。导演直夸她是祖师爷赏饭吃，问她要不要签他的公司，转行当演员。

那年，鹿饮溪和顾明玉一样，坚定从医路道路不动摇，笑着摆手拒绝。

后来，她无法再从医，辍了学，拖着行李箱只身北上，三番五次地去公司拜访，才签下一纸合约，还被冷藏了两年，机缘巧合下才走红。

对于过往的坎坷经历，鹿饮溪揭过不提，只笑着回答："因为人的一生很短暂，我希望能在这个世界上留下一点儿东西，歌曲也好，电视剧也好，电影也好，都可以证明我来过这个世界。"

简清捏着冰叶子，点评道："你们文艺工作者，说话很文艺。"

鹿饮溪笑意温和："简医生，你做科研，也是在这个世界上留下了一点儿东西，我们有共同之处的。"

相处半个月有余，直到今天，鹿饮溪才愿意主动敞开心扉，把眼前人当作初识的朋友，探听分享彼此过往的人生，寻找一些共同点。

简清不愿过多谈论自己的事，换了个话题："说说你的妈妈吧。"

"她是个很优秀的外科医生。"

“没了？”

“没了。”

顾明玉是个优秀的外科医生。但外科男性医生居多，女性要留在外科，要攀上顶峰，注定要面对更多的挑战与质疑，要付出更多的代价，要抛弃更多的东西。

鹿饮溪就是那个被抛弃的人。

父亲鹿鸣在世时，他负责照顾她的吃喝拉撒。鹿鸣去世了，她就被送到了乡下，让外婆抚养。十岁那一年，外婆也去世，顾明玉才勉为其难地把她接到身边养着。顾明玉几乎不着家，鹿饮溪也不关心她。

鹿饮溪：“倒是可以和你聊聊我的外婆。”

简清：“说。”

鹿饮溪：“说来也巧，和你的专业相关，她是因为肺癌去世的。某段时间她一直咳嗽，我哭着要带她去医院看一看，她不肯去，觉得是小毛病，不要紧，熬一熬就过去了。我在电话里将这事告诉我妈，让她回来带外婆去看病，她忙着工作没有回来。最后，外婆活生生地拖到肺癌晚期才去治疗。”

外婆去世那天，她瘫坐在院子的泥地上，抱着攒了一罐子、想用来给外婆看病的零花钱，哭得撕心裂肺。顾明玉姗姗来迟，连自己母亲的最后一面都没见到。

自那之后，鹿饮溪便与顾明玉有了隔阂，母女俩的关系十分冷淡。

鹿饮溪忽然皱了皱眉：“哎，你不是说快迟到了吗？”

简清低头踢了踢脚边的雪，没说话。

其实还有二十分钟才上课。

“你又耍我？”

后知后觉地反应过来自己被欺骗了，鹿饮溪“哼”了一声，抢走她手里的冰叶子塞进自己嘴里，嚼得“嘎嘣”响。

“我吃掉，不送你了。”

“不嫌冰？”简清轻声问。

鹿饮溪抿唇，笑着摇头。

学生还在上课，偌大的校园里一片白茫茫的景致，看不到几个人影。

她和简清漫步在寂静的校园里，轻声细语地交谈，简清多数时候缄默不语，静得像枝丫上的薄雪，与天地构成一幅成色上佳的画。

在临床磨炼久了的医生，脱下白大褂站在讲台上，自带从容不迫的气场，又习惯了克制情绪，所以会给人一种淡淡的疏离感。

鹿饮溪坐在最后一排的座位上，撑着脑袋看着讲台上的简清，越看越觉得赏心悦目，就是有点儿听不懂她讲的内容。教材、幻灯片全英文，教师上课也用英语。鹿饮溪的英语能力还行，但医学基础知识丢了不少，每个单词都认识，合成一句话她就有些看不懂了，只能靠欣赏讲台上的教师风采抵抗困意。后排不少学生也困得开始打哈欠，却还要撑着脑袋听老师讲课。

下了课，学生一拥而上把简清围住，眨巴着眼卖萌撒娇。

“老师，老师，给我们画一下重点。”

“老师，给个大题的范围好不好？”

已经到了期末月，这是本学期的最后一堂课，老师惯例被学生缠着要重点。

简清慢条斯理地抿了一口温水，拿套话搪塞：“病人会按重点生病吗？”

学生忙不迭地连声叫着“老师”。

“重点我在课堂上都强调过，认真听课的同学应该知道。”说完，她不再理会这些学生，拿着讲义离开教室。

鹿饮溪站在门口，盯着花坛的树丛发呆。

简清走过去，丢下一句话：“回医院。”

回医院就回医院，这人一向都这么冷漠吗？鹿饮溪在心里嘀咕着。

医院与学校的新校区仅一墙之隔，两个人走出教学楼，步行几百米，穿过一道大门就是医院。

简清没带鹿饮溪回肿瘤科，反而带她去心电图室、脑电图室、影像科室做了一些检查。

下班时间，病人不多，简清打了个电话，检查结果很快就出来了——一切正常。

鹿饮溪有些不明所以："我最近没什么不舒服的地方啊……快过年了，你要给我安排个年终体检吗？"

简清没说话，拽着她坐职工电梯到内科楼十六层。

职工电梯里没有贴楼层科室示意图，鹿饮溪也不知道十六层是哪个科，心里越发不安，总觉得自己像一只被除妖师拐去封妖塔的妖怪。

"简医生，你要带我去哪儿？"

简清平静地说："去咨询一些问题。"

鹿饮溪没再多问。

走出电梯，拐过几个弯，两个人到了一间办公室。

简清把鹿饮溪拉进去，按到座位上。

"主任，这是我在电话里和您说过的熟人，刚才去做了一些检查，都很正常，基本可以排除器质性病变。"

面前的主任医师慈眉善目、和蔼可亲，鹿饮溪礼貌性地微笑点头，打量他几秒，目光下移，看清他胸牌上的字眼，笑容僵在嘴角，终于意识到问题所在。

她站起来，几欲拍桌。她万万没想到，这里竟然是精神科！

# 第三章 度人

简清慢条斯理地和主任分析情况："我观察过一段时间，她没有感知觉障碍，没有思维障碍，没有情感障碍，鉴别诊断中，可以排除精神疾病范畴的精神分裂症，更像是心理疾病范畴的多重人格障碍。"

多重人格障碍，是一种心理疾病，也叫解离性身份障碍，简称DID，即一个人身上表现出两个或两个以上角色的人格特点。

鹿饮溪站起来想拍桌子，简清按住她的肩膀，将她摁回到椅子上："听话。"

鹿饮溪听话地坐下，辩白道："我没病。"

老主任看她的眼神更慈祥了——每一个被强押着来看病的患者，都会说自己没病。

"别闹。"简清站在她身后，搂住她的肩膀，语气比平常温柔许多，继续和主任描述病情："目前我只发现两个人格，之前那个人格对医学知识一窍不通，性格相对柔弱，没有攻击性。目前这个人格，是女性，性格相对成熟，有独立的记忆、行为习惯、思考方式、自我认知，对医学知识也有一定的了解。"

主任："现在这个人格是否表现出强烈的攻击性？"

简清："还好，只有一点儿。"

这不就是变相地在说她有一点儿凶？

鹿饮溪抓着简清搂住她的手，忍不住想咬一口。可她要是咬了不就证明她真的存在攻击性了？

主任问："两个人格知道彼此的存在吗？"

简清说："不知道。她会出现遗失记忆的情况，不记得某段时间发生过什么事，一开始甚至忘了我的名字。"

主任又问："患者有抑郁倾向吗？"

研究表明，多数 DID 患者伴发抑郁症。

"没有，短期接触发现这个人格比较开朗，但她的童年有过创伤，遭受过同龄者的孤立和欺凌。"

主任点头："童年是人格形成的关键阶段，很多 DID 患者在童年受过心理创伤，衍生出另一个人格是一种自我保护的行为。当然，这个情况比较复杂，还是不能轻易下诊断，这样，先做几份量表吧。"

两个人越说越离谱，连童年的伤疤都拿出来探讨，鹿饮溪一下子愤怒了，掀开简清的衣袖，恶狠狠地咬向她的左手手腕。

手臂冷不防地传来钻心的痛楚，简清"咝"了一声，松了圈住鹿饮溪的力道。

鹿饮溪趁她吃痛，站起来推开她，疾步走出诊室。

混蛋、王八蛋……

鹿饮溪一边在心里骂骂咧咧，一边疾步走出医院。她做了几个深呼吸，在心里默背《莫生气》。背到"为了小事发脾气，回头想想又何必"这一句时，简清就追上来了。

鹿饮溪看见那张冷淡的脸，怒火瞬间又上来了，指着她，一字一顿地骂："你就是个王八蛋！"骂完，转身就走。

简清没有生气，也没有解释，隔着一米的距离，默不作声地跟在鹿饮溪的后面。

鹿饮溪漫无目的地走着，不知不觉又游荡到了校区。她站在指示牌前，锁定校园操场的位置，记下方位，凭借良好的方向感，准确地摸索到操场。身后的人像个哑巴，一声不吭。

鹿饮溪怀疑自己现在转过身，扇简清一耳光，简清也还是这么冷静。跟这样的人在一块儿，吵架都吵不起来。鹿饮溪不是生闷气的性子，但也不想用吵架的方式发泄情绪。

到了操场，她脱下大衣外套挂在栏杆上，扎起头发，蹲下系紧鞋带，做了些热身运动，然后沿着四百米跑道慢跑起来，全程无视简清的存在。

期末月，来锻炼的人不多，操场上只有零星几个学生，以及医院的教职工。

简清掏出口袋里的手机，把音量调到最大。

临床经常有突发情况，无论值不值班，她都有可能被叫回医院。

她抱过鹿饮溪挂在栏杆上的外套，走到操场门口的自助机前买了一包湿纸巾、一瓶含盐饮料，再走回操场，走到看台上，向周围的同学要了张草稿纸，垫着坐在看台边缘。

她掀开左手衣袖，低头看着那个牙印，沉思片刻，又抬头望向跑道上的鹿饮溪。

鹿饮溪埋头跑步，把所有委屈、愤懑的情绪都化作汗水蒸发。跑完一圈，她习惯性地抬头，看了一眼自己的外套所在的方向。

她的外套不见了！鹿饮溪放慢脚步，目光四处搜寻，终于在看台上看到了熟悉的身影和自己的外套。呸，假惺惺的，有毛病！鹿饮溪冷哼一声，继续跑圈。跑第二圈时，她开始摒除怒气和怨气，默默在心底制定健身计划。

说到底，她是一名演员，不再是医学生了，形体、台词都是基本功，不能因为来到这个陌生的世界就虚度光阴，说不定某天还能回到现实世界当中。

风物长宜放眼量，眼前的一切事物都是过眼云烟，回到现实世界里，才是她最该上心的事。

跑第三圈时，鹿饮溪又瞄了一眼简清的方向。简清恰好也在看她。两个人隔着遥远的距离，对视了五秒。

哼——鹿饮溪又冷哼了一声，移开视线。

她多少还是有些委屈的。两个人相处这么多天了，好不容易攒了一点儿信任，她愿意和简清分享过去的人生经历，倾诉自己的童年生活，告诉简清自己的父母与家庭情况，还把童年的伤疤剥给她看。

从小到大，她只剥给简清看过。简清却觉得自己有病，一板一眼地当作病史剥给别人看。信任被辜负，才是最让她难过的事。鹿饮溪吸了吸鼻子，默默跑着步，决定以后再也不和她说心里话。

跑到第四圈时，体内堆积了大量乳酸，双腿发酸发软，机体供氧不足，鹿饮溪开始忍不住用嘴呼吸，无法集中注意力思考，只能将速度放慢。

这具躯体的极限是跑五圈。

跑完五圈后，鹿饮溪的双腿像是灌了铅般沉重，心脏跳动剧烈，仿佛能听见血液在血管里奔腾咆哮。怒气已经宣泄，她沿着跑道进行最后一圈的散步，顺便整理思绪。她望了一眼简清，想走过去，趾高气扬地问一句：知道错了吗？错哪儿了？

然而现实是，怒气退去后，她看见那张疏离冷淡的面孔，就像没做作业的学生见到了老师，忍不住一阵阵犯厌。

都怪这人太可怕了，不说不笑时，总有一股强烈的压迫感，逼得人不敢和她对视。她的直觉太敏锐了，心细如发，不动声色地就把人摸了个底朝天。

鹿饮溪回想起初见的那个晚上，简清审视自己的目光，拽过左手逼问的情形，还有若有似无的试探话语。

自己来到这个世界的第一天，就被简清怀疑了。

鹿饮溪抹了一把额头上的汗。怒气和委屈情绪淡去，恢复理智，开始试着换位思考。

简清观察到的那些症状，人格突变、记忆缺失、童年创伤，确实符合 DID 患者的表现。她是医生，看到那些症状只会联想到精神心理疾病，而非鬼怪乱神。在精神心理领域，剥开过往难堪的经历给医生看，如同脱下外衣接受医生的体格检查，病人也许会觉得羞耻，医生却只会看到疾病。

什么辜负信任，完全是自己很主观的个人情绪。站在客观角度，有病就治，这是一名医生最直接的想法。换位思考一番后，鹿饮溪拖着沉重的步子，一步步走向看台。

简清孤零零地坐在看台边缘，居高临下地俯视着她。

鹿饮溪走近，别别扭扭地抬起头，仰望着对方。鹿饮溪眼里不再有戾气，清澈干净，鼻尖冒着汗珠，靠近了能听见细微的喘息声。

简清盯着鹿饮溪看了几秒，垂眸，撕开湿纸巾包装袋，抽出纸巾，递给她。做出这个动作后，彼此不约而同地愣了片刻。

简清打破沉默，主动开口："消气了？"

鹿饮溪"嗯"了一声。

"你这个人格，从事哪一行？"

知道瞒不过她，鹿饮溪老老实实地回答："演员。"

"衣食住行都有助理贴身照顾？"

鹿饮溪又点头"嗯"了一声，随即反应过来："你嫌我娇气？"

鹿饮溪红着脸强调："力所能及的事情我都会亲力亲为，偶尔实在腾不出手才让人帮忙……"

简清笑了一下。很轻很淡的笑容，转瞬即逝。

鹿饮溪别开头，不再说什么了。

下一秒，她听到了情理之中、意料之外的道歉话语。

"对不起，我没有征求你的意见，就把你带去看医生。"

怒火的余烬彻底被这句真诚的道歉话语扑灭，鹿饮溪看向简清。

简清继续解释："我担心你会讳疾忌医，所以才先斩后奏，是我没有给予你足够的尊重。"

这种冷静平和的态度，是简清面对患者时才有的。

鹿饮溪咬了咬唇，小声凶她："我没病，你别把我当病人。"

沉默了片刻，鹿饮溪又低下头，看着自己的脚尖，忍不住有些难过。

这人根本不懂自己生气的真正原因……自己信任她，只愿和她倾诉往事，而她辜负了那份信任，还在一本正经地道歉，以为是她的做法不够尊重人。

她根本不知道，某个时刻，她成了自己唯一可以信任的人。可其实她们甚至都不一定算得上是朋友。鹿饮溪说不出口，只好重重地叹了口气。

简清还在看着她，等待她的回应。

不指望这个冰块能领悟自己的想法，鹿饮溪一改往日柔和的姿态，流露出与外表年龄不符的成熟样子，温和地开口说："简医生，你判断错了，我的童年没有创伤。虽然因为我是左撇子，被孤立、嘲笑过，但真正欺负我的人，我都欺负回去了……

“我确实很胆小，第一次反抗的时候，害怕得全身都在抖，说话都带着颤音，那些人走后，我蹲在地上哭了好久。但是，我不需要衍生出其他人格来保护我，我从来都不需要别人保护，我自己会保护自己。”

简清没说话，沉默地看着鹿饮溪，像是在看一个陌生人。

鹿饮溪捏着湿纸巾，跑向远处的垃圾桶。

简清望着她纤弱的背影，想起在乡下别墅的那个夜晚，被扇耳光、被刀豁口子的是自己，偏偏她红着眼眶缩在沙发角落，一脸委屈难过的表情。

原来，她从小就是这副德行。

简清低头抚摩左掌上的疤痕，淡淡地笑了笑。

丢完垃圾，鹿饮溪小跑回来，简清把盐水饮料递给她：“补水。”

鹿饮溪“咕咚咕咚”地灌了几口水，然后抓过简清的左手，掀起她的衣袖，借着微弱的灯光打量自己留下的那个牙印。

她咬得很深，但没破皮。鹿饮溪松了一口气。

临床常年处于职业暴露的状态，会接触各种携带乙肝、艾滋、梅毒等传染病毒的病人，简清身为一名临床医生，身上有暴露性伤口绝对是一件危险的事。

这两周的班内时间，为了预防职业暴露，简清的左手都戴着医用手套，也不知道伤口长得怎么样了。

鹿饮溪放下她的衣袖，遮盖上牙印，转而观察她的掌心。

简清的左掌的切割伤早已拆线了，留下一条长约 5cm 的丑陋疤痕。

鹿饮溪看着那条疤痕：“你的生命线、感情线都被割断了，这说明什么？”

简清收回手：“你还会算命？”

鹿饮溪点头，眼中绽开璀璨的笑意：“会，我算出你会长命百岁。”

她希望这个拿了反派剧本的人，今生今世，平安喜乐，长命百岁。

简清看着她的眼睛，问出一句：“老实交代，你是谁？”

夜色浓重，操场上只剩下两三个人在跑步，看台上亮着昏黄的灯。

简清还是那副淡淡的神情，看着鹿饮溪，等待她的回答。

鹿饮溪摸了摸鼻子，心想，要是说自己是从别的世界过来的，这个世界是文字构成的虚拟世界，只怕会再次被简清押送去精神科。

她试探性地问了一句："你小时候看过穿越类型的电视剧或者小说吗？"

简清没回答。

鹿饮溪感叹道："好吧，一看你就是没童年的人，话说你童年时都看什么电视啊？"

简清识破她的小把戏："不要岔开话题。"

不敢再自作聪明地以为能含糊过去，鹿饮溪认真回应："我真的就是鹿饮溪，原来那个也是鹿饮溪，但你确实可以把我看作是一个更全面、更真实的人格——喂！你那是什么眼神？你又想把我抓到精神科去是不是？我不去！"

简清伸手拍了一下她的肩膀，试图安抚她的情绪。

鹿饮溪问："简医生，为什么人生病了要看医生？"

简清知道她话里有话，没拿看傻子的眼神看她，平静地回答："因为痛苦。"

"嗯，因为痛苦。虽然 DID 这类精神心理疾病在影视文学领域被妖魔化得很厉害，人们对其存在很多刻板印象，但我有医学常识，知道疾病的本质是伤害，会给人带来身心的痛苦，科学就医是最好的解决方式。"

简清打断她的小作文式发言："有话直说。"

鹿饮溪被噎了一下，言简意赅道："我没病，你不要把我送去看病。"

顿了顿，鹿饮溪觉得话太短，说服力不够，继续补充："如果感受到痛苦，我会主动就医，我的依从性很好，我会老老实实地打针吃药。现在我没感受到痛苦，你不要把我抓去精神科。你把我送去看病，才会让我真正感受到痛苦。"

简清冷淡地觑她一眼："这么能说？"

看来她平时没少给人洗脑。

"谢谢夸奖。我们这一行的人活在银幕前，讲话有渲染力一点儿更讨人喜欢。"

简清没再开口，双手撑在看台边缘，目光落到远处的天边，似乎是在思索这番话的可信度。

鹿饮溪轻轻扯了扯她的衣角："不要再送我去看病了，好不好？我真的没病。"

鹿饮溪知道简清会心软。

果然，简清没再逼问，怕鹿饮溪着凉，把外套还给她："穿上。"

鹿饮溪穿上大衣，双手撑着看台，身子向上一蹿，想爬上看台，尝试了两遍都没爬上去。

简清出声提醒："左右两边都有阶梯。"

"我不上了。"鹿饮溪很有骨气，还拉了拉简清的衣角，"你下来，我饿了。"

看台上的简老师瞥了鹿饮溪一眼，扶着她的肩膀，很不庄重地直接跳了下来。

鹿饮溪下意识地抬手想扶住她，下一秒，人家就走了。鹿饮溪看着简清的背影，跟上她的步伐。

简清偶尔会亲自下厨，但多数时候没那么多空闲时间，两个人只能在食堂、餐厅吃饭或者点外卖。

今天她们去的是一家火锅店，这家店隐藏在医院后门的一条小巷里。

简清饮食清淡，鹿饮溪喜好鲜辣味道，两个人点了鸳鸯锅。

腾腾热气中，鹿饮溪被辣得红唇鲜艳，泪光盈盈。

简清举止斯文，热气萦绕在她身边，衬得她跟仙女似的不食人间烟火。

鹿饮溪想把这个表里不一的假仙扯下凡尘，捞了麻辣锅底里的食物放在她的碗里："你吃。"

简清看她一眼，依旧慢条斯理地吃完鹿饮溪捞的东西，面不改色。

简清："我小时候在蜀地待过。"

她并非不能吃辣，只是不想吃辣。

极少听到她主动谈论自己的事，鹿饮溪默默记下这个信息："待了很久吗？"

"十多年。"

鹿饮溪点头："那是有点儿久。"

她想问问简清的年龄，八年制本博连读毕业的医生，普遍比较年轻，简清看上去只有二十六七岁的模样，却已经是副主任医师，再怎么年轻，应该也在三十岁左右。

鹿饮溪转念又想到，女性一般不喜欢透露自己的年龄，尤其面对年长者，询问年龄很失礼。

鹿饮溪便不问了。

"简清。"

她郑重地喊了简清一声，正经得让简清以为她要宣布什么大事，放下了手中的筷子，看着她的眉心认真倾听。

鹿饮溪恍然又察觉到简清的一个优点：礼貌。

简清性子冷淡，不苟言笑，给人的第一感受除了淡漠就是不好接近。

可实际上，她为人体贴细心又注重礼貌。无论谁和她打招呼，她都会正面回应；正经交谈时，她会注视对方的眉心认真倾听；她从未真正强迫过自己做什么不喜欢的事，自己也不会从她嘴里听到什么负面情绪或负面评价；熟悉她的同事或学生，会肆无忌惮地和她开玩笑，向她撒娇卖萌……

越仔细想就越能发现更多的优点，鹿饮溪搓了搓脸蛋，心想这个败类有那么多闪光点，原著里怎么都没提到这些？

半晌都没听见鹿饮溪开口，简清重新拾起筷子吃东西。

鹿饮溪为她涮了几片清汤锅底的肉片，试图用年龄差刺激她，唤起她为人师表的道德感和羞耻心："简医生，你上初中的时候，我差不多才出生。"

"你在学史、地、物、化、生，我在吃奶。"

"你考上高中时，我刚上幼儿园。"

"你念大学时，我还在念小学。"

"你博士毕业工作了，我差不多刚读高中……"

简清轻声打断她的话："说重点。"

鹿饮溪夹了一块肉放在简清的碗里，眼里写满了亲情："只要你不把我抓去精神科，从今以后，我拿你当异父异母的姐姐一样敬爱。"

简清放下筷子，问："你这个人格，多大？"

鹿饮溪刚想装嫩说二十岁，又听见简清补充："你不止二十岁，要说实话。"

简清语气笃定，不容置疑。

鹿饮溪低下头，小声地实话实说："二十五岁了……"

简清用冷冰冰的眼神盯着她。

鹿饮溪被盯得无地自容，想在地上刨个坑把自己埋进去。

"我错了……"鹿饮溪涮了满满一盘牛肉，摆在简清面前，双手合十，软声道歉，"姐姐，我错了，我以后不骗你了……"

简清微微蹙眉，警告她："不许这样喊。"

她不喜欢这样的称呼。

鹿饮溪见好就收："好的，简医生，我以后再也不对你说谎了……"

饭后，两个人没有立刻回家，而是在街上散步、消食。

走到一家书店门口，鹿饮溪停下脚步。

简清察觉她的想法，带着她走进去："想买什么？"

鹿饮溪走到儿童区挑选起绘本："桑桑快过生日了，我送她一些书。"

桑桑是肿瘤二区年龄最小的患者，骨癌截肢术后复发转移。她的父母忙着打工攒治疗费，很少有时间陪她，她只能自己在病房里看书。

鹿饮溪打心底怜惜那个乖巧文静的女孩。她在儿童区逛，简清在电子产品区的展架上精挑细选，斯文清冷的气质吸引了不少人的目光。

鹿饮溪挑选完绘本，去找简清。

简清挑了一款白色手表，掀起鹿饮溪的衣袖，在她的左手上试戴。

鹿饮溪开玩笑问："要送我手表？这……这不是给小孩戴的吗？"

简清低头替她系好表带，淡淡地说："戴着，有 GPS（全球定位系统）定位功能，紧急联系人设置成我。"

说完，简清拿过鹿饮溪手里的绘本去付款。

鹿饮溪怔在原地，几乎一瞬间就明白了对方的用意——她在情真意切地牵挂自己，担心自己存在另一个人格，担心另一个人格苏醒时，忘了这段时间发生的事情，陷入迷惘恐慌的状态，或是一个人游荡在街上不小心走丢。

心好像被洇湿了一大块，细微而柔软的情绪蔓延到四肢百骸，鹿饮溪摩挲着手表腕带，看向简清。她迟早要离开这里的，她们根本不是一个世界里的人，就像两条相交线，在某个点短暂交汇，然后越行越远。

距离靠近有意义吗？

回到家，鹿饮溪洗了澡，裹着睡袍，从自己的卧室里捧了一盏星空投影灯，蹲在简清的卧室门口给自己做心理工作。她送自己一块手表，自己送她一盏星空灯，那不代表投以木瓜报之琼琚，只代表自己要和她两不相欠。嗯，两个人不是互赠礼物，只是恩怨分明……

房门忽然被打开，鹿饮溪傻愣愣地蹲在地上，没反应过来，抬头仰望门边穿着黑色睡袍的女人。

简清抱着手臂，居高临下地打量着她：“等我给你赐座？”

鹿饮溪连忙抱着星空灯站起来，脚步一迈，想进简清的卧室。

简清堵在门口，不放她进去，面沉如水：“做什么？”

上回她抱着一个枕头过来，最后自己挨了一巴掌，手掌还被缝了好几针。

“我……”鹿饮溪欲言又止，踌躇片刻，还是小声说出口，“我这次不是来做不好的事。”她把星空灯塞到简清面前，“送你。”

简清不为所动：“什么？”

“星空投影灯，睡不着时你可以数星星。”鹿饮溪侧身挤进卧室，关了灯，打开星空灯投影到天花板上。

亮白色的灯光退去，淡蓝色的星光如潮水般涌来。

鹿饮溪抬头看着满天花板的繁星：“我知道你有心事，你不愿说，我不会问，你有秘密，我也有秘密。如果有一天你想倾诉了，再和我说。如果有一天我足够信任你了，我也会和你分享我的秘密。”

简清站在星光下，沉默地看着鹿饮溪。

鹿饮溪把她推到床边，想让她躺下看星空：“不要总开着灯睡觉了，灯光太亮，会影响褪黑素分泌，所以你总是失眠。你躺下看看这样够不够亮？不够我再调一调。”

星辉如水，室内一片静谧，宛如回到了初见那晚的场景。

简清躺在月色中，美得不可方物。

鹿饮溪站在床边，傻傻地看着她，问道："我可以坐一会儿吗？"

简清"嗯"了一声。

鹿饮溪脱了鞋，坐在她的床上，抱着膝盖。

过了一会儿，鹿饮溪轻声问："在别墅那晚你就开始怀疑我了，是不是？"

简清还是淡淡地"嗯"了一声，没有看鹿饮溪，只是望着天花板上的星星。

鹿饮溪把下巴抵在膝上，轻声细语地倾诉说："那天晚上第一次见你，我以为自己在做梦，梦里才有这么好看的人……"

被夸好看，简清没什么反应，神情淡淡："哦？我那晚见你以为你有病。"

她说的是字面意义上的"有病"。

鹿饮溪敛了笑容，小声凶她："你能不能不要这么破坏氛围？"

又被凶了，简清看了鹿饮溪一眼，闭了嘴，与安静的星辉融为一体。

鹿饮溪看了看床头，食指搭在普鲁斯特的《追忆似水年华》上，隔着透明包装袋轻轻抚摸黑色字体，没话找话："你喜欢看这书？听说它是西方人眼中的《红楼梦》。"

简清实话实说："不了解，听说催眠效果很好，买来试试。"

鹿饮溪收回手，她们不能聊文学。她和简清都是上了大学就没再碰过和文学有关的书的人，文学熏陶停留在中小学生课外必读书目的程度，能记住四大名著就算不错了。

"你喜欢什么水果啊？"她转而打探简清的喜好。

"没什么特别喜欢的。"

"那……不喜欢什么水果？"

"榴梿。"

喜欢看什么类型的影视剧、喜欢吃什么零食、喜不喜欢猫猫狗狗……鹿饮溪一一问过去。

她对简清的好奇心和窥探欲忽如一夜春风来，千树万树梨花开。她想了解这个人，了解得足够多才能想办法改变结局。

简清枕着手臂，看着星空，耐心作答。

“哎——”鹿饮溪唤了简清一声。

简清看向她，静默地等待着她的话。

鹿饮溪屈膝坐着，支吾半晌，始终没有勇气把“以前的我好一些，还是现在的我更好一些”这话问出口。

简清等了一会儿，没等到她的话，转回头继续看星星：“想留下来一起看星星吗？”

鹿饮溪迅速爬下床：“不了，你还是早点儿睡吧，让星星陪你睡觉。”

走到门口，她又停下，看着床榻上的人，柔声道：“晚安，简老师。”

她等了一会儿，听到简清轻声回了一句：“晚安，鹿同学。”

鹿饮溪心满意足地离开，留下一室星辉。

来到这个世界后的这段日子，鹿饮溪习惯在睡前打开备忘录，在脑海里一遍遍回忆看到过的原著剧情，然后记录下关键的时间点、人物。她留了个心眼，涉及剧情的关键人物全部使用了化名，只记录自己能理解的关键字，不记录任何一句旁人能猜出意思的完整话语。已经大半个月了，她能回忆起来的信息差不多都记下了，再也想不起更多细节来。鹿饮溪点开备忘录，再次看了一眼原著里的结局。

来年的冬天，也就是差不多一年后，她这个炮灰会自杀，简清那个反派也会死亡。她不清楚人物变化的起因、经过，只知道这个结局。

为了逃避这个结局，她给自己设定了五个月的安全期。

五个月后，拿到了钱，她打算远渡重洋，远离是非，明哲保身。

鹿饮溪拿起床头的白色智能手表。手表表面是一张白图，白底黑字写着简清的名字和联系方式。那人希望如果自己将来出现意外状况时，可以第一时间联系上她。

鹿饮溪将手表放回床头，开始思考人格分裂的事。她身上根本不会再出现另一个人格。书中的鹿饮溪与她有着极为相似的性格特征，更准确地说，那本就是她的性格中的一部分。

这些年，她有一部分粉丝会用她的名字和经历写“小说”。因为她左眼的眼尾处有颗褐色泪痣，十篇文里，有八篇粉丝会写她被人吻泪痣。

她的粉丝很会写，在他们的笔下，有时她是风情熟女，有时她是清纯学妹。她们赋予“鹿饮溪”这个名字各种角色、各种经历，鹿饮溪尊重粉丝的小爱好，向来一笑了之，不甚在意。毕竟她是公众人物，“鹿饮溪”就只是一个符号，一个被凝视、被解构的对象。观众看到的她，媒体看到的她，粉丝看到的她，从来都不是真正的她，只是她的十之五六。

简清总提到那十之五六的人格，是不是侧面说明，她认为那部分的自己在这个世界更受人喜爱？

简清眼里的她柔弱、听话、毫无攻击性，菟丝花一般紧紧攀附着他人。

简清把自己送到医院治疗，是不是很希望原来那部分人格回来？

莫名的情绪在黑夜里发酵，鹿饮溪缩在被窝里，把自己弓成一只虾米。

第二天，吃早餐时，她和简清讲了“叶公好龙”的寓言故事。

简清听出了淡淡的嘲讽之意，但没听明白她的意思：“有话直说。”

鹿饮溪叹了一声气，摇头不语。

简清态度冷淡：“爱说不说。”

上班时，走到医院门口，简清才领悟过来：“现在的你，是更真实的你。你是这个意思吗？”

鹿饮溪已经揭过了这茬，正捧着一杯果汁喝，冷不丁地没反应过来，懵懵懂懂地问了一句：“什么？”

简清：“没什么……”

亏她琢磨了一早上……

在医院，个体情绪变得很渺小，生死之外无大事，除了患者，无人会被照拂。穿上白大褂，戴上口罩，剥去私人的情绪，克制和冷静是唯一武装，简清开始全身心投入工作。

鹿饮溪跟着她参加教学查房后，被护士长喊去了钢琴室。

肿瘤二区右侧走廊尽头原本有一间杂物室，后来公益组织捐赠了一架钢琴，杂物室就变成了钢琴室。每周都有江大的学生志愿者，或是医院的医护人员过来弹琴给病人听。音乐能安抚患者压抑的情绪。

最近学生在备考，没时间来，鹿饮溪就顶上了。她会弹几首简单的曲子。时常有患者坐在钢琴室的阳台上晒太阳、听曲子。

鹿饮溪遇到了一对很乐观的老太太，一个姓赵，一个姓周。

赵老太太今年七十有二，是一名退休的英语老师，两年前罹患肺癌，每次都是乐呵呵地来医院，一个疗程结束也是乐呵呵地回家。见到医护人员她会中气十足地打招呼，从家里带好吃的东西分给大家，经常挂在嘴边的话就是："开心也是活，不开心也是活，还不如活得开心点儿，能活几天是几天。"

她是一个很活泼的病人，生机勃勃的病人。

赵老太太住院期间，丈夫、小孩从没来探望过她，都是那个文静的周老太太陪床照顾她。周老太太年轻些，六十出头，是一名退休的中学音乐老师，和赵老太太是多年的同事兼邻居。有时候，周老太太在室内弹《奇异恩典》，赵老太太就在外面晒太阳，拉着人唠嗑。

部分患者和家属对医生有天然的信任感，尤其是上了年纪的长辈，遇到了医生，好像就成了老小孩，爱拉着人絮叨。经常有去练习询问病史的小实习生落入长辈的"魔爪"中，不唠个半个小时停不下来。

鹿饮溪交际能力好，看到谁都能聊上几句，长相又清纯甜美，病区的医生和护士都熟悉她，连带部分长期住院的患者也爱拉着她唠嗑或给她介绍对象。

赵老太太一看到她就喜欢，打开手机相册，问她："闺女，喜欢啥样的？我侄儿的儿子在法院工作，今年二十八岁，家里有两套房，长得那叫一表人才，你看看——"

鹿饮溪愿意陪老人家聊天，没直接拒绝，看了一眼手机，装嫩说："二十八岁？我才二十岁呢，不行，年龄差太多了。"

赵老太太"嘿"了一声："年龄大点儿的男人才懂得疼人呢，小的不会照顾人。"她又翻了翻相册，"那你看看这个，小周老师侄女的儿子，今年二十二岁，也是学医的，还没耍朋友。"

鹿饮溪："学医的？更不行，医生太忙了，不能陪我。"

"那你想找个什么样的人？"

"我的要求不多。首先人品要过关；然后长得要顺眼，对我好，年龄差控制在七岁以内；性格嘛，要开朗热情，不能半天憋不出一句话；心胸要开阔，不能太小心眼；斯文谦逊，不要太霸道；如果喜欢看书，文学素养高一点儿，能和我互补，那就更好了……”

鹿饮溪一一列举，赵老太太努了努嘴，就差揪着她的耳朵喊：你这叫要求不多？

室内琴声戛然而止，钢琴边的周老太太扶着眼镜站起来：“简医生，您来了，是老赵的检查结果出来了吗？”

“结果今天下午出，我会进行评估，周老师，您下午有空来办公室找我一下。”

阳台上的鹿饮溪听见那清冷的嗓音，瞬间噤声。有种人就是这样，天生就有冻死人的气场，再热闹的氛围，只要她出现，也会冷下来。

鹿饮溪不禁冲那个冷清的背影皱着鼻子吐了吐舌头，然而，鬼脸刚做到一半，简清转过头来，看着她，目光冷淡。

上午十点，简清提了一袋柑橘到钢琴室。

鹿饮溪以为简清是来找她的，那袋柑橘也是给她的。因为她前几天才说想吃小柑橘，一口一个的那种，她一口气可以吃三十个。最后，简清却将手里那袋柑橘送给了周老太太，只留了个清瘦的背影给她。

今天简清值二线班，中午没回家休息，值班护士订了饭，食堂直接送过来的。值班人员围在办公室里吃饭，简清偶尔会和别人简短地交流一两句，偏偏没搭理鹿饮溪。

鹿饮溪埋头扒饭，时不时地抬起头看简清。不禁料想，做个鬼脸而已，简清难道生气了？鹿饮溪低下头，轻轻地叹了口气，她只是做了别人想做却不敢做的事而已嘛。

午休时，简清趴在办公桌上小憩，鹿饮溪像一只做错了事的猫，乖巧地趴在桌上陪她。

简清一觉醒来就到了下午两点整，离正式上班还有半个小时。

鹿饮溪身上披着自己的大衣外套，简清坐在她身边，慢条斯理地剥着橘子。鹿饮溪趴在桌上没起来，嗅着柑橘的清香，睁开眼就看见了这一幕。

简清察觉到她醒来，垂下眼帘，冷飕飕的视线瞟了过去。鹿饮溪连忙从桌上直起身来，疾步走去开水间倒了一大杯凉水。灌了两大杯凉水，鹿饮溪走出开水间，回到办公室里时，已经不见简清的身影。她的位置上多出了一盘剥好的柑橘，橘瓣的白色橘络都被择得一干二净，果肉整整齐齐地摆在圆形塑料盘上。一看就知道是谁剥的。

下午两点半，医生、医学生、患者陆续涌入办公室，开始了新一轮的忙碌。

简清外出还没回来，鹿饮溪看见在门口徘徊的周老太太，便走出去打招呼："周老师。"

周老师克制着焦急的情绪，问："小鹿啊，老赵的检查结果出来了吗？"

简清上午让她下午来办公室一趟，她整个中午都没休息，一到上班的点就跑来办公室蹲结果。每隔一段时间，医生就要对肿瘤患者的治疗效果进行评估，根据检验检查结果，测量病灶的大小，做出疾病进展、疾病稳定、部分缓解、完全缓解的疗效评估。

鹿饮溪理解家属此时的焦躁心情："我帮您看一下。"

她用简清的账号登录医生工作站，点开二十四床赵老太太的检验检查报告，逐一查看起来。

"血常规、血生化、肿瘤标志物这些常规的检验结果已经出来了，但胸部 CT 还没出结果，闭环管理这边显示——已经到了上级医师审核这一环，最多……"鹿饮溪凭借个人经验判断道，"最多再过一个小时就能出报告。"

"还要再等一个小时啊……"周老师紧盯着电脑屏幕，目光焦灼不安，"那……现在能看出检查结果是好还是坏吗？"

鹿饮溪看见肿瘤标志物检验单里，CEA（癌胚抗原）、CA-125（糖类抗原 125）这两个指标数值有明显升高，犹豫了一会儿，摇了摇头："不能，要以影像学结果为准，看片子才能看出病灶是变大还是变小了。"

"这些天晚上老赵一直睡不好，一直头晕、呕吐，我就怕……怕瘤是不是转移到别的地方了……"

鹿饮溪微微一愣。在她的印象中，面前的老人家向来是优雅从容的形象，话不多，不像赵老太太那样热情活泼，对人永远客客气气的，平静地陪伴赵老太太治疗、检查，没想到竟会有如此惊慌的一面。

鹿饮溪看向电脑屏幕，看见检查那一栏里，除了胸部 CT，简清还开了脑部 MRI（核磁共振）的影像检查。

简清是怀疑脑部转移吗？肺癌脑转移是晚期肺癌患者的常见情况，典型表现是头晕、头痛、喷射性呕吐。

鹿饮溪不敢表露太多情绪，只好安慰道："一切要等全部检查结果出来了才知道，赵老师体能状态很好，心态也很积极，我们要对她有信心。"

"谢谢你，那我待会儿再过来。"周老师勉强地笑了笑，垂着头离开。

鹿饮溪目送她步履蹒跚地离开。

癌症折磨的不仅是患者，更是一整个家庭，尤其是患者身边最亲密的人。医院可以看见很多的人情冷暖、世态炎凉、患难真情。

鹿饮溪想起自己曾去二十四床练习问赵老太太的病史，结果被赵老太太拉着絮叨了好久的家长里短。

赵老太太说她自己是江州本地人，在邻市有一个二婚的丈夫和一个继子，生病以来，丈夫和继子从未来医院探望过她，陪伴在她身边的只有几十年的老同事、老邻居——周老师。所谓的爱情、亲情，有时还不如一份真挚的邻里情谊。

简清从胸外科会诊回来，坐电梯时遇到了同班同学，现在在儿科工作的医生。

两个人打了个招呼，简清盯着她的口袋，问："还有糖吗？"

儿科医生口袋里常年放着哄小孩的糖果，他们是全院脾气最好、最温柔的医生——脾气不好的早就转行了。

"有啊。"儿科医生笑着抓出一把糖果，"看不出来，你喜欢吃奶糖？我们科多得很，喜欢吃你就经常过来坐坐。"

简清矜持地道谢。她才不喜欢吃糖。

回到办公室，简清点开了赵老太太的脑部 MRI 检查结果，清晰地看到颞部的病灶。她组下的医生一起凑过来看："脑转移了？"

简清沉默了一会儿，"嗯"了一声，说："她在我这儿治疗两年了。"

空气有些沉默，谁都不愿看见这个结果。

踏进肿瘤科，不仅患者有了心理预期，医生和护士也有，这里很难出现患者被治愈的情况，更多时候，医护只能见证一个个患者缓慢挣扎，见证一个个患者离去。

张跃低头说："是啊，她在我们这里治了两年了，前天还说要给我介绍媳妇呢。"

魏明明有些沮丧："唉……感觉我们谁都救不了。"

赵文倩给她指了指墙上的红色标语："看到没？'有时去治愈，常常是帮助，总是在安慰'，这就是肿瘤科。"

张跃说："她家里人也够狠的，一次都没来看过她。"

赵文倩："我妈还总催我结婚生小孩，说老了才有人养，啧啧啧——婚姻不见得就是避风港，不如跟朋友把关系搞好点儿，说不定在关键时候朋友还能捞我一把。"

简清摇头："不如自己多赚点儿钱。"

抗风险能力只能自我给予，不能寄托在任何一段人情关系上。

没等其他人说话，简清又开口："魏明明，去把周老师叫过来。"

周老太太被叫去了医生办公室，鹿饮溪坐在赵老太太的床边，继续由她给自己介绍对象。

两个人笑闹了几句，赵老太太忽然说："小鹿啊，我想死。"

鹿饮溪一怔，反握住她的手，轻声安慰道："您别这样想，周老师会难过的。"

"我就是怕她会难过，才不在她面前说，你不要和她说……"

鹿饮溪握紧她的手："好，我不会说，如果说出来心里能好过一些，有什么想法您都可以和我说。"

赵老太太笑了，皱纹挤成了一团："还是继续说说我那个学生吧，真的是年轻有为，人品又好，你错过可就可惜了……"

鹿饮溪忽然分不清眼前的老人家究竟是真乐观，还是只因旁人不希望她消极所以才强颜欢笑，强装乐观。

周老太太回来后，鹿饮溪把空间留给她们，起身回了办公室。

简清一定也回来了。

她想见简清，又怕见简清，沿着墙壁走得很慢。

人走在肿瘤科的病区里，能看见很多悲苦场景。

病房里有胃全切的胃癌患者，吃不进半点儿东西，胃部有灼烧感、反酸，只好在病床上枯坐一晚；有晚期的肝癌患者，脸色蜡黄，双腿浮肿，瘦成了皮包骨，已经不像人了，像一个披着人皮的骨架；有身上插满管子的肺癌患者，没有被治愈的希望，医生已经在和患者家属沟通下次急救时是否放弃抢救……

所有别扭的小情绪，此时都已烟消云散。

生死面前，人类所有的情绪都变得万分渺小，万分珍贵。哪怕两个人闹别扭，也是一种生命鲜活的体现。吃饭、走路、呼吸新鲜空气，这些再平凡不过的事，在部分人眼中都是可望而不可即的奢侈体验。

走到走廊的拐角处，冷不防地撞到一个人，鹿饮溪后退一步，抬头就看见了那张冷淡的面孔。身体比理智先一步做出反应，立刻凑近，软声开口："简老师，你生气了吗？"

简清身上没有清冽的冷香，只有淡淡的酒精味蹿入鹿饮溪的鼻间。鹿饮溪稍稍抬头，直视简清无波无澜的双眸。

简清眼底波澜不惊："我没生气。"

相处这么久，鹿饮溪也摸清了眼前这人的性子，轻声反驳说："没生气你整个中午都不理我？"

简清移开视线，不看她，冷冰冰地嘲讽："你是三岁小孩？需要我拿糖哄你，时刻关注你？"

鹿饮溪默了片刻，挪了一下脚步，把自己重新挪到简清的视线范围内，昂首说："你不想关注我就算了，我还不稀罕你关注呢，但有个患者需要你们特别关注一下。"

在医院里，简清关注工作大于关注个人，自动忽略了鹿饮溪的前半句话，问："谁？"

没等鹿饮溪回答，简清看了一眼四周，说："回办公室说。"

鹿饮溪跟着简清回到办公室里，坐到最角落的位置上，低声交流："赵老师可能有轻生倾向，要让医生、护士和护工们留意一下，病房内不要放利器，不要留她单独一个人，看紧一点儿。"

简清习惯性地挤压免洗消毒凝胶洗手，边揉搓双手边问："怎么发现的？"

"就刚刚我和她聊着天，聊得还挺开心的，她忽然说想死，我听到时心里就'咯噔'一下，都不知道要怎么安慰她才好。她看上去很乐观，也一直在积极接受治疗，和大家有说有笑的，上次我还听到她在劝隔壁床的病人看开一点儿……"

简清揉了揉眉心，微不可闻地叹了口气："我会叫大家留意的。"

在医院工作久了的人，几乎都会目睹患者自杀的场面。尤其是晚期肿瘤患者，治愈无望，都会有抑郁焦虑的倾向。那些消极的情绪会降低他们的依从性，从而影响到治疗效果。

病人压抑绝望久了，生怕自己成为家庭的累赘，拖垮别人，很容易就选择轻生。如果病人直接表现出睡眠障碍、躁郁易怒，或是长时间低落的样子，那医生很容易就能看出并实行干预措施。但有些病人不深入交谈完全看不出来，他们表面上谈笑风生、无畏生死，给了家属、医护人员一种积极治疗的假象，实则只是在强颜欢笑。

若无人察觉这类病人的内心世界，他们也许会走向自我毁灭的结果，跳楼、割腕、吞药……以各种痛苦的方式结束自己的生命。

但死亡并不能解决问题，只能带走一些问题，然后制造出新的问题。病人选择一了百了，以为是减轻了家庭负担，其实会给家属带来另一个层面上难以摆脱的阴影。甚至主管医师和护士也会陷入自责挫败的情绪，那种失职感会牢牢盘桓在心头，逼得人彻夜难眠。

鹿饮溪抬起头，看着简清的面庞，问："哎，你好像很沮丧？"

简清脸上没什么表情，鹿饮溪却准确地解读到了她的情绪变化。

鹿饮溪轻轻扯了扯她的衣角，安慰说："别沮丧，以后有经验了你就会留意了。赵老师隐藏得那么好，她不说，别人真的很难看出来。而且，有些病人会怕医生，就像学生看到老师会紧张一样，不敢多说话，更别提说什么心里话了。"

在肿瘤科的这些日子，鹿饮溪留意到患者、家属从不敢拉着简清唠嗑。

简清那张脸看着年轻漂亮，却总是冷冰冰的，眼里也不带什么感情色彩，除了严肃还是严肃。

有些家属明明比简清年长好几轮，查房时，看见她却像学生看见老师一样乖乖站起来，聆听医嘱。

鹿饮溪继续轻声安抚简清："我不是真正的医生，所以可以表现得有亲和力一点儿，和她们交朋友，说说心里话，要是医生都像我一样，可能不到两年就会心理崩溃，辞职不干了。

"我们那里有个专家说过，治病救人就像背人过河。所以我想医生不能是软绵绵的、吸纳负面情绪的海绵，要背人过河，首先得保证自己不能被淹死，对吧？"

医生和患者保持距离是一种自我保护方式。在其他科室，医生可以亲近病人，甚至可以和病人交朋友，但肿瘤科是一个没什么治愈成就感的科室，很多病人注定会走向死亡，医生投入的感情越深，病人走的时候，医生越容易觉得痛苦挫败，无能为力。

鹿饮溪曾是一个背人过河，却被河水淹死了的人，如今不希望看见任何人落得她那样的下场。

简清看着她，忍不住轻声说："你的话好多。"

鹿饮溪轻轻"哼"了一声："我安慰你，你还嫌我啰唆。"

她转开头，不说话了。

简清看了看她，没再说什么，打开面前的电脑，登录医生工作站，点开患者的病历看。过了一会儿，简清转过头看了鹿饮溪一眼，依旧是一言不发，却勾起了嘴角，眼里有了浅淡的笑意。

习惯了她的冷冰冰样子，冷不丁见她这么笑，鹿饮溪有些意外，片刻后却又忍不住小声嘟囔："有什么好笑的……"

简清摇头，敛了笑容，一本正经地投入工作。

鹿饮溪重新凑到简清身边，问："你会和周老师说这件事吗？"

简清点头："会。"

"赵老师让我别告诉周老师，怕周老师难过。"

“不能不说，她是陪护人员，要告知她二十四小时不间断地陪护。”

若未履行告知义务，医生要承担一定的责任。

“我知道了。”鹿饮溪低声叹气，“我只是在想，赵老师不想让周老师难过，但周老师肯定要知道这件事，知道了肯定会难过，说不定周老师也不想让赵老师知道她难过，就假装不知道、不难过，我代入想一想，就觉得好心塞。”

简清被她绕得有点儿晕，也不理解有什么好心塞的，冷淡地说：“那就不要代入去想。”

鹿饮溪被噎了一下，正要反驳有些共情是难以控制的，转念想到简清或许早已经对这些事免疫了。

医务工作者刚踏入临床那会儿心肠最软，满怀热忱，想救死扶伤，想善待每一个病患，会为世间的悲苦落泪。等到后来，见惯生死，一颗心千锤百炼，学会了克制情绪，就成了他人眼中严肃的“白大褂”。不知当年的简清，踏入临床时是怎样一副光景？她会不会为患者红了眼眶？

鹿饮溪想象不出这个冰块红了眼眶是什么模样，简清看起来冷情又内敛。

但鹿饮溪还是继续将话题接了下去：“哎，你刚下临床的时候哭过吗？”

简清在电脑上敲着字，抽空瞥了鹿饮溪一眼：“哭？你以为我是你？”

哼，自己又被这人冷冰冰地嘲讽了。

鹿饮溪转开头，陷入了沉默之中。但确实被说中了，她刚见习那会儿，听到家属凄厉的哭号声，会忍不住跟着一块儿红了眼眶。她共情能力太强了，能够轻易代入各种情绪。这是优点，有时也是缺点。她仰头望向办公室墙壁上嵌着的一条红色标语——有时去治愈，常常是帮助，总是在安慰。

这是肿瘤科最真实的写照。

肿瘤领域，医生的成就感从不来自救死扶伤地治愈患者，而是延长每一个患者的寿命，缓解每一个患者的痛苦。她也曾满怀热忱，投身其中，后来，所有理想抱负都成了奢望……

简清话少，不爱闲聊，和鹿饮溪聊天却会比平常耐心一些。

见鹿饮溪缩在角落里不吭声了，她以为是被嘲讽得不开心了，认真地解释道："临床上需要头脑冷静、判断专业，不能情绪化，会影响到诊疗工作。"说到此处，她微微摇头，"魏明明的心也太软，有病人走了，她还会躲着我哭。"

鹿饮溪从沉默中抽身，对简清进行人身攻击："可能她是怕你骂人，你这么凶。"

简清微微挑眉："我凶？"

鹿饮溪点头，煞有介事地说："很凶。"

其实简清不算凶，只是偶尔有些坏心眼，会戏弄人、嘲讽人，沉默不语时还有一丝阴郁，小孩看见她就怕得号啕大哭，从外表来看，她绝非良善之辈。

简清没理会对方幼稚的人身攻击行为，站起来找出一沓资料丢给鹿饮溪："等我回来提问。"说完，她打算去护士站找护士长交代一声，特别留意病人的情况。

鹿饮溪"噢"了一声，听话地低头看起了资料。

简清转身离开时，低头摸了摸口袋，捞出几颗奶糖，想起先前自己冷冰冰的话——"你是三岁小孩？需要我拿糖哄你，时刻关注你？"

简清看了看奶糖，又看了看专心致志地背资料的鹿饮溪，趁她没注意，偷偷把奶糖塞进了她的白大褂口袋里，然后若无其事般地转身离开。

# 第四章 酸涩

疾病具有一定的季节性，冬季易发呼吸道疾病和心脑血管疾病。对生病的患者，尤其是老人而言，寒冷的冬天是一个考验，很多老年患者熬不到春暖花开。一到冬季，肿瘤科病人危急值肉眼可见地变多，死亡率也明显升高，尤其是肺癌一类的呼吸道疾病，容易并发感染。

简清自己去看了一眼赵老太太，又找到护士长报备了情况，交代自己组下的医生要特别留意，必要时请心理科医生会诊。交代完，她自己一个人去病区走了一圈。平日里她到病房，身旁几乎都跟着人，有时是几个人，有时是一群人，如果是科主任大查房，更是乌泱泱一堆人。

除了患者家属主动到办公室、诊室里找她，她似乎没有给过他们单独与自己交流的机会。她会花时间查阅文献，和其他学科的医生会诊讨论，制订治疗方案，但从不会和病患寒暄，也甚少关注他们的情绪状态，只会一针见血地告诉患者家属现阶段病情怎么样，接下来可以选择哪些方案。她不是一个懂得人文关怀的温情医生，只负责看病治病。

简清走到七号床边，和床上的病人打招呼。

七号床是一名五十多岁的教授，姓李，中文系出身，学识渊博，固执地认为自己比其他病人乃至主管医师懂得更多。但他不会流畅地陈述病情，有时会漫无边际地絮叨一堆没有重点的话，还会上网查肿瘤相关的文献，阅读最新治疗指南，查症状对号入座，给自己下主观的诊断结果。每当他絮叨，甚至是顶嘴时，简清总是冷冰冰地打断他的话，用提问的方式提取所需信息，或者直接无视他的话。

今天，她试图去共情，去换位思考，思索背后缘由。

在一个全然陌生的领域，面对陌生的疾病，任何人都会存在未知、恐慌心理，上网搜索了解相关信息是很正常的事。

术业有专攻，不是每个人都学过医，不是每个病人都有医学常识。病人有意强调那些话，或许是希望医生能够多关注自己一些。这就像一个爱显摆的小孩，想在长辈面前表现得好一点儿，说得多一点儿，希望自己成为最特别的那个人。

短暂思索片刻后，简清站在床边，和李教授聊了几句病情，然后开始寒暄，问他："有什么人文历史类的书籍可以推荐吗？"

李教授像是看见了一名勤奋好学的学生，立马流露一副孺子可教的表情，在自己熟悉的领域滔滔不绝起来。

简清安静地聆听，余光瞥见了隔壁八号病床的小丫头。

桑桑看到简清，咧嘴一笑，眉眼弯弯，露出一口小白牙，看上去不像从前那么怕她了。她和七号床的李教授寒暄完，走到八号床边，掏出口袋里的几颗奶糖放到桑桑的手心里。桑桑用稚嫩的嗓音道谢，剥开糖衣，把糖果塞进嘴里，再次露出豁口的小白牙。

简清看见她的上牙床上少了颗牙，捧起她的小脸蛋观察："张嘴，啊——"

桑桑跟着张开嘴："啊——"

"又换牙了？"

桑桑点了点头。

简清轻声说："好好刷牙，少吃糖。"

说着，她抢走了桑桑手里的一颗糖，重新塞回自己的白大褂口袋里。

儿童换牙一般在六至十二岁之间，桑桑今年十岁，简清希望自己能看到她换完牙。

像这样一间间病房走过去，挨个看过组里的病人，这次简清很少谈论病情，只是观察他们的情绪状态，叮嘱他们冬天要注意保暖，注意室内通风，出门戴口罩，预防流感。

简单地寒暄一两句话就离开，她不会长篇大论地安慰他们。这里不缺那一类的安慰话语，从治疗开始那一刻起，亲朋好友就投以怜悯的眼神，患者和家属听过许多——

“虽然得了这个病，但要保持乐观的心态啊。”

“要和正常人一样，积极面对，乐观地向前看。”

“好好生活，珍惜当下。”

…………

诸如此类正确而美好的废话，其实只能靠当事人自己领悟，旁人说多了，有时会起适得其反的效果。

今晚搭班的一线值班是隔壁组的住院医师，临床经验丰富，外加下危重通知的病人不多，踩在生死线上的病人基本都被转去了ICU，简清决定在家听班。

江州大学附属第一医院位于寸土寸金的市中心，简清的家就在医院对面，隔着一条街，上下班只要几分钟。

简清在家听班，鹿饮溪自然不用跟班，兴奋地去操场跑了几圈。

她开始规律地运动健身，严格控制饮食，不再吃辛辣食物，保持体重，为下下个月的拍摄做准备工作。可她一旦有了健身计划，就有各种纷至沓来的意外情况打破规划——第二天下午，张跃邀请她参加聚餐。

“不是整个科室的人聚餐，我请我带的那几个实习小孩吃些烧烤，唱唱歌，就在医院附近，你一块儿来玩吧？”

鹿饮溪心想，自己怎么也得有点儿社交活动，便愉快地点头同意了。

傍晚，她在家化妆，简清看到了，问：“去哪儿？”

“聚会，你不去吗？”

简清独来独往惯了，不怎么参与下级医生的聚餐活动，张跃来邀请时她一如既往地回绝了。

“你还真不去啊？我以为你会一块儿去的。”鹿饮溪凑到简清跟前，拉着她的手腕晃了晃，“要不你一起去吧？就当是陪陪我。”

简清犹豫片刻，“嗯”了一声，给张跃打了个电话，告诉他自己改主意了。

张跃吓得差点儿把手机甩出去。

他就礼貌性地询问一下，没预料到简清真会来，他带的那些小崽子也没心理准备，个个鬼哭狼嚎。

工作时要看上级冷冰冰的脸色、提心吊胆就算了，谁愿意聚会时还跟上司待在一块儿？

张跃提前赶到了烧烤店。

实习生们来得更早，几个年轻人围坐在吵闹拥挤的小烧烤店里，吐槽学业，吐槽医院，吐槽老师，聊八卦聊得热火朝天。

“护士长真的好凶啊，我今天又被骂得差点儿自闭！”

“医院真抠，把我们当免费劳动力压榨，一点儿辛苦钱都不发，过年也没假！还是张哥你对我们好点儿，上个月我们考研给了我们两个星期的考研假，听说隔壁组的人都不给放假。”

“大家都是这样熬过来的，我们是后期英雄。”张跃笑容爽朗，“不过，给你们放假这种话咱们自己人说说还行，你们千万不可以说出去啊，要是让医教科的人知道了，我会被叫去挨训的。”

“放心！我们那些天都躲在示教室里复习，没在宿舍里复习。”

“你们听说了吗？隔壁班的林 ×× 出轨了！脚踏三条船啊！令人发指！”

“那样的人都有女朋友？为什么我还单身？！”

“三条船？他哪里来那么多时间？我每天回到宿舍就想躺下睡觉了。”

“上啤酒，上啤酒！上肉，上肉！边喝边说！”

等鹿饮溪带着简清出现在烧烤店里时，热络的氛围顿时像是被泼了一盆冷水，年轻的学生们端坐在长桌边，一个个变得含蓄内敛，岁月静好，热爱学习，热爱医院。

“叫点儿饮料吧，大家不要喝太多酒。”

“昨天我低血糖差点儿晕倒，护士长给了我两块糖，一整天都没骂我，她人真好。”

“我记得出科考是在下个星期吧？我的腰穿还有点儿不熟练。”

“这星期大家组队一块儿去练练。”

烧烤的烟雾萦绕在简清身边，简清轻轻挥了挥，漫不经心地提问：“腰穿的注意事项是什么？”

刹那间，空气陷入死一般的沉寂。学生们低下头，喝酒的喝酒，吃肉的吃肉，不敢和简清对视。

度秒如年的沉默氛围中，唯有鹿饮溪看穿简清眼里的揶揄之色，给她倒了小半杯梅子酒，笑盈盈地说："简老师，大家难得聚在一块儿吃饭聊天，你就不要教学了，来，喝一杯。"

张跃也站了出来："对啊，对啊，师姐，我还没怎么请你喝过酒，来，敬你一杯。"

简清和张跃碰杯。

"简老师，你明天好像没班，我们也敬你！"有滑头的学生主动先向简清敬酒。其他人纷纷效仿，简清没有拒绝。学生更来劲了，前赴后继地展开车轮战，想灌醉她。

简清只喝了几杯酒就不喝了，站起来叮嘱在座的人："不许多喝，不要玩太晚，张跃、明明，你们送学生回宿舍后发短信给我。"

魏明明不想放她走："老板，怎么这么早就要走？你明天又没班，我们这才刚开始，待会儿还要去 KTV，我要唱一首《感恩的心》给你听！"

简清敲了一下魏明明的脑壳："明天有个会，我得回去准备一下。"

她原本担心鹿饮溪和他们不熟，不好融入，现在看来，对方的社交能力很强。反而是她留在这里，学生们不敢放开玩。

简清离开后，鹿饮溪看着简清留下的餐盘发呆。餐盘干干净净的，简清只喝了几杯酒，根本没吃什么东西。

她似乎融入不到热闹的环境里，永远习惯冷冷清清的。

冬季的街头，华灯初上，车水马龙。

鹿饮溪走出烧烤店，追上前面的简清，轻轻拍了一下她的肩："简医生，去逛超市好不好？"

简清在原地站定，看着鹿饮溪："怎么出来了？"

"我不想吃烧烤了，太油腻，影响我的健身计划。我想亲自下厨做点儿蔬菜沙拉，走吧，一起去逛超市。"

鹿饮溪带着她走向附近的商业广场。乘坐电梯到负一楼的超市时，鹿饮溪抬头看向商场的名字："银河广场？这名字有点儿眼熟。"

她依稀记得这是简家的产业之一，但简清和简家的关系好像很一般。

朝夕相处的这段日子，鹿饮溪从未听她聊过家里人，也没见她的家里人联系过她。她好像一直都是一个人，没有家人，没有朋友，孤孤单单，冷冷清清……

鹿饮溪皱了皱眉头，低下了头，再抬起头，目光正撞进简清充满探究意味的眼眸里。两个人对视两秒，默契地同时移开视线，望向四周。

鹿饮溪四处张望，没话找话："这超市好大，我第一次逛。"

简清"嗯"了一声："想逛你以后可以经常逛。"

鹿饮溪微微笑了笑："我很喜欢逛超市。"

"为什么？"

"超市里很有生活气息。"她熟练地拉出一辆购物车，"就算不买东西，我看到那些被分类摆放整齐的蔬菜、水果，心情也会变好，也很喜欢看人来人往，看大家在货架上挑挑拣拣。人在医院里可能会习惯压抑情绪，看到最多的就是白色、蓝色，但超市里不一样，这里五颜六色，在这里不会思考生死的问题，只会很实际地想今晚吃点儿什么东西？兜里还剩多少钱？要不要买薯片？要不要买水果？天气这么冷，煮个火锅怎么样？会给人一种活在当下的踏实感。"

简清听着耳畔的温声细语，视线一一扫过货架上的果蔬粮食。

"你有没有听过海子的一首诗？'从明天起，做一个幸福的人；喂马、劈柴，周游世界；从明天起，关心粮食和蔬菜；我有一所房子，面朝大海，春暖花开'。"

鹿饮溪的台词功底很好，声音又温柔而有磁性，她念起诗来，能轻而易举地让人代入她的情绪。

简清摇头："没听过。"但她觉得挺好听的。

简清头一回觉得，那些莫名其妙、难以理解的诗歌，变得平易近人起来。

路过五谷杂粮区，鹿饮溪指了指散装的面饼："简老师，你猜我最穷的时候，吃这些面吃了多久？"

没等简清回答，她笑着自问自答："吃了快大半年，面饼、火腿肠、青菜叶，还挺省钱的。要是光吃饭，我还会想喝汤，煮面自带面汤，大冬天灌下去很暖胃。”

简清停下脚步：“你说过，你的父母是医学院的教授。”

她家虽算不上大富大贵，但至少是书香门第，她不至于落魄到喝面汤的地步。这些不是书中的鹿饮溪的经历，是属于现实世界里的鹿饮溪的记忆。

鹿饮溪看着简清，眉眼带笑：“想不想听我作为演员的成名经历？”

简清摇头，淡淡地回道：“回去再听。”

“噢。”鹿饮溪把一肚子的话咽了回去，敛了笑容，轻“哼”了一声，“等回去，说不定我就不想说了。”倾诉欲是有时效性的。

简清：“那以后你想说了再说。”她们还有很多时间。

两个人走到了零食区，简清在摆满了薯片的货架上挑挑拣拣。

鹿饮溪低头看向购物车，黄瓜味、番茄味、烧烤味……购物车里塞了十几包薯片。抬起头时，鹿饮溪恢复了灿烂的笑容，眉眼弯弯：“虽然你破坏了我节食健身的计划，但这种行为——”她的手指点了点各式各样的薯片，“还是很值得鼓励的。”

简清的目光在鹿饮溪的脸上停留了三秒，然后拉过购物车，到水果区挑选鹿饮溪喜欢的橘子。再次路过五谷杂粮区时，鹿饮溪拽着简清的衣角停下。

简清看了看鹿饮溪，又看了看货架上的大米、绿豆、红枣，问：“想买什么？”

鹿饮溪没回答，左右张望，见附近没有超市的工作人员，抓过简清的左手按到绿油油的绿豆堆里，扒拉了几下，用绿豆埋住。她兴奋地问：“冰冰凉凉的，是不是很舒服？我每次逛超市都会把手插进去摸两把，又舒服又解压。”

简清抽出手，然后重新埋回去，重复插了几回，面无表情地抽开手，在鹿饮溪的肩膀上蹭了蹭，擦去手上的浮尘：“幼稚。”

那你还不是玩得很开心？鹿饮溪“哼”了一声，好心的没有揭穿她，自得其乐地摸了两把，也抽回手，继续跟在她后面转悠。

购物车已被塞得满满当当，简清问：“想吃火锅还是烧烤？”

鹿饮溪疑惑地问道：“不是说我给你做蔬菜沙拉吗？”

刚才在烧烤店里，简清面前的盘子干干净净的，她根本没吃什么东西。

她似乎不喜欢吃那些香辣刺激的东西，鹿饮溪想给她做点儿清淡的食物。

“你做沙拉，我煮火锅或烧烤，不冲突。”

鹿饮溪轻轻地“噢”了一声，语气带了一丝雀跃：“那就烧烤，我们在阳台上弄烧烤。”

从收银台出来，两个人手里各提了两大袋商品，简清走到服务台前填了电话和地址，把商品留下，让专人送到公寓去。

她们都喝了酒，没有开车，就走在街上，慢慢回去。

简清极少下厨，厨房各色器具却不少，小到微波炉，大到烤箱、烧烤架一应俱全。简清在阳台上摆弄着烤架，鹿饮溪打开电视播放音乐，走到厨房制作简单的蔬菜沙拉。制作完成，她拿上啤酒，在烧烤架边坐下。

“酒柜里有红酒。”简清睡前会喝点儿红酒助眠。

鹿饮溪拉开啤酒易拉罐拉环，放到简清面前：“吃烧烤要配啤酒。”

简清端起啤酒要喝，鹿饮溪制止住她，把沙拉推过去：“先吃点儿东西垫胃，以后不要像今天这样空腹喝酒。”

简清“嗯”了一声，低头吃蔬菜。

烧烤架上的烤肉发出“嗞嗞”声响，肉香四溢，鹿饮溪戴上透明手套，挑了几片油盐少的烤肉，用生菜叶子包好递给她。简清接过肉，鹿饮溪撑着下巴看她吃东西，体验到了饲养小动物的快乐心情。

“怎么不吃？”简清终于察觉不对劲。

“我刚才在烧烤店里吃了一些，不是特别饿，你应该比我饿，当然要先照顾你。”鹿饮溪移开视线，笑着打开一罐啤酒，“确认明天不上班吗？”

“不上。”简清与她碰杯，“喝吧。”

简清下班后不爱说话，最初两个人相处时，沉默是常态，到如今熟稔一些了，多数时候是鹿饮溪说，简清安静地聆听。

今晚鹿饮溪和她分享娱乐圈的趣事，说出道时要请人改名，说明星为了保持饱腹感吃饭都会多嚼几口。听着听着，简清先有了醉意，白皙的脸颊罕见地泛红，耳朵充血，完完全全红透，深沉锐利的目光渐渐失了焦距。

鹿饮溪放下筷子：“你去休息，我来收拾东西。”

“快十二点了。”简清看了一眼手机，眼神有些迷离，强撑着保持清醒，“放这里，明天再收拾。”

两个人的卧室各有独立的洗浴间，鹿饮溪三下五除二地冲完澡，裹上浴袍走到客厅里，发现简清已经洗好澡，头发吹得半干，躺在沙发上就睡过去了。

简清的酒量似乎很浅，刚才她站起来走路时步伐都有些不稳了，脸颊上的红晕到现在未退去。

鹿饮溪坐到她身边：“我可弄不动你……”

不能把她弄到卧室去，鹿饮溪只好到简清的房里取了毛毯和星空灯出来。替她盖好毛毯，鹿饮溪犹豫着要不要关了客厅的灯，给她开星空灯。这灯自己送给她了，也不知道她用得习不习惯？不如等她睡得熟一点儿再关灯。

鹿饮溪把灯放在一旁，坐在她身边，静静地凝视她的容颜。都说美人在骨不在皮，简清骨相周正，皮相亦是一绝，额头饱满，鼻梁直挺，鼻尖略翘，下颌线条清晰，搭配上白皙肌肤，自成清冷气韵，只是一双眼睛太过锐利，眉眼狭长，眼尾略微上挑，沉默不语时，隐约有一丝阴郁之气，清冷而阴郁。

简清看上去很不好接近，可实际上挺好相处的。她闭上眼眸时，那丝阴郁之气会被睫毛掩盖，睡着时沉静柔美，就像现在这样。

鹿饮溪等待了许久，确认简清睡熟后，打开星空灯，关了白炽灯。她怕简清忽然醒来不适应星光，就坐在简清身边继续默默守着。

客厅里满室皎洁星辉。她的一颗心像是分裂成两半，一半清醒地告诉自己这或许是一场梦境；另一半不顾阻挠，眼睁睁地看着自己逐渐熟悉和喜欢上这里。心头苦涩至极，鹿饮溪想要起身离开，手腕却蓦然被打了一下。简清睁开眼，冰凉的手掌不小心轻轻打到鹿饮溪的手腕处，与她四目相对。

“夜半不睡觉，做什么呢？”

寂静的夜色中响起一阵清冷的嗓音，宛如山涧清泉，又带有一丝沉睡后初醒的沙哑，冲淡了清冷感，平添一分慵懒气息。

“我……”鹿饮溪看着简清忽然睁开的眼睛，想从中寻找出一丝讶异神色，可明亮的双眸里只有一贯的冷静自持，没有慌乱，没有惊讶。

悬在半空的心落下，鹿饮溪将实话吞进腹中，撒谎说：“我只是想帮你盖一下毛毯。”

“是吗？”简清显然不信。

“我……”鹿饮溪想起初见简清那晚时的情景，一时不知该说些什么。

简清轻描淡写地说：“那天晚上也是你抱着枕头敲开我的门，说你很冷，怕黑，想和我一块儿看月亮。”最后，她却挨了一耳光。

乍听这话，鹿饮溪几欲脱口而出：不是我说的！是书中的鹿饮溪说的。

简清躺在沙发上，长发随意地铺散在肩侧，毛毯盖住了全身，只有脖颈处露出大片雪白的肌肤，脸颊白里透红，锐利的眼神失了焦距，削弱了白日里冷硬强势的气场。

鹿饮溪借着星辉，仔细打量她的神色，又凑近嗅了嗅她的周身，没有酒精的味道，清冽的冷香掩盖了其他味道。

简清瞥了鹿饮溪一眼：“你是小狗吗？”

鹿饮溪又嗅了嗅，低声问她：“你是不是喝醉了？”

简清怔了片刻，随即反驳说：“没有。”

她的声音依旧有几分沙哑，在昏暗的夜色中显得格外好听。

“真的没有吗？”

寂静的客厅里，无人回答她的问话。

“你……你怎么又睡着了？”鹿饮溪哭笑不得，“你还说没有喝醉……”

她叹了口气，躺在沙发上，将视线落到头顶的璀璨星河上。她对这个世界、这个人所知甚少，唯一知晓的结局，也是不美好的。滞闷感堵塞在心间，鹿饮溪从沙发上爬起来，重新替简清盖好毛毯，然后蹲在简清身边，在星光下竟有些舍不得离开，可有些事情她必须去做。

鹿饮溪站起身，从房间里拿出纸笔和台灯，蹲坐在沙发前的茶几上，做了几个深呼吸平复心绪后，开始在纸上涂涂写写。她心底的惶恐不安情绪，源于对剧情的一知半解。从前她不在乎剧情走向如何，只想远远地逃开，明哲保身，回到现实世界中。如今，她抛开逃避心理，第一次尝试推导猜测剧情。

简清后期会伤害到许多人。

鹿饮溪从动机分析，一个人伤害他人无外乎为情、为财、为仇。

为情，原文中简清从始至终没有喜欢过哪个男人，鹿饮溪从与简清的短期接触来看，简清也不是那种会为情犯错的人。简清不是爱情至上主义者，在自己的专业领域有所建树，有从事科研的理想，有治病救人的信念，不会为了情情爱爱而自毁前途。为情这个动机被排除在外。

为财……也不可能，她不缺钱，更不是贪财之人，且不说她家境优越，就算她与家里人关系一般，但有稳定的收入，足以保证温饱。为财这个动机被排除在外。

只剩下为仇这个动机，鹿饮溪将其圈了起来，不敢排除。无论是原书人物设定，还是真实接触后得到的观感，鹿饮溪都觉得简清是睚眦必报的性子。

简清为人看似冷漠，爱恨之心却比常人强烈。若有人与她结下深仇大恨，她必会千方百计地报复，玉石俱焚也不在话下。

鹿饮溪在被圈起来的“报仇”二字旁边，打了个大大的问号。若简清是为了报仇，也分新仇和旧怨。若是新仇，那结仇的事应该会发生在未来的一段时间。若是旧怨……鹿饮溪想起初见那晚简清床头的水果刀，还有简清怕黑的心理阴影，在纸上画了一把刀和一盏灯。

说实话，截至目前，鹿饮溪看不出简清与什么人结过怨。简清的人际关系很简单，她与任何人都保持着不远不近的距离，偶尔会真心待人，但从不与人交心，包括自己在内。简清把自己完全封闭起来了，包裹得严严实实，像一只茧，活得清醒又封闭。

从前，鹿饮溪不想剥开她，是因为不感兴趣。现在，鹿饮溪依旧不愿剥开她，怕一不小心扯到她的伤口，只想等她向自己敞开那层茧。真心诚意地对待一个人时，鹿饮溪就愿意接纳对方所有的过往经历，好的，坏的，照单全收。思路推导到这里，暂时停住了，鹿饮溪想不出更多的原因。她放下纸笔，蹲在简清身前，喃喃低语："就算有一天我离开了这个世界，我也一定会先找到线索，不让任何人伤害你。"

过往二十五年里，鹿饮溪还未向谁许下过这样的承诺。

沙发上的这个人娴静，但不柔弱，从不会示弱，脸上永远看不出失落、伤心、黯然一类的表情，好像天生感受不到负面情绪，所有疼痛都一声不吭地挨过，更不会让人产生任何保护欲，只会产生疏离感。

鹿饮溪在这个陌生的世界里无依无靠，所知甚少，这个人把她带到了一个熟悉的环境中，彼此之间仿佛就有了一种温暖的、亲人般的牵挂。

鹿饮溪背靠沙发，坐在地上，低头笑了笑。今晚，她体会了太多百转千回的情绪，矛盾、苦涩、理智、怜惜，睡意全无。总不能在沙发边枯坐一晚，鹿饮溪只好重新拿起笔，重新抽出一张干净的纸，在纸上一笔一画地勾勒简清沉睡的模样。

这是她第二次画简清。第一回画简清时，鹿饮溪只把她当纸片人一样看待，无所谓她的态度，无所谓她的生死，只想通过她，让自己在这个陌生的世界里生存下去；第二回画她，鹿饮溪想要了解她、保护她，保护这个疏离淡漠，连痛了都不肯吭一声的人。

清晨的阳光晒到了身上，迷迷糊糊中，鹿饮溪感觉到那份暖意，睁开眼，抄起脑袋边的手机看时间。上午九点，她爬起来，看向沙发另一头的简清。

简清还在睡梦中，难得一见地睡了懒觉。简清习惯早起，无论是否在假期中，每天都雷打不动地六点起床，今天居然到九点了还没醒。看来昨晚她是真的醉得厉害。

鹿饮溪笑了笑，又担心她是不是生病了，爬过去摸了摸她的额头，正常的温度。睡梦中的人受到了打扰，皱了皱眉头，似有醒来的迹象。四肢处于沉睡后初醒的绵软无力状态，她挣扎着爬起来。这种宿醉后醒来身边有一个面容憔悴的小姑娘的场面，简清还是头一回遇到。

简清先拿起手机看了一眼有无医院的未接来电，然后打开相机，照了照自己的脸颊——没有巴掌印。她放下手机，走过去淡淡地问："憔悴了，没睡好？"

鹿饮溪撒了个谎："昨晚喝多了，我帮你盖好毛毯，没让你被冻着，自己在沙发上睡着了，却没人给我盖被子……我被冻着了。"

简清看到了她眼底淡淡的黑眼圈，没再说什么，转身去洗漱间洗漱。鹿饮溪化身小尾巴，拿着漱口杯和牙刷，趿着毛拖，挤到简清的卧室的洗漱间里。两个人并排站在洗手池前刷着牙，洗漱间里只有电动牙刷的"嗡嗡"声。刷着刷着，两个人忽然在镜中对视，鹿饮溪情不自禁地漾开一个笑容，笑容灿烂，嘴角还沾着牙膏的白沫。

简清望着她的笑容，仿若霜雪融化一般，眼里渐渐也有了笑意。

吃完早餐，简清搬出电脑要写论文，鹿饮溪攥着她的衣角要出门。

简清问："去哪儿？"

她出门会有计划和目的，不会和鹿饮溪一样，漫无目的地转悠。

鹿饮溪给出了目的和计划："我想买些盆栽和玩偶，顺便再一块儿逛逛花鸟市场，买一些花花草草装饰一下家里。"

简清的公寓住着像广寒宫，太过干净简洁，没有一点儿生活气息。鹿饮溪打算买些小玩意儿装饰她的公寓。

本打算直接到商场里购买些玩偶，路过一家门口放有娃娃机的店前，鹿饮溪却停下脚步，自信满满地对简清说："看我用最省钱的方式把玩偶给你带回家，说，你想要这里面的哪一只玩偶？"

简清随手指了最上面一只最大的兔子。

"等着，我把它抓来。"鹿饮溪搓了搓手，投了币，操纵着摇杆，视线紧盯着兔子玩偶。爪子落到兔子上方，她立马按下"抓"，爪子颤巍巍地落下，眼见要抓住兔子的耳朵，那爪子跟得了帕金森综合征似的，颤抖着松开了。

鹿饮溪一拍大腿："我再试一次。"

一分钟后……

"再来一遍！"

五分钟后……

"最后试一次！你相信我！"

十分钟后……

鹿饮溪依旧是两手空空。

简清站在一旁，抱着手臂，实话实说："不行就撤。"

鹿饮溪"哼"了一声，怼她："你行你上。"

简清拉开她，走到娃娃机前，从容冷静地一顿操作——什么也没抓出来。

"哐啷"一声，鹿饮溪投下五个币，柔声说着风凉话："简老师，继续啊。"

简清瞥她一眼，重复操作了五遍，依旧什么也没抓出来。

鹿饮溪还要投币，简清止住她的动作，酝酿了一会儿，面无表情地开口："我不行。"

头一回见她认栽，鹿饮溪哈哈大笑，拍了拍她的肩，走进店里，和店老板交谈了几句，不知说了什么，哄得老板心花怒放，老板走出来，用钥匙打开娃娃机，抓出那个兔子玩偶递给了鹿饮溪。

鹿饮溪把玩偶塞到简清怀里："喏，是你的了，以后让它陪你睡觉。"

简清戳了戳兔子的脸颊，揪着兔子耳朵陪鹿饮溪溜达到商场，买了一堆玩偶和抱枕，又开车到附近的花鸟市场转悠了一圈。

鹿饮溪问她："你有没有喜欢的花？"

简清认真思考了一会儿，摇头："你看着挑吧。"

鹿饮溪没有挑选大红大紫、色彩浓艳的鲜花，挑的大多是耐寒耐旱好养活的绿植。

市场里还有各色虫鱼鸟兽，鹿饮溪在一只五彩斑斓的鹦鹉面前驻足。

简清说："想买就买。"

鹿饮溪摇了摇头。她没打算买小动物，一是没时间照顾；二是简清看上去就不像是喜欢小动物的人，估计在实验室里养小白鼠、小兔子一类的实验动物已经就受够了。

抱着一堆小玩意儿回到公寓，鹿饮溪布置了一下午，客厅墙壁上挂上了吊饰，沙发上摆了抱枕和毛茸茸的玩偶，阳台上遍布波士顿蕨、铺地锦竹。她特意在进门的玄关处摆放了两株水培的长藤绿萝，和简清说："你从医院下班回来，一进家门口就看到翠绿色的植物，肯定会觉得：哇，好有生命力啊……"

简清没有那么文艺的想法，很现实地考虑：“枯死了怎么办？”

鹿饮溪说：“这东西水培的，很好养活，不需要经常浇水，看瓶子里没水了给它灌一灌就行，也不怎么需要阳光，放在这里，接受玻璃的散射光就好。”她又笑着自夸，“就跟我一样好养活。”

简清看了她几秒，目光柔和，微微一笑。

鹿饮溪问：“笑什么？这东西本来就很好养活啊，只要有光和水，随便在哪里都可以生存。”

简清摇头不语，嘴角却浮上一丝笑意。她以为自己捡了一株柔软细嫩的菟丝花回家，结果菟丝花告诉她自己是一株很好养活的绿萝，不需要攀附寄生，只要给予一点点水和光就行，真是可爱。

鹿饮溪习惯了她的沉默，没有追问，柔声说道：“这才对，就应该多笑笑，你笑起来多好看啊。哎，你再笑一下。”

偏偏简清不笑了，转身去忙自己的事。

鹿饮溪也收回了视线，蹲下身子，细心擦拭绿萝的叶片。她希望简清能活得开心点儿。她不愿揭开简清过往的伤疤，只是希望余生简清能高兴点。

又到了工作日，鹿饮溪帮护士送血样到检验科，回肿瘤科途中遇到了会诊回来的张跃。张跃身边跟着一个眉目俊朗、气质出众的青年医生。三个人打了招呼后，鹿饮溪看清了青年医生的胸牌上的字眼——江州大学附属第一医院，心胸外科，主治医师，褚宴。

这是这个世界的男主角。

鹿饮溪盯着他多看了两眼。之前她一直逃避接触书中的主要人物，对男、女主角都不关心，没去留意他们的存在。

褚宴和简清是大学同班同学，二人年龄相仿，只不过一个主外科，一个主内科。胸外科和肿瘤内科都可以对胸部肿瘤进行诊治，两个科室的医生颇有既生瑜何生亮的意味。

江州大学附属第一医院并不缺病患，各市各县的患者源源不断地涌来，有时患者要排一两个星期才能轮到一个床位，肿瘤中心也成立有专门的多学科会诊小组，各学科之间共同讨论制订对患者最有利的治疗方案。按理来说，两个科室是不会有业务冲突的，但简清和褚宴好像天生有些不对付。

书中曾描述，他们俩是两个科室的人眼中的金童玉女，大伙明里暗里地撮合他们，奈何两个人就是看不对眼。

褚宴离开后，张跃戳了戳鹿饮溪的胳膊："看上人家了？那可是我们医院远近闻名的院草。"

鹿饮溪"扑哧"一笑，摇了摇头，半真半假地说："我有自知之明，才不会动这心思呢，除非长成你师姐那样。"

张跃嘿嘿一笑，跟着开玩笑："你也很好看啊！不过，我还真不知道有哪个男人配得上我师姐。"

这话鹿饮溪听得舒坦，她抛给张跃一个"还算你有眼光"的眼神，又打探道："张哥，是不是有很多人追你师姐啊？"

"喜欢她的人多，追她的人不多。我师姐像古墓派里冰清玉洁、仙气飘飘的小龙女，可远观而不可接近，太有距离感了，一般男人不敢追，敢主动追她的人都是有钱的公子哥。"

鹿饮溪听了这个比喻，摇头笑了笑："她是李莫愁。"斯文美貌，表里不一。

张跃"啧"了一声，维护道："妹妹你这是嫉妒，我理解，漂亮女人之间的攀比吗，我前女友也会这样，以前还揪着我的耳朵问她和我师姐谁更好看。"

"你怎么回答的？"

"我又不傻，当然女朋友好看。"

这回换鹿饮溪维护简清："明明是你师姐更好看，我看过那么多明星，都比不上她的气质。"

"你这小孩子不懂，情人眼里出西施，就算我女朋友只有七分美貌，我喜欢她的时候，她在我眼里也是满分。"

冷不丁地被塞了一口过期"狗粮"，鹿饮溪拍了拍脑门："看不出来，张哥你还是个痴情种。"

"那当然，小鹿你挑男朋友时可要擦亮眼睛，要挑我这种专一的男人，可别被花花公子拐去了，要不张哥给你介绍几个学弟认识？"

“我不要学医的人，你们太忙了，没空陪我。”鹿饮溪把头摇得像拨浪鼓，继续把话题绕回简清身上，“你师姐怎么没结婚？我看和她同期的人二胎都快出来了。”

她对简清产生了强烈的好奇心，遇到熟悉简清的人，总忍不住想多谈几句，拐弯抹角地把所有话题都拐到了简清身上，恨不得连简清的头发丝都打听清楚有几根。

张跃说："那不一样，我师姐上学早，十六岁就念了大学，二十四岁留学回来进医院，比同期的人年轻了一大截。从她进医院开始，给她介绍对象的人能从我们办公室排到医院南门口。后来她说她有个前男友，得白血病死了，她就是为前男友学医的，她心里只有他，还决定为他终身不嫁，大家这才消停了点儿。”

鹿饮溪听得半信半疑："真的假的？”

“应该是真的，我师姐不会骗人。唉，她才是痴情种，为了一个男人，把自己这一辈子都搭进去了……”

鹿饮溪和张跃回到了科室里，耷拉着脑袋看资料。

上回，简清说她没有“白月光”……原来是有难以忘怀的“朱砂痣”，还为他学医，为他终身不嫁。她那样冷静自持的人，怎么这么想不开呢？真是替她感到惋惜。

简清见鹿饮溪回来了，坐到她身边去，打开电脑，问："怎么了？”

鹿饮溪小声咕哝："没怎么。”

简清瞥了她一眼，默默反思片刻，应该跟自己无关，手头还有临床研究的病历没写，于是看着电脑屏幕，淡淡地说："有话直说。”

被她冷淡的态度刺到，鹿饮溪才恍然觉得自己又瞎操心了，于是低下头："没话。”

鹿饮溪不再看她，低头看资料，却难耐心中好奇，片刻后揉了揉眉心，大脑飞速运转，憋出了一个问题："我知道肺癌、肝癌这些实体瘤疗效评估用 RECIST 标准（实体瘤疗效评价标准），那非实体瘤，比如白血病、淋巴瘤，用什么标准评估治疗的效果？”

她特地强调了白血病。简清随手拿过一张草稿纸，在纸上写下 PD、SD、PR、CR、Lugano（淋巴瘤疗效评价标准）等字母，慢条斯理地讲解："PD 疾病进展，SD 疾病稳定，PR 部分缓解，CR 完全缓解，这几个概念通用，淋巴瘤用 Lugano 标准评估，我打印出来给你看。"

说着她用外网电脑打印了整整两面的白血病、淋巴瘤疗效评估标准给鹿饮溪。

鹿饮溪看着密密麻麻的知识点，揉了揉额角，有些头疼。

简清对"白血病"这三个字没什么特殊反应。所以……她有一个难以忘怀的前男友什么的，大概率是骗人的吧？

简清念大学时的导师胡见君是肺癌领域的大拿，如今也是江州大学附属第一医院的副院长，兼肿瘤综合治疗中心的负责人。张跃和简清同出一门，也可以说他就是被简清拉扯大的，简清又教临床经验又带科研，每次碰上简清值班，他还能蹭上免费的午餐和晚餐。

他知道那是师姐有意照拂这个师弟。学医的成长周期长，他的同龄人都结婚买房了，他这个博士还在辛苦地混住院医师，扣完五险一金工资到手剩不了多少。上次他父亲生病，他拿不出多少钱，简清知道了没安慰他什么，直接给他转了五万元，说先欠着，等他毕业了再还。他一个大男人感动得稀里哗啦，恨不得当牛做马以身相许，结果被简清表情冷淡地塞了面镜子，让他照照自己。他知道自己配不上简清，嘿嘿一笑作罢。

同事多年，他也没见哪个人能让他师姐上心。这天下班，他却被他师姐堵在了值班室门口，师姐冷冰冰地砸来一句问话："你欺负我带的人了？"

"师姐，我哪儿敢啊？魏明明不踩在我头上就不错了……是不是她又在你面前说我的坏话了？"

"不是明明，是另一个。"

"小鹿？那我更不敢啊，那不是你的远房表妹吗？小鹿又乖又漂亮，我宠着还来不及呢。"

简清冷飕飕的视线扫了过去："她跟你一块儿回来后，怎么一脸不高兴的样子？"

"人家小姑娘的心思，我一个大老爷们哪里猜得到？"在高压视线下，张跃险些就想抱头蹲墙角，“小姑娘估计是思春了吧，刚刚我们遇到胸外科的褚大帅哥了，每年都有被大帅哥勾走魂的小姑娘。话说师姐你下周不是有个学术会议吗？褚宴好像也要去，你把小鹿一块儿带去，给他俩创造创造机会，说不定褚宴那小子就成你表妹夫了，你就压过他一头了……”

没听他说完，简清打断了他的话，冷冷地说：“改你的论文去，少胡言乱语。”

张跃指了指自己的黑眼圈：“师姐，我二十四小时没睡了，再改论文会猝死的，你忍心这样摧残你的小师弟？”

简清直接转身离开：“给你急救时，我会请麻醉科的人专门过来气管插管。”

晚上，两个人回到家，简清忽然开口说：“我下周末有个学术会议，魏明明要考试，你和我一块儿去C市，负责对接工作。”

鹿饮溪想这样也好，可以大方地展现真实的自己，减去了很多沟通成本。

她打开手机备忘录，问：“课件可以提前给主办方吗？”

学术会议的主办方百分百会在会前催专家的课件，有些知识产权意识强的专家，不喜欢提前提供自己的课件以供主办方会场调试，等到了现场才拷贝上去，会议结束后还会要求将其删除。

“可以提前给，我没有这方面的忌讳，周三能出来。”

“周五晚上去？还是周六早上去？”

“周五晚。”

“什么时候离开？”

“周日中午十二点左右结束，买下午一点的票。”

…………

沟通清楚了一切琐事，鹿饮溪低头在手机备忘录上将信息记录得一清二楚，然后抬起头比了个“OK”的手势，笑道：“简老师，交给我吧，你负责讲课就好。”

简清看着她的笑容，点了点头。

学术会议由主办医院的外联部门对接，主办方会出专家的路费和食宿费。

C 市是地级市，主办医院那边的钱经理很爽快地买好了高铁乘车票，也订好了酒店，和鹿饮溪对接。

鹿饮溪一一确认，在看见只订了一间房时，告诉钱经理："经理您好，有两个人需要入住酒店，简老师会带一个女助理。"

钱经理回复："老师您放心，我订的是双人间！"

免费的东西鹿饮溪不好多要求什么，也许是他们经费有限只能订双人间呢？况且，临近过年，各家酒店活动多，也不容易订到房间。

鹿饮溪礼貌性地回了句"辛苦了"，没多计较，和简清汇报了这些情况，简清也没说什么。鹿饮溪就去准备出差用的随身用品了。

星期五傍晚，下了班，两个人拖着行李箱乘高铁去 C 市。时间赶，没来得及吃晚饭，两个人就在车上吃了些面包和糕点。正值年末，车上大多是放寒假归家的学生和单位年假放得早的年轻人。

车厢外已是一片昏暗，列车驶出城市，驶向郊外。郊外尤带乡野风光，隐约能看见冬季荒芜的稻田、低矮的房檐、零星分布的灯火。

鹿饮溪坐在靠窗座位上，眼睛盯着外面看个不停。

外侧的简清问她："看什么，这么出神？"

"看田野风光。"鹿饮溪曾在乡下生活一段时间，对乡村的春夏秋冬记忆尤深，"你有没有看过那种农村的大灶台？就是那种用泥土和砖头垒起的灶台，表面可能只粗糙地刷了一层水泥，也可能贴了白色瓷砖。"

"没有，说来听听。"

鹿饮溪便和她述说乡下的灶台，说灶台之上有两口大锅，一口专门用来炒菜做饭，另一口用来烧水。农家人会早早起床，烧一锅沸腾的热水用于清晨洗漱，到了晚上，照样也烧一锅水，沸腾后舀进桶里，提去洗澡。

灶台之下，是燃烧柴火的灶洞，灶洞前会摆一张长长的木椅，冬天时，家中的小孩最喜欢坐在木椅上，一边帮忙拨柴火、添木柴，一边盯着灶洞中跳跃的火苗搓手取暖。柴火燃尽，灶洞中的炭灰可以扫进竹片和荆条编成的小竹笼，当作取暖的工具。寒冬腊月里，人们就提着一个小竹笼四处走亲访友；到了晚上，小竹笼还能放进被窝里暖床，堪比电热毯。

简清听得很认真，鹿饮溪讲着讲着就有些困倦，打了几个哈欠，不一会儿就睡过去了。

两个人抵达C市时，钱经理已在车站外等候，驾驶专车把她们安顿到了酒店。钱经理还很客气地要请她们吃饭，简清看了一眼时间，将近深夜十点多了。

“我们吃过了，您早点儿回去休息，这些天辛苦您了，谢谢。”

简清语气冷淡，话语却无比贴心，钱经理卸下职场上的假笑，露出一个真心的笑容：“那两位老师早点儿休息，明天一早我再来接你们去医院。”

鹿饮溪和她挥了挥手向他说再见。

酒店房间里。简清半倚在床头，拿着平板电脑，登录教务处的工号，进入后台，批改学生提交的期末作业。室内安静了好一会儿，鹿饮溪忍不住打破沉默：“简老师，你为什么还不睡？”

简清淡淡地说：“你不也没睡？”

鹿饮溪没话找话：“你在做什么？”

“改作业。”

“什么作业？”

简清耐心地和她有问有答：“学生的期末作业。”

“要改多少份？”

“二百七十三份。”

“要我帮忙吗？”

简清看了她一眼，问：“英文水平怎么样？”

题目和答案都是全英文的。

这点鹿饮溪不谦虚：“还行，会翻译文献。”

从事医疗这一行的人要写论文，要学习了解国内外最新研究进展，对英文水平的要求不低。当年她被八年制临床医学专业录取，所在班级是双语教学班，教师授课用普通话，教材、讲义、考试全英文。

高中时她的英文水平就很不错，大学两年磨炼下来，她算是十分出色。

后来她进了娱乐圈，面试国际合作的电影项目时，这点还是个加分项。

简清把答案和账号密码报给她："你从最后一页开始改。"

鹿饮溪一边改作业一边絮叨："我还会用一些统计软件，可以帮你爬取清洗统计分析论文数据。"

简清"嗯"了一声。

鹿饮溪等了一会儿，没等到她的夸赞话语，揉了揉鼻子，继续自卖自夸："虽然吧，我长得很好看，很容易被当成花瓶，但是我真的不是花瓶，有时候我还是很有用的。"

简清还是回了一声冷淡的"嗯"。

鹿饮溪不说话了。她觉得还是娱乐圈的人好，你夸我我夸你，从头夸到脚，从里夸到外，能把人夸得心花怒放。这些搞学术的人真理性，也不懂夸人。

半晌没听见小话痨开口，简清视线掠过去，问："是想我夸你一两句吗？"

鹿饮溪看了简清一眼，拿着平板电脑侧过身背对她，不理她了。

鹿饮溪算是看出来了，她不是没眼力见，纯粹是故意的。

清晨七点，C市学术会议的主办方C市市一肿瘤科的主任、医生们就到了专家们下榻的地方，接他们去医院的学术厅，还带他们到病区参观了一圈。

会议持续一天半，授课的专家有十来名。在一众中年发福的专家团队中，最惹眼的莫过于简清和褚宴，大伙纷纷夸赞二人郎才女貌很是般配，学术会议开始前拍大合照时，还特地把他们俩的站位安排到了一块儿，安排的专家席座位也是左右相连的。

鹿饮溪没有专属座位，前排都是各市的专家，她只能坐在后方，看那两个人时不时凑近，低声交流些什么。不知是不是她的错觉，简清对褚宴的态度好似比对一般人热络些，偶尔还会露出一抹浅笑，两个人还相视一笑过一次。

职业原因，鹿饮溪对人的面部表情、肢体动作会比常人更留意些，也能更容易察觉出他人的情绪变化。她看到简清和褚宴说话时，简清的身体会主动向他倾斜，冷冰冰的脸色也会变得柔和一些。

简清分享了一个肝癌免疫治疗的个案，以及乳腺癌免疫治疗的最新研究进展。台下不少人拿出手机拍照，鹿饮溪也打开相机，拍下简清在台上风度翩翩的形象。

简清分享的肝癌个案是一个免疫治疗很成功的案例。

患者四年前术后病理确诊肝癌，三年前发现双肺多发转移，予PD-1治疗后，双肺、肝脏病灶明显缩小，两年前复查，双肺病灶几乎消失，肝右后叶还有少许斑片影残留，今年复查仍是稳定状态。

幻灯片上放了该患者从头到尾的用药情况、前后影像资料对比，简清一一展示，然后宣布说："截至目前，该患者PFS（无进展生存时间）长达四十六个月。"

她分享这个数据时，目光落到了最后一排的鹿饮溪身上。隔着几百号人，鹿饮溪抬起头与她默契地对视，绽开一个微笑，一同感受她发自内心的喜悦之情。没错，就是喜悦。

台上的简清，神情几乎没有什么变化，语调也没有多少起伏，但鹿饮溪就是察觉到了一位医生、一位科研工作者，从死神手中夺过一条生命时，发自内心的喜悦、欣慰与骄傲之情。

简清讲完，下一个是褚宴。鹿饮溪没兴趣听，又溜了出去，到学术厅外的休息室里找工作人员喝茶聊天吃点心。

休息室里还有电动按摩椅，抖动力度十足，按得人浑身舒畅，鹿饮溪决定下午也待在这里，舒舒服服地按摩，不再进去找罪受。

会议过半，简清给她发了一条消息：【鹿助理，咖啡冷了，该给我换一杯了。】

鹿饮溪躺在按摩椅上，"噼里啪啦"地打字回复：【简老师，自己动手，丰衣足食。】

会场内有专门的工作人员负责茶水，专家席更是重点照顾的对象，简清纯粹是在消遣她。她才不上当。

一分钟后，简清亲自端着杯子到了休息室，给自己装热水泡咖啡。

工作人员赶忙上前帮忙，简清婉言谢绝。

鹿饮溪看见她，从按摩椅上蹦起来，凑过去，正笑着要开口说些什么，忽而脸色一变，下意识地用双臂托住自己胸。

简清放下咖啡，扶住她的肩问："怎么了？"

鹿饮溪回过头，恶狠狠地瞪了一眼按摩椅。按摩椅无辜地戳在原地。她凑到简清耳边，想说什么，又不好意思说出口，一跺脚，往卫生间跑去。

简清跟上去看情况。鹿饮溪见她追过来，脱下大衣丢在她的手上，走进了卫生间的隔间。简清抱住鹿饮溪的外套，敲门问："怎么？哪里不舒服？"

隔间里传出窸窸窣窣的衣物摩擦声和鹿饮溪声若蚊蚋的回答："没有……按摩椅耍流氓，把我的内衣带抖开了……"

简清愣住，眨了眨眼。

"不许笑！"隔间里又传出羞愤的声音，"偷笑也不许！"

简清平静地"哦"了一声，没多说什么。

没一会儿，鹿饮溪重新系好内衣扣，打开门出来了。

简清右手抱着她的外套，左手虚虚握拳抵在唇边，挡住笑意，面上一本正经。鹿饮溪走出来，故作镇定地撩了撩头发，走到镜子前，拿出小化妆包补了个口红，掩饰尴尬气氛："其实这种小意外不算什么，我当明星的时候，遇到的突发状况多了去了，这点儿事根本不算什么……"

不知她是说给简清听，还是在自我安慰。

简清望着她薄红的脸颊，点了点头，一言未发。

鹿饮溪抢过简清手里的外套穿上，一边穿一边低声威胁："你不能说出去！"

太丢脸了！

简清仍旧面不改色地点头，淡淡地说："我的咖啡冷了。"

鹿饮溪听明白了她的言下之意，揉了揉鼻梁："那……我去给你重新泡……"

简清抱着手臂矜持地点头，指尖弹钢琴般在手臂上轻快地敲了几下，泄露了愉悦的心情。

于是，这一整个下午，鹿饮溪真的化身成为简清的助理，一直坐在她的身后，端茶倒水地伺候她，随时听候她的差遣。

内衣扣被智能按摩椅抖开了一回，下午又莫名其妙地松开了两回。

鹿饮溪跑了两趟卫生间后，默默反思：是不是这件内衣的尺码不太合适了？难道最近健身不小心把胸围给减下去了？等回去她是不是要重新买几件内衣？想到一半她又摇摇头，台上的专家还在大谈特谈学术研究，她在底下心不在焉地想着内衣，委实不妥。

鹿饮溪试图集中注意力认真倾听，奈何专家研究得太过深入，有些名词超出了她的理解范围，没听十分钟，她就困得直打哈欠。

下午本来就容易困倦，除了前排专家席的人纹丝不动，抬头认真倾听外，后排也有不少医生掩嘴打哈欠，连忙跑出去冲咖啡提神。

鹿饮溪抿了几口咖啡，试图挨过困意。

傍晚五点，会议告一段落，C 市市一的主办方邀请所有参会人员参加晚宴。有些时候，医院举办学术会议不仅是为了学习分享临床经验，更多的是想传播医院的影响力，与各省市专家建立一定的交流合作关系，偶尔还会进行挖墙脚工作。

酒店里，市一肿瘤科的张主任、分管肿瘤业务的林副院长不停敬酒，邀请各大省市的专家每个月来坐诊一两回，或是寻求建立远程会诊的合作模式。

肿瘤属于重疾，病患大多集中在省城或一、二线城市的大医院里。

有些小城市的肿瘤科属于边缘科室，要么是大医院的医生宣布没法治了，穷途末路了，才选择回小城市的肿瘤科进行姑息治疗，要么是一些比较穷苦的家庭，经济条件无法支撑他们去大医院接受更好的治疗，只好留在这里。

医院与大医院建立合作关系，一方面可以引流病患，另一方面也能给予患者更专业的治疗条件。

鹿饮溪在隔壁桌伸长耳朵，听得一知半解。

简清和褚宴在一众四五十岁的专家中显得尤为年轻，多数时候是他俩起身给众人倒酒。简清在正式的社交场所不会冷言寡语，高高在上，出于礼仪，会适当地与众人沟通交流，谦逊地发表自己的看法，于人情世故上并非一窍不通，甚至可以算是游刃有余。

鹿饮溪远远地看着她，又在心里悄悄推测她的年龄。上回鹿饮溪听张跃说，简清十六岁上大学，二十四岁海外留学回来进医院，今年刚被评上副主任医师。医疗体系里，博士毕业专培一年后，可以直接考主治医师，主治医师执业两年，其间到基层下乡帮扶一年，第三年就可以参评副主任医师。

理论上，最年轻的副主任医师是二十七岁，但公立医院是事业单位，财政拨款，编制数量有限，一个萝卜一个坑，每个科室设置几个主任医师、几个副主任医师都需报备上级部门审批。

有时哪怕医生职称考试过了，医院受限于编制数量，也不能聘任，还是要论资排辈，等前面的人退下来。所以，实际上，简清的年龄也有可能是二十八岁、二十九岁、三十岁，乃至三十出头。

鹿饮溪撑着下巴，微微一笑。简清比现实中的自己大四五岁。

酒过三巡，市一的林副院长开始了挖人才工作，想把简清、褚宴挖到自己医院来。简清在江州大学附属第一医院算是低年资的副主任医师，上面有一众主任医师、高年资副主任医师压着，医院人手紧张时，低年资的副主任医师都是当主治医师用，主治医师当住院医师用，住院医师不当人用。

若是换一个小一点儿的医院，简清确实能过得更轻松自在些。

鹿饮溪挺直脊背，伸长耳朵听简清的回答。没等她听到简清开口，后背忽然一松——内衣扣又松开了。顾不得听简清回应，鹿饮溪强装镇定，不紧不慢地离席，走到卫生间门口，迅速钻了进去。等到她打开门出来时，撞见简清在洗手池前洗手。

看见鹿饮溪出来，简清烘干手：“带你逛商场。”

“逛商场做什么？”

简清扫了一眼她，从容地说：“买内衣。”

鹿饮溪也低头看了看，脸上有些烫：“没关系，回去再买也来得及，你们晚宴不是还没结束吗？”

“我和他们说，我的助理今天下午一直咳嗽，可能有点儿感冒，要回去多喝热水，早点儿休息。”

“咳咳咳——”鹿饮溪又故意咳了几声，还吸了吸鼻子，说，“喉咙一直有点儿痒，可能真的有点儿感冒吧。”

C 市也有银河广场，就在她们住的酒店附近。

走进广场，两个人并肩而行，惹得路人频频回头。

简清身材高挑，气质清冷，自带上位者的距离感，一双冷冰冰的眸子扫过去，无人敢与之对视。

鹿饮溪气质温和，但接受过艺人的形体训练，成名后走到哪里都是众星捧月，久而久之，举手投足间自成气场。

两个人置身人群中，都是赏心悦目、可远观不可靠近的存在。

走到一家服装店门前，鹿饮溪忽然停下，目光落到橱窗内张贴的海报上。

海报上是一个相貌出色的女明星，姓兰，名舟。鹿饮溪盯着那个女明星的相貌和姓名来来回回地看。

简清凑过去看了两眼，觉得有些面熟。她不太关注娱乐圈的人或事，只认识那些大红大紫的明星。

“想买衣服？”她问鹿饮溪。

鹿饮溪摇了摇头。

她只是看到了这个世界的女主角，未来注定有交集的人。

简清还要再问些什么，鹿饮溪拉着她走了。

两个人走进一家内衣店，店里的导购迎上来，问她们喜欢什么款式的内衣。

鹿饮溪不打算慢挑细选，随便挑了件看上去合身的内衣，走去试衣间试穿。

简清拉住她。

鹿饮溪转身问：“怎么了？”

简清看了一眼她的胸部，平静地建议：“换一件试，你手上这件尺码太小，不合适。”

鹿饮溪看了看手里的内衣，又低头看了看胸。

冬季穿着厚厚的大衣，不容易看出大小，简清却能一眼判断出来——眼力和记忆力太好不是她的错。

鹿饮溪“哼”了一声，不想理会她，转回身重新仔细挑了一件，去试衣间试穿。

重新挑选过的内衣果然更合身，鹿饮溪让导购拿了几件全新的装好。

导购借机推销：“女士，要不要再看看其他款式？我们店最近新推出了一款防癌内衣，能预防乳腺癌，一套只要 1888 元。”

鹿饮溪摇头，表示没兴趣。如果一件内衣就能起到预防乳腺癌的效果，实验室里那些没日没夜地养动物、跑数据的科研工作者都回家种地算了。一套内衣 1888 元，买的人都是在交智商税。

她身后的简清却问了一句：“什么材料制成的？什么防癌原理？”

导购小姐 A 以为简清对此有兴趣，忙围上去推销：“是这样的，这款防癌内衣由我们品牌顶尖设计师设计，制作材料都是从海外进口，像 D 国的肉硅胶棉、H 国的金玉蝉丝，等等，造价昂贵，绝对物超所值！”

导购小姐 B 也围了过来：“现在很多女性患乳腺癌，而且我听专家说，这个病有年轻化的趋势，像去年就有个女明星，才三十出头，就因为晚期乳腺癌去世了，好可怕啊，我自己都买了两件这种内衣来穿。”

导购小姐 C 接着说：“还有专家调查发现，每天穿有钢圈的内衣超过八小时，患乳腺癌的概率就会提高二十倍呢！我们的防癌内衣全部是无钢圈设计，不会压迫乳房，可以促进血液循环，预防很多疾病。我给你们拿两件试一下吧？就是这边展架上的。”

三个导购轮番上阵，真真假假一堆名词砸过来，要是普通人，兴许就被唬住了。

鹿饮溪蒙了片刻，看了简清一眼，心说：你们三句话不离专家，现在有个真正的专家就站在你们面前。

简清扫了一眼展架上五颜六色的内衣，没多说什么，只是言简意赅地指出：“虚假宣传。”

四个字，相比导购小姐的一堆术语显得很没说服力，偏偏她不苟言笑的冷冰冰模样，唬得导购小姐心里也很没底。

中间那位导购小姐说："没有虚假宣传的，我们品牌是老字号，都有科学依据的。像这位小姐第一次挑的那件内衣，太小太紧的话，会引起乳腺增生，乳腺增生又会导致癌变。"

简清面无表情地反驳："如果内衣太紧会导致乳房癌变，那穿紧身裤，是不是会导致腿部肿瘤？穿的鞋太紧，是不是会导致脚部肿瘤？"

几个导购小姐你看我我看你，不知如何应答。

鹿饮溪认真给她们科普："乳腺增生和内衣没关系，内分泌失调才是主要高危因素，也有研究发现和月经紊乱、流产次数、痛经等因素相关。没有哪款内衣可以防癌，也和穿什么内衣没有关系，乳腺癌只和家族遗传、年龄、高龄初产等因素有关。你们不要上当受骗。"

有个年长些的导购小姐察言观色，看出这两个人不是目标客户，识趣地见好就收，温柔地笑说："原来是这样，受教了，那两位女士可以看看别的款式。"

见她态度好，简清也没再说什么，付了钱，走出店。

出了店，两个人沿着商铺继续逛。

鹿饮溪感叹道："现在这种谣言好多，也有那么多人信，傻乎乎的。"

简清默了片刻，说："医患信息不对等。"

错的是那些利用大众对癌症恐慌而进行虚假营销的人。

鹿饮溪闻言，停下脚步，转过身子认真看着简清。

简清也停下，看着她，目露疑惑之色，似在问她停下来做什么？

鹿饮溪摇摇头，眸中盛满温柔笑意。没什么，她只是从这个人身上学到了一点儿东西——不站在自己擅长的专业领域，傲慢地嘲笑那些非专业人士。

简清冲她笑了笑，没说什么，拐进了另一家内衣店。

鹿饮溪拉住她："哎，我买够了，不需要了。"

"我需要。"简清垂眸看向鹿饮溪的胸口，言简意赅地指出，"我们原来的内衣从同一家店买的同款同颜色的，你昨晚收拾行李，把你和我的内衣弄混了，今天我们都穿错了。"

# 第五章 生变

鹿饮溪站在酒店的衣柜前，脸一阵阵发烫，不断地回忆起昨晚整理行李箱时的场景。一共两个行李箱，昨晚她拎到衣柜边同时打开，取出两个人的衣物，简清的挂左边，她的挂右边。只出差两个晚上，所以她就给各自只带了一套换洗衣物。

简清的衣服黑、白、灰颜色居多，很好辨认，款式也更成熟些。鹿饮溪出于职业习惯，各种颜色、各种款式的衣服都有，能连穿两个星期不重样。

两个人品位唯一相似的地方就是贴身衣物都喜欢买纯黑色的，一整套的。

平时在家她们各自有独立的洗浴间和晾衣物的阳台，根本没发现彼此买了同款同色系的内衣。昨晚她收拾行李时，也没注意到这一点……兴许就是那个时候挂错了。

鹿饮溪羞愧得想在地上刨个坑，把自己埋进去。她一回酒店就脱下了内衣，简清则是直接去浴室洗浴。

简清有点儿洁癖，从医院的病区回来必洗澡。今天她被市一的人带去参观了病区，一定会先简单冲洗再去做别的事。

换作平常，鹿饮溪不会多想，但现在忍不住怀疑简清是不是很嫌弃她，只是出于礼貌才什么也不说，默默忍着。

她想到自己害得简清穿了自己的不合身的贴身衣物，平白无故忍受了一整天，一定很难受。鹿饮溪低下头，羞意被愧意覆盖，心中惴惴不安，既担心被简清嫌弃，惹得她厌烦，又愧疚让她这一整天都不好受。自己只是内衣扣偶尔松开，需要跑卫生间重新扣上，那她……一定被闷了一整天……

简清擦着头发出来时，鹿饮溪站在衣柜前面壁，背对着简清小声地对她道歉："对不起……"

简清站在鹿饮溪身后，拿浴巾擦拭着长发，听见道歉，把浴巾挂在脖子上，平静地说："我没怪你。"

"我只是觉得让你难受了。"鹿饮溪看见她的发尾还在滴水，"我帮你把头发吹干吧。"

鹿饮溪想帮她吹一吹头发，以弥补今天害她平白无故难受了一整天。

简清松开手，重新拿起肩头的白色浴巾，一边擦拭长发，一边轻轻地"嗯"了一声，表示同意。

简清的头发很柔软，和她冷冰冰的性子截然相反。听说头发软的人脾气好。简清看起来可不像是脾气好的人，但对自己有时候好像也还算有耐心。

今晚，简清没有改作业，但依旧拿出平板电脑在敲敲打打。

鹿饮溪问她："在写论文吗？"

简清摇头："给互联网平台问诊的患者写回复。"

当下各行各业都流行"互联网＋"，江州大学附属第一医院也搞了个互联网医院，在医院住过院的患者可以随时随地问诊，医生会抽空回答。

这件事鹿饮溪帮不上忙，便安静地躺在床上，不打扰对方。

简清回复到一半，忽然停下，把平板电脑递给鹿饮溪："这题给你答。"

鹿饮溪拿过平板电脑一看——主任，您好，我想请教一下肿瘤生长规律与肿瘤二级预防的关系。还有，什么是肿瘤的克隆源性？如何对肿瘤克隆源性进行研究？

提问者的资料显示是个二十一岁的男青年。

鹿饮溪"扑哧"一笑，打字回复——同学，作业要自己完成！

这种在互联网平台上找医生帮忙做作业的事，鹿饮溪也不是第一次见。

从前，她的舍友也喜欢这样做。简清拿回了平板电脑，看见鹿饮溪的回复，微微一笑，继续回复其他患者。

鹿饮溪侧躺在床榻上，看着灯光下简清专注工作的面庞，也笑了笑。

明天就要回江州市了。回复完了所有的问诊咨询，简清揉了揉手腕，收起平板电脑，转过头时对上鹿饮溪的视线。鹿饮溪莞尔一笑。她爱笑，长相清纯，带了点儿纤弱干净的书卷气，笑起来像颗薄荷糖，清新自然，极有感染力，很讨长辈喜欢，在银幕上也很有观众缘。

鹿饮溪坐在床头，乖巧地征求简清的意见："简医生，你忙完工作了啊。现在才十点，还很早，我可不可看一会儿电视？"

从事文艺工作的人，依赖灵感、情绪、知识储备，需要输入大量影视文学作品。她没忘记自己是一名演员，每个星期都会抽出时间观看分析影视作品，也就是业内俗称的拉片。

简清没有看她，点头说："可以。"

双人床之间有一个小柜子，柜上放了电视的遥控器、一些杂志和一些避孕套。几乎每家酒店都会在房间里放置避孕套。鹿饮溪见怪不怪，拿走遥控器，反而是简清抓起避孕套看了一眼品牌。

鹿饮溪转开头打开电视，胡乱地挑了个频道观看。

医学院校的健康教育工作落实得比较全面，每年防艾日，预防医学专业的学生都会在校园内发放避孕套以做宣传。每年也都有老师开放两性教育相关的选修课，场场火热爆满，哪怕学生没抢到选修课名额，也愿意精神抖擞地站在教室最后一排汲取知识的养分。两个人有相似的医学教育背景，对避孕套都没什么羞涩扭捏的情绪，甚至能一本正经地展开讨论。

鹿饮溪问："你猜，为什么酒店都要放这个东西？"

一般人会说酒店体贴入微，考虑到了顾客的生理需求，但稍微了解卫生部门、卫生政策的人就知道——"控制疾病，预防性病传播。"简清面不改色地回答，然后丢开避孕套，下床洗手。

卫生部门出台过相关规定，要求酒店、旅馆等公共场所必须放置避孕套，或者放置自动售卖机——属于预防医学的知识点。预防医学不同于临床医学的个体化诊疗，预防、疾控面向的是大众。大众一些微乎其微的行为，如性行为时戴安全套、传染病流行期间戴口罩，都可以在很大程度上阻止疾病传播。

简清洗完手回来，走到鹿饮溪的床边，看了她一会儿，弯着腰问："你是不是没交过男朋友？"面部表情正经得像是在诊室询问患者的个人史。

鹿饮溪下意识地反问："你问我这个做什么？"

难道她是那种很容易被看出"空有理论知识，没有实际经验"的人吗？

她于男女之事上并非一窍不通，只是……接受过的性教育比较简单粗暴。

她十二岁时，母亲顾明玉就把她抓到产科，让她看产科的科普手册，简单明了地科普精子和卵细胞的结合过程；看避孕措施，看女人怎么生孩子；看十五六岁就去做人流的少女和不负责任的少年。

然后，顾明玉告诉她："你要是敢早恋早孕，我就打断你的腿。"

鹿饮溪的中学时代都被"生孩子"和"打断腿"的恐怖阴影笼罩着，她没有早恋，一心向学，考上了医大。上了大学，她成了一名医学生，顾明玉忙里抽闲，又把她抓到妇科、泌尿外科，让她看各种性传播疾病，告诉她安全套不仅是为了防止怀孕，更重要的是保护自身安全，防止疾病传播。后来，她还没来得及遇上什么有好感的人，就遇到了人生变故，只好专注自我，一直专注到了二十五岁，还是一只"单身狗"。

自觉不能丢了脸面，鹿饮溪补充说："虽然没谈过对象，但我拍过好几部偶像剧，谈不上身经百战，也不能说完全没有经验。"

简清看着她，墨色眼眸中沾染了星星点点的笑意。

鹿饮溪看着她的笑容，惊讶地说："原来你笑起来有梨涡，我今天才发现，你以后要多笑一笑。"

她笑起来真好看。

简清慢慢敛了笑容，丢下一个字："傻。"

说完，她直起身走开了。

被说傻，鹿饮溪有些不服气，捂着耳朵弱声反驳："排队追我的人，能从这里排到长城。”

简清“嗯”了一声，看似漠不关心。

鹿饮溪继续说：“但我都不喜欢他们。”

简清背倚在床头上，低头翻阅杂志，乌黑的长发被别在耳后，露出雪白的耳朵，眼中不起半点儿波澜。

鹿饮溪心想，如果是简清说那番话，自己肯定会刨根问底，问她为什么不喜欢，再探听探听她究竟喜欢怎样的人。没办法，就是这么八卦！

第二天，两个人天未亮就起床了。

今日的清晨，雾色迷蒙，朔风凛凛。

洗漱完，简清拉开房间的窗帘，站在窗边眺望了一会儿远处的白茫茫景致，闭上眼睛揉按眉心，淡淡地说：“我昨晚做了一个梦。”

她身后的鹿饮溪在收拾自己的行李，闻言接过话茬，问：“什么梦？”

简清沉默片刻，转过身看着鹿饮溪，罕见地文艺起来，慢悠悠地念了句诗：“霜落熊升树，林空鹿饮溪。”

鹿饮溪微低下头，笑说：“你梦见了我？”

“嗯。”

“梦见我什么了？”

简清没回答，盯着她看了一会儿，转过身负手而立，继续眺望窗外的景色。她梦见了冬天，山林空寂，霜雪融化，空气瞬间变得潮湿，野熊攀上了树梢，一只小鹿闯入一片丛林，在山涧嬉戏里，流水潺潺。

霜落熊升树，林空鹿饮溪。

学术会议上午九点点开始，专家们八点五十五分就已落座。

鹿饮溪替简清泡好热咖啡，继续坐在她身后。简清正要将手机静音，张跃的电话打了进来。她起身到外面接电话，通话只短暂地进行了一分钟。

一分钟后，简清疾步走进来，俯身在第一排主办方的林副院长、张主任耳边说了什么。林副院长和张主任连忙站起来打了个电话，通知专门的人员给她们派车。简清这才过来拉起鹿饮溪：“有点儿事情，我们先回江州市。”

会场人多耳杂，鹿饮溪猜也许是医院那边的事，便克制住了好奇心，没有多问，跟着简清回酒店拉着行李箱离开。市一医院安排了专车送她们到车站，钱助理贴心地买了两瓶矿泉水和最近一班的动车票，亲自送她们进站检票。等上了车，鹿饮溪才开口问：“是不是医院那边出什么事了？”

简清看了她一眼，用平静的口吻告诉她：“昨晚赵老师突发脑疝，急诊入院，转到我们科，半夜陷入昏迷，抢救无效，死亡。”

鹿饮溪霎时瞪大了眼，五雷轰顶般怔在原地，大脑里一片茫然。

她张了张唇，想说些什么，却发现什么都说不出口。惊诧、茫然、无力、悲伤……数种情绪骤然袭来，酸甜苦辣各种滋味齐齐涌上心头，断片的大脑开始回放一幕幕往事——

上个星期，艳阳高照，她们还在阳台上一块儿晒太阳、聊家常……

老人家笑得皱纹挤在了一起，不停地要给她介绍对象，她想和老人家多聊几句，兜着圈子说话……

老人家躺在病床上，脸色枯黄，流露了一丝轻生的念头，她连忙将此事报告了上去，让简清采取行动……

回忆一幕幕闪过，鹿饮溪拧开手边的矿泉水瓶盖，带着凉意的冰水灌进喉咙，淌进胃里，冷却了复杂的情绪。

从未想到离别来得这么快，她还没来得及和老人家进行最后一面的告别。

生死无常。时隔五年，鹿饮溪再次深刻地体会到了这一点。

为什么他们知道了赵老太太有轻生倾向，也采取了足够的措施，还是落得这般结局？是不是他们有哪里做得不够好？正常肺癌脑转移患者应该还有三到六个月的生存期，为什么赵老太太走得这么突然？

简清握住鹿饮溪的手，冷静地疏导她的情绪：“肺癌脑转移后很容易引起颅内压增高，诱发脑疝，你不是她的医生，只是来见习、旁观，不需要自责。”

鹿饮溪低下头，努力克制混乱的情绪：“没事，你不用管我……那……那你为什么要这么匆匆忙忙地赶回医院？”

医院病人死亡的情况很常见，大抢救时都有一、二道班和其他组的高年资医生帮衬，通常情况下，一个病人死亡，不需要在外地开会的上级医生急匆匆地赶回去。简清急着赶回去，一定是医院里出了其他事。

肿瘤科里，每一张床位的病人都能书写一场悲欢离合的故事。

有些人很幸运，有伴侣、子女风雨同舟，不离不弃，可以苦中作乐，哪怕结局不尽如人意，在生命的最后一段时间里，也能不留遗憾，相守相伴。

有些人很不幸，在苦海中孤舟求生，撒手人寰后，还留下一地鸡毛。

两个人下了车，连行李箱都没来得及放回家，就马不停蹄地打车赶到医院，提着行李箱直接到了肿瘤二区。她们还没进办公室，远远地就听见了一阵气势汹汹的拍桌声，以及一个男人响亮的大嗓门："我和我妈才是在同一个户口本上的，她算什么？给她不给我？就没有这个道理！你们说是不是？"

办公室门口围着一群看热闹的患者和家属，往里头探头探脑地张望。

护士长大声喊："都别围堵在这儿看热闹啊，还有人要进来开药看病谈话呢！"她又进去劝说："有话好好说，不要拍桌子，我们还要工作，其他病人还要看病。"

男人稍微放低了声音："那你们把我妈的死亡证明开给我，我拿到证明就走。我也不想跟你们闹，也要回单位上班挣钱，我不闲。"

张跃在电脑上敲病历，看也不看他，冷静地说："死亡证明按规定就只能开一份，我已经给了周老师了，你就算把我投诉到医务科去，我也不能再开给你。"

简清回到病区，围在门口看热闹的患者和家属自动给她让开了道。

简清不苟言笑地遣散围观群众："不要围在这里，都回自己的房间去吧。"

虽然爱看热闹，但大家都明白不能耽误医生的工作，于是，拉着身边的人慢慢散去了。

办公室里，张跃身后坐着一名四十岁上下的中年男人，面黄，瘦削，秃了半个脑袋，双手环胸，跷着二郎腿看着张跃写病历："你不给我，我以后有空就来医院，坐在你身后看着你工作。我也念过书，算是半个知识分子，我不闹，我就要讨一张证明书，就这么简单。”

简清没来得及换上白大褂，直接进去，先让围观劝说的几名医护人员散开去做自己的事，然后拉了一张椅子坐下，对中年男人说：“两年前，我给你打电话，叫你来医院，你怎么都不肯来。”

中年男人是赵老师没有血缘关系的继子，姓王，名恩义。两年前，赵老太太生病入院，确诊癌症后，简清要来了亲属的联系方式，打电话给他，让他来医院办入院手续。

为了预防出现医患纠纷，医院救治一些无亲无故无友的“无名氏”患者，如流浪汉时，必须先上报给医务科，经医务科同意后才能收治；如果病人尚有直系亲属存在，医院一般会先联系亲属，催亲属过来办手续，签字同意。

然而，王恩义听到赵老太太得了癌症，二话不说就挂断了电话。

那年，赵老太太捏着报告单，一个人孤零零地坐在门诊候诊区的蓝色椅子上，小小的身子越发显得佝偻。

简清下了门诊，看见她还一个人坐在那儿，就说：“你叫个邻居来也行，我给你办入院手续。”

赵老太太就找来自己的邻居周老太太作陪，简清才敢把她正式收入院，给予治疗。后来，她让人多次联系王恩义补办手续，王恩义直接把医院电话拉黑了。

简清就是在承担极大医疗风险的情况下，给赵老太太实施治疗。

王恩义看简清穿着常服，语气不善地问：“你谁啊？你认识我？”

张跃站起来说：“师姐，怎么提前回来了？”

王恩义一听这话就问：“你是管他的领导？那你管不管事？”

简清没回答，只冷淡地说：“死亡证明我们只出一份，你要是天天来，我们也只能天天请保卫科的人来。”

患者在医院死亡，医生会开具《居民死亡医学证明书》，一共两页，其中一页医院存档留底，另一页有三联，分别由家属、公安局、殡仪馆保管。

“我是她名义上的儿子，你们把死亡证明给了别人，我怎么办？我怎么去公安局替她销户？再怎么说她也是我家的人，就算活着的时候我们关系不好，死了我也要帮她操办后事吧？”这人说的比唱的还好听。

隔壁医疗组的一个医生说：“你之前从没来过医院陪护照顾，老太太生前说了，邻居会帮她操办后事，注销户口，我们当然选择尊重老太太本人的意愿，将死亡证明交给她的邻居啊。你要是想要，就去找你们邻居要。”

王恩义：“我要是找得到她，还用得着来医院看你们的脸色？”

他十多年没和他继母联系过，根本不知道她住在哪儿，也不知道她的同事、邻居叫什么，还是今早在几十个人的家族群里看到她邻居拿她的手机发的讣告，才知道人走了，连忙向单位请了假，跨市来医院拿死亡证明。他们家房产证上有继母的名字，他需要拿到继母的死亡证明，房子才可以过户给他。

简清神色淡漠地说：“死亡证明开给她的邻居，这是你们老太太的意愿，你在这里闹也没用。”

张跃补充说明详细情况：“这两年赵老师在我们医院治疗花了十几万元，都是她的邻居缴的钱，要不然你替她的邻居补缴一下医药费？”

其他医生附和：“对啊，你补缴一下，我们再帮着劝劝，让她把死亡证明给你。”

提到金钱，王恩义又激动起来，提高了嗓门：“哪里是她缴的？那是我妈银行卡里的钱！现在我妈银行卡里剩下的钱，说不定都被她划走了！”

简清摇头，冷冷地说：“她每个月的退休金，一大半给你‘妈’治病了。”

两年来，这个一口一个“我妈”的“孝子”，从没来医院看过赵老太太一回。自知这点理亏，王恩义放下跷着的二郎腿，摸了一把秃头，强词夺理地说：“得，我不跟你们掰扯这些，按照法律规定，我是她名义上的儿子，我是不是就有权利拿她的死亡证明？你们不给我，是不是违法？”

简清不卑不亢，条理清晰：“法律规定子女有赡养扶助父母的义务，你要是想谈法律，就去医务科说，医务科那边有学法的人，我们这边还要干活。你再不走，我报警，顺便让你们单位的领导来评评理。”

一听扯到了单位，王恩义站起来，指着简清的鼻子放狠话：“你等着，我去找你们医务科的领导，你们不要后悔，到时候让你们吃不了兜着走！”

他不敢真在病区闹起来，放完狠话，就出了病区去医务科投诉。

看见他走了，简清打开赵老太太的病历，检查各项医嘱、报告单、知情同意书、签名是否完整，还把上次的住院病历调了出来，检查是否有记录“严防自杀”，确认病历文书都无疏漏。

张跃说：“放心，师姐，我全都检查过了，真站在被告席上，我们也不是过错方。”

鹿饮溪插话：“别担心，他不敢告。”

张跃：“小鹿，你咋知道？”

鹿饮溪：“我听赵老师说过，他在 × 局工作，挺看重名声的，只敢来跟我们扯嘴皮子。”

继母得了癌症，名义上的儿子未尽赡养扶助义务，继母一死就火急火燎地来医院拿死亡证明，这事情闹大了，传到单位去，遗产能不能到手不好说，他的前途肯定会受到影响。简清同样清楚这点。她从不和患者唠嗑，但在最初就诊时会留意病人的家庭信息，牢牢记住。

一般医患纠纷处理，有三种流程，一是院内调解，由医务科介入，大家在医务科里聊一聊，争取大事化小小事化了；二是第三方机构仲裁介入，到院外的医患纠纷调解机构聊一聊，尽量促成双方达到和解的目的；三是上法院起诉，一般前两个流程不奏效，才会选择对簿公堂。

简清揉了揉额角：“张跃，你打个电话，先和医务科的人报备一下这个情况，我去找主任说一下。”

肿瘤二区的科室主任是胡见君，也是简清的导师。

胡见君身兼数职，博导、学科带头人、肿瘤综合中心负责人、医院副院长，多数时候在全国各地飞，参加大小会议。他这时候一般不在病区的主任办公室里，而是在行政楼的副院长办公室里。

简清简单汇报了情况，胡见君端坐在办公椅上，低头在文件上签字，板着脸沉声道："你看着处理。"

早年，他也是一名儒雅的医生，如今身处高位久了，不怒自威，喜怒不形于色。他曾是她的导师，如今是她的上级，他带着她从临床一步步成长起来，她在临床的行事风格，很大一部分就是从他这里学习而来。

简清应了声："好。"

胡见君抬起头看着她，开口问："还不嫁人？"

简清说："不嫁。"

"那就好好工作。"胡见君低下头继续批改文件，"女娃娃不一定就要嫁人生子，搞科研、搞临床、带学生，做出一番成就来。你没事的时候回家看看，陪陪家里人，你爸爸上次还向我问起你。"

胡见君对自己这个得意门生寄予厚望，科室的人都在传他拿她当接班人培养。他说这些话时，是以老师的立场说的，而非科主任的立场，简清就换了个称谓："嗯，谢谢老师。"

简清回到办公室里，张跃和她说："医务科蒋主任的意见是，看看能不能劝劝周老师那边，让她把死亡证明拿回来给王恩义。"

医务科的主任常年协调院内院外各方关系，人有亲和力，做事喜欢以和为贵，能避免产生纠纷就尽量避免。

简清没表态，看了一眼时间，说："知道了，下午上班再看。"

下了班，简清和鹿饮溪先把行李箱丢回公寓，然后一同外出觅食。

路上，路过一栋老旧的筒子楼，简清拉着鹿饮溪停下脚步。

"要不要上去看看？周老师住在这里。"

20世纪七八十年代，企事业单位住房面积紧张，单位给员工安排的宿舍都是这种学生宿舍式的筒子楼。筒子楼毗邻工作单位，楼里每层住有三四户人家，大家共用一条狭长的走廊，走廊的尽头是公用的洗浴间、厕所。

20世纪的人，进了单位，离开平房，住上了楼房，会兴奋得一晚上睡不着。当年，无数人在这里结婚生子，邻里之间，炒菜的锅碗瓢盆声、夫妻红脸的吵架声、小孩的哭闹玩笑声，都听得一清二楚。

历经几十年风风雨雨，这栋建筑的墙面早已蒙上了一层灰黑色，墙体斑驳脱落，破旧的阶梯露出了钢筋。像是一位迈入了风烛残年的老人。当年的住户早已随子女搬进了宽敞明亮的高楼大厦，余下的几户人家，要么是不愿随子女一块儿生活的老人家，要么是经济条件不足以买新房，只能继续住在这里的。

鹿饮溪手上提了一大袋水果，踏上阶梯："以前我跟妈妈也在这样的楼里住过，从阳台上看出去就能看到医院。"

她很愿意和简清分享自己过往的人生经历，把自己大大方方地展示给简清看，想要被简清了解，也想了解简清，可惜简清很少谈论自己的事。

简清只说："有些刚毕业的学生或者长期看病的病人，会租住在这里。"

江州市房价高得离谱，市中心附近有医院、学校的地段更是寸土寸金。

有些学生和生病的家庭承担不起小区高昂的租金，就选择暂住在这栋破旧的筒子楼里。楼梯位于筒子楼中间，两个人上到三楼，耳畔隐隐约约传来菜进入油锅的刺啦声、丁零当啷的翻炒声。

简清带着鹿饮溪拐向左边的 301 房，敲门。

房门是大敞开的。这一层似乎只剩下 301、302 两户人家。

鹿饮溪转了个身子，探看旁边的 302。302 的房门也是敞开的，但房内物品有些凌乱，门口还放着几个纸箱，像是有人在收拾东西准备搬走。

"哎哟，简医生、小鹿医生，你们怎么来了？"

鹿饮溪提起水果，露出一个浅笑："周老师，我们来看看你。"

周老师连忙把她们请进室内："你们先坐一会儿，我去把锅里的菜翻起来，大中午的，吃饭了没？没吃的话，你们就留下来一块儿吃个饭。"

午饭有了着落，鹿饮溪挠了挠脑袋，小声说："早知道应该买点儿菜带过来的。"

简清环视室内，室内干净整洁，客厅角落有一架钢琴。

周老师是一名退休的音乐教师，弹得一手好琴，哪怕是头发已经花白，脸上皱纹纵横，却依稀可见当年的娴雅文静气质。墙上挂着不少合照，鹿饮溪一一看过去，看见了年轻时的周老师挽着自己的丈夫，笑容灿烂。她情不自禁地感叹："周老师年轻时真美，真有气质。"

简清跟着看过去，"嗯"了一声，夸了一句："好看。"

鹿饮溪看向简清："以后我也要给你多拍几张照片，等你老了，你的学生们看到你年轻时的容貌，也一定会惊艳赞叹。"

她就是不知道，那时候是谁陪伴在简清身边？

谁会那么幸运，与简清携手走完一生呢？

听到鹿饮溪委婉的夸赞，简清转过头，定定地看了她一眼，干巴巴地回应："你也好看。"

说完，简清就转回去继续看墙壁上的照片。

这些年，鹿饮溪听过五花八门的夸赞，以为自己早已免疫了，听到眼前这人用清冷的声音说出褒奖的话，心中仍泛起一丝雀跃之情，忍不住微笑起来。

"赵老师年轻时也好看。"简清指了指墙上的合照。合照上，周老师一身素白色连衣裙，赵老师一身朱红色连衣裙，两个人互相搭着肩膀，相视而笑。鹿饮溪遇见赵老师时，赵老师已称不上好看，被折磨得掉光了头发，面容枯槁，瘦成了皮包骨，笑起来时皱纹总是挤成一团。

民以食为天，老百姓的日子很朴素，管你在医院经历了多少生离死别、人情冷暖，到了饭点，大家该吃饭就得吃饭。

三个人吃了一顿简单的午饭，饭后，周老师到隔壁的 302 继续收拾整理东西。

鹿饮溪和简清一块儿帮忙。

周老师边收拾赵老师的遗物，边和她们诉说往事。

"我和老赵做了几十年的同事、邻居，我们两个还算是忘年交呢。她二十岁出头一毕业就分到我们学校教书，我还是她教的第一届学生。我毕业了也回去教书，和她做了同事，做了一辈子的好姐妹。

"以前，她结过一次婚，丈夫对她不好，会打她，她家那边的人劝她说男人都有犯错的时候，让她忍一忍就过去了。我劝她不要过于隐忍，不能太心软。她离婚后，娘家人觉得丢脸，又给她安排了一个结婚的对象。

“二婚的丈夫对她倒是体贴，就是继子对她不好，经常骂她，她的丈夫心软，夹在中间左右为难。

“她那时候天天哭，我就劝她不如住在学校这里，吃食堂的饭，省钱，不要回家受气，还能和我做伴，以后老了，我和我儿子给她养老。

“她还真的搬出来，住到了这里，一住就是几十年。

“她丈夫来找过她几回，劝她回去，但她都没同意。

“我让我儿子认她当干妈，以后给她养老送终，可惜他走得比我们早，前年掉水里淹死了，我白发人送黑发人啊……现在，我又送走了老赵。

“老赵得了这个病不好受，很早以前就想走了，怕我死了儿子心里不好过，就想多陪陪我，才忍了那么久……她这个月，没有一个晚上是睡得好的，昨晚进了医院，上了点儿止痛药，她说好多了，还让我回家替她拿一些换洗衣服，可能又要在医院里住几天了，谁知道我回来，人就走了……”

话到此处，她哽咽了一下，摘下眼镜，擦去眼角的泪花。

鹿饮溪拍着她的肩膀安慰她。简清也停下动作，看着她。

过了一会儿，周老师拍了拍鹿饮溪的手，重新戴上眼镜，问简清：“简医生，你今天来找我，是不是想劝我把死亡证明拿回去给她继子？”

鹿饮溪有心维护简清，想说简清从不和患者、患者家属建立私交，今天来是带着自己来探望的，不是想劝死亡证明那回事。她刚说了“周老师”三个字，简清就给她使了个眼色，微微摇头，示意她不要多言。鹿饮溪听话地闭了嘴。

周老师继续说：“我跟老赵只是老姐妹，虽然她之前说过，万一哪天走了，后事让我看着办，但我知道，我没有立场拿她的死亡证明，但我还是拿了，为什么呢？就是想让她那继子来找我，来看看老赵生前住的地方，来最后给她尽尽孝。

“他们家现在那个房子，当年老赵也是出了一半钱的。老赵为了治这个病，将积蓄都花完了，把房子和首饰等值钱的东西都卖了，也没见他来看过老赵一回，问都没问过一句。现在老赵一走，他就去医院找你们要死亡证明，怎么不来这里看看，我是替老赵委屈啊！

“继子也是儿子，是一个户口本上的家人，他难道不应该来看看老赵吗？他如果再去找你们，就请转达我的意思吧。”

一席话说得鹿饮溪眼眶湿润。

半晌后，简清开口问：“周老师，那你接下来打算怎么办？”

周老师说：“我一把老骨头了，到哪里都可以。这两年的积蓄都给老赵治病了，也欠了不少钱，以后就拿退休金慢慢还。我闺女让我过去帮她带外孙女，我办完老赵的后事就去找我闺女。”

简清沉默片刻，点头说：“我明白了。”

到了下午上班时间，鹿饮溪留在筒子楼里帮周老师整理赵老师的遗物，简清独自去医院上班。向医务科转达了周老师的态度后，简清回到肿瘤二区，投入到忙碌的工作中。

鹿饮溪花了一下午的时间帮周老师整理物品，累得腰酸背疼，回到公寓先冲了个澡，然后裹着浴袍瘫在沙发上点外卖。等待外卖送达期间，她终于闲下来，思考白天发生的事。虽说实体瘤发生脑转移的患者，都不能排除有突然死亡的可能，但她还是对赵老师的死亡耿耿于怀。

似乎是冥冥之中早已注定。如果在书中的剧情里，赵老师注定是死亡的结局，那么就算她阻止了赵老师自杀，对方依旧会发生其他意外事件，导致死亡。若真是这样，是否意味着每个人的结局都已注定，不可更改？在书中，她和简清都是不得善终的自杀结局，难道结局真的不可逆转？

不，她不服！凭什么她的命运要攥在别人手里？由别人的几行文字决定？

她绝对不会自杀的！大学的第一堂课，学的就是敬畏生命，无论身处什么境地，她都不会放弃自己的生命。哪怕最后不能回到自己的世界里，她也要在这个世界好好活下去。心头迸发出强烈的求生欲和对抗信念，鹿饮溪打开自己的手机备忘录，查看她记录下的为数不多的几个剧情点。

她要再试一试，看看他人的命运能否被改变。

简清下班回来时，恰好在楼下撞见刚刚到达的外卖员，顺手就把外卖拎了回来。回到家，她脱下外套，拎着外卖走到沙发边，问沙发上的人："掐点订的？"

鹿饮溪有心卖乖，抱着毛茸茸的玩偶，拿小动物一般亮晶晶的眼神看她："对啊，你一下班，刚好就能吃上我亲手订的外卖，有没有感觉很幸福？"

简清看着她的眼睛，很不给面子地拆台道："一般不都是得亲自下厨，才会让人感觉到幸福吗？"

她亲手点个外卖算什么？

没有听到夸奖，鹿饮溪轻"哼"了一声，站起来抢过简清手里的外卖走向餐桌："有的吃就不错了，不要太过挑剔。"

她刚走两步，又倒回来，目光在简清冷淡的面孔上扫视片刻，认真地问："你今天看上去有点儿累？要不要给你一个鼓励的抱抱？一百元一次，一分钟以内不加收费，一分钟以后每多抱两分钟，加收五十元。"

简清坐在沙发上，揉了一下眉心，平静地望着鹿饮溪："我一个挂号费才二十元。"

两个人一坐一站。鹿饮溪鲜少能够居高临下地打量简清，俯下身与她平视，莞尔一笑，柔声说道："嫌贵就算了，等我哪天心情超级好时，给你一个免费的抱抱。现在，你先洗手吃饭吧。如果大后天有空，我们一块儿去逛逛公园好不好？"

简清"嗯"了一声，顿了一秒，敏锐地抓住了话里的细节，问："为什么要特意强调大后天？"

鹿饮溪怔住。这个冰块是不是有读心术？

大脑在飞速运转，鹿饮溪表面上镇定自若，胡乱扯出了一个理由："这两天，我还要去帮周老师整理赵老师的东西，所以没空。她们两位老人家都对我很好，来医院时都会给我捎吃的东西，赵老师还经常给我介绍对象……"

听到这儿，简清斜了她一眼。怎么谁喂她都能把她喂熟？

接收到冷冰冰的视线，鹿饮溪赶紧转了话头，说："老人家就是热心，我们也只能随声应和，是不是？"

简清面无表情地转开视线，看似漠不关心。

鹿饮溪心头忽然萌生一丝交浅言深、用力过度的尴尬感。越想越不是滋味，为了缓解尴尬，鹿饮溪只好佯装恼羞成怒：“到底要不要去逛公园？你给个准话！”

简清抬眸看着她，目光平静，淡淡地说：“我没说不去。”

得到了答案，鹿饮溪点头：“哦，那洗手吃饭。”

吃到一半，简清冷不丁地开口问：“那接下来的两天，你都不来医院？”

鹿饮溪咬了一下筷子：“放我两天假，应该可以吧？除了去赵老师那里，我还想回学校一趟。”

演员这一行不同于医疗，出名要趁早，事业巅峰期大多在年轻时，所以很多表演系的学生刚上大一、大二就签了公司，开始请假拍戏。

书中的鹿饮溪还没签公司，但经人推荐，进到了一部医疗剧剧组，向学校请了半年的假，期末时还需要回学校一趟，参加考试。

大一、大二的表演系学生尚在学习表演基础理论，学习要求是解放天性、观察人物、体验生活。现实世界里的鹿饮溪并非科班出身，只是在进入娱乐圈之后才进修学习过表演知识。如今，她没有明星的光环，只是以学生的身份在医院里实习。

医院是最能检验人性的地方，许多人在电视剧里才能看到的生离死别、长情陪伴，医院里每时每刻都在上演。作为演员，观察他们的生活，体验他们的情绪，其实就算是一种学习，将来鹿饮溪若是回到了现实世界里，在医院的这段日子也将成为一段弥足珍贵的经历。

听鹿饮溪说要回学校，简清开口问：“认得路吗？”

她没忘记现在的鹿饮溪古里古怪，像是另一个人格住进了这个身体，忘记了许多事。鹿饮溪笑了笑：“没事，我这么大个人了，不会丢——”

“的”字还没出口，鹿饮溪看见简清忽然转开视线，侧过脸，秀眉微蹙，神情有些反常。

鹿饮溪又咬了一下筷子，轻声问：“我……说错什么了吗？”

“没有。”简清摇头，重新把视线转过来，“我最近都有班，没时间送你去。”

鹿饮溪斟酌着措辞："没关系，找不到路，我看地图或找人问一问就知道了。"

简清"嗯"了一声，没再开口。

鹿饮溪埋头吃饭，一遍遍在心里琢磨刚才的对话，简清为什么对"丢"这个字会有那么大的反应呢？难道说，她被人丢弃过吗？

吃完饭，简清去书房写论文，鹿饮溪到阳台上吹风，顺便照顾阳台上的绿植。她给绿叶子擦擦灰，喷喷水，看它们重新变得浓绿油亮，心情也会一点点变好。照顾完绿植，鹿饮溪打开躺椅躺下，手臂垫在脑后，仰望着头顶深蓝色的星空。这个世界里，夜晚的天空总能望见漫天繁星，璀璨耀眼，或是皎皎月色，如水清澈，美好得不太真实。

大城市里的光污染和空气污染，会影响城市上空的可见度，人仅凭借肉眼，绝不可能看到这些景象。

这里一草一木皆很逼真，人物鲜活，各有各的喜怒哀乐，只有夜空是不符合逻辑的存在。可这里的人似乎察觉不到这个异常情况，理所当然地认为夜空本该如此。她莫名其妙地来到这里，不知能否从夜空中寻找出蛛丝马迹？

鹿饮溪正看得出神，眼前倏地出现一张冷淡面孔，遮盖了夜幕一角。

她抽回枕在脑后的胳膊，问："你什么时候出来的？"

简清没多言，站起身，也拉开一张躺椅，在鹿饮溪旁边躺下，闭目养神。

鹿饮溪收回仰望星空的视线，转过头，看着简清姣美的侧脸。

简清对她很好，如同主人收留流浪的小猫，提供了猫生存必要的水、食物、住所，有时也包容猫的任性。

今天在周老师家里，她看到两位老人从青春少艾到满头银发的合照，突发奇想，问简清："如果有一天，我不在这个世界上了，你会不会怀念我？"

简清没有回答她，只是看着她。

鹿饮溪轻轻叹了口气，收回了视线，重新看向星空。

夜风徐徐，那声轻微的叹息随风消弭在夜色中，无人察觉。

良久，简清还在椅子上闭目养神，鹿饮溪推了推她，轻声说："简老师，想睡觉就回房间睡，现在没有太阳，小心感冒。"

简清睁开眼。前两个晚上，她和鹿饮溪住一间房，睡眠质量不错，都是一觉到天亮。今晚她想和鹿饮溪身边多待一会儿，看能不能有同样的效果，却要被催回房间了。

她站起来，淡淡地说："你也早点儿休息。"

鹿饮溪"嗯"了一声。

简清站在原地等了几秒，没等到鹿饮溪说"晚安"，便默默转身离开。

鹿饮溪看着她离开的背影，在心里说了声"晚安"。

接下来的两天，鹿饮溪都没去医院，上午去周老师家帮忙，下午去学校排练小品，准备期末考。

简清则在繁忙工作之余，关注王恩义的事，确认王恩义去看望了周老师，并没有为难周老师。

第二日早上交班完，趁着病人还没过来，魏明明笑着拍马屁："老板，我感觉你最近和从前有点儿不一样了，好像变温柔了一点儿……"

从前的简清，不怎么关心病人的身后事，碰上纠纷就请保卫科的同事处理，遇到摩擦直接交给医务科的人处理，我行我素，不给别人多余的眼神。

简清抽出魏明明胸前口袋里的笔，低头签字，没说话。

魏明明继续打探："是有什么好事吗？"

"你很闲？"简清头也不抬，冷冰冰地给魏明明派活，"去把最近死亡的病人的死亡讨论记录写完。"

魏明明一拍脑袋，连笔都不敢要回来："我一定是出现幻觉了。"

她怎么会觉得她的导师变温柔了？

于是，接下来两天，魏明明都活在水深火热中，组上每个新入院的病人的入院记录、病程首程都由她书写，简清还抠字眼检查——

"七床主诉漏了句号。"

"九床首程超八小时才书写。"

"十六床患者提供的病史资料没双引号。"

“二十一床停用奥美拉唑，病程没记录。”

…………

“魏明明，下个星期想不想去质控科轮转？”

“去质控科做什么？”魏明明茫然，但没忘记拍马屁，“老板，你要相信，我只愿意帮你干活！”

简清拿笔重重地敲了一下她的脑门，冷冷地说：“派你去拍马屁，免得我下个月奖金被你这些缺陷病历扣光。”

第三天，鹿饮溪重新回到了医院。

早上八点，肿瘤二区开始早交班，办公室外已有不少患者家属在等候，还有各种需要找医生签字的行政人员和药企人员也蹲守在门口。早交班是科室医护人员最齐全的时候，上至科室大主任，下至见习生、实习生，都在办公室里听值班护士汇报昨夜夜间的情况。这时候签名签得最全。等交完班了，有的人去门诊，有的人去查房，有的人去开会，可能一整天都找不到人。

交班结束，简清一出门就被几个人围上。她接过笔，“唰唰唰”地在文书上签字，签完十分自然地把笔揣进自己的口袋里。底下的人欲言又止，想要回笔又不敢开口。

笔在医院是最容易丢失的物品，大伙经常戏言：往桌上放一百元可能没人要，放一支笔绝对被拿走。

鹿饮溪憋着笑，拉了拉简清的衣角：“把笔还给人家。”

简清这才反应过来，把笔掏出来归还。

丢笔的那人给了鹿饮溪一个感激加敬佩的眼神。

临近中午下班，简清组上有个病人心跳骤停，连忙组织实施抢救。抢救完，已是下午一点多，所有人累得不想动。鹿饮溪提前订好了饭，抢救完病人的医生和护士，就围在办公室的大桌边吃饭。吃饭时间是难得可以刷一刷手机的时候。

魏明明边刷微博边说：“哎哟，孙天王被爆劈腿了。”

张跃低头嗦面：“正常，他们娱乐圈俊男美女多，要我就一月换一个。”

魏明明“呸”了一声：“你进得去吗？”她又捅了捅鹿饮溪的胳膊，“小鹿，你前两天不是回学校了吗？快说些圈里不为人知的八卦新闻来听听。”

鹿饮溪笑说：“都不为人知了，我怎么可能知道呢？而且我还是个学生，不算进圈。”

各行各业都存在一些刻板印象，说到娱乐圈就觉得俊男靓女、激素旺盛，说到医疗学术就觉得严肃正经、一丝不苟。其实，众生百态，都有好有坏，自有衡量。

魏明明打开相机：“就你这相貌，进圈红起来还不是迟早的事？得，从今天开始，我就是你的事业粉了，来，先拍张合影，让我发个微博留念，等你以后红了，我跟着沾光。”

鹿饮溪配合地凑近和她合照：“顺便发我一份，等你以后成名医了，我也跟着沾光。”

张跃也打开了相机：“我也要拍，拍完发条朋友圈炫耀一下。”

“你个不会修图的直男，一边待着去。”

“你会修？我俩的合照你从来只修自己不帮我修！”

简清打断两个人的吵闹：“吃饭，别吵！”

两个人瞬间噤声，埋头吃饭。

鹿饮溪想起前两天说要给简清拍照的玩笑话，找人借了台数码相机，傍晚下班后，按约定带简清去医院附近的白鹭公园闲逛。

简清没吃晚饭，鹿饮溪随便在路边的小店里买了两个肉夹馍递过去。

“不能吃了晚饭再来？”简清啃着肉夹馍，眼神里难得流露了一丝嫌弃之意。

鹿饮溪又掏钱买了一个肉夹馍和一杯热饮，塞在她的手里：“多吃一点儿。”

吃饱了，待会儿她才好干活。

说着，鹿饮溪拍了几张简清啃肉夹馍的照片。

不远处，一群大妈大爷排列整齐，随着节奏欢快的音乐跳着广场舞；下了班的年轻人，沿着走道一圈圈地跑步锻炼；湖面上，携老扶幼的一大家子人在追逐玩闹。

两个人在公园的长椅上坐了半个小时。

简清看着不远处欢天喜地地跳广场舞的大爷大妈，低头搓了搓手，面无表情地问："你想学舞蹈？"

要是鹿饮溪想学，她可以送鹿饮溪去培训班，犯不上来公园看大爷大妈扭腰。

"不想，我是在观察人群，这是我们表演专业学生的课后作业。"鹿饮溪面不改色地扯谎，目光紧盯着每一个跑步的年轻人。

她要带着简清做一个测试，测试书里的人物的结局能否被改变。

冬季的公园，湖面结了冰，草木不见葳蕤，白雪压在枝头。

在医院工作的人，每天打底要走一万步。所以很多人下班后不愿多走路，健身锻炼时宁愿选择羽毛球、网球、篮球一类的室内运动。

简清确实对逛公园的兴趣不大，但在长椅上坐了半个小时，听着耳畔轰炸的广场舞歌曲，也忍不住打开手机，搜索白鹭公园有什么值得一看的景点，打算带鹿饮溪四处走走。

鹿饮溪指尖放在膝盖上，跟着广场舞音乐有节奏地敲打着，目光始终放在远处，来回扫视。她怕简清无聊，没话找话地说："在医院，你教我观察疾病，现在我教你我们表演专业的人怎么采风。"

演员采风，指的是观察各类人群，什么样的人物，碰到什么事时，做出什么样的反应。艺术来源于生活，演员对各类人物的行为习惯揣摩透彻，才能不悬浮地演好角色。

"你看那个冰面上滑冰的小女孩，穿红色羽绒服的那个，她动作很不熟练，要是不小心摔倒了肯定会哭。她左边那个穿白色大衣的妈妈，一直在教妹妹，把全部注意力都放在妹妹身上了，她得通过哭才能把妈妈的注意力吸引来。"

简清抬头看过去，看到那个妈妈弯下身扶着小女儿，生怕小女儿磕着碰着，旁边那个年龄稍大些的女孩双手攀着横杆，慢慢向前挪动，一步三回头，看着自己的妈妈和妹妹，似乎想知道妈妈有没有关注自己。

简清看得很专注，忽地垂下了眼帘，双手十指交叉，如蝶翼般的睫毛微微一颤，然后收回了视线。

鹿饮溪稍怔，片刻后举起相机，拍下了她的侧脸。她难得看到简清流露出一丝怅然的情绪，是因为那个妈妈和两个女儿吗？鹿饮溪抬眼望去，那个较为年长的红衣小女孩忽然“扑通”一声摔倒在地，小女孩回过头看了一眼妈妈，就地号哭起来。妈妈赶紧抱着妹妹跑过去，蹲下身扶起姐姐，柔声哄她，妹妹抓起姐姐的手，放在嘴边“呼呼”吹气，姐姐渐渐止住了哭泣。

鹿饮溪收回视线，轻声说：“皇帝爱长子，百姓爱幺儿。”

寻常人家的家长总是更偏爱年龄小的孩子。

简清“嗯”了一声，没多说什么。

鹿饮溪再次把目光落到远处，像是在努力寻找什么。半晌，她把视线锁定在一个穿着黑色运动装的年轻女子身上，伸手指了指：“那个穿黑色运动装的女人，我觉得她感冒了，她一直在咳嗽，刚才还停下来捶了捶胸口。”

简清微微蹙眉：“她怎么感冒了还出来跑步？”

“可能以为感冒了要多出汗。”鹿饮溪站起身来。

有些人以为感冒发烧了，发发汗就能好，所以进行大量运动，其实这是一个误区，出汗是感冒发烧痊愈的一种表现，而非原因。病人在感冒期间大量运动，会导致机体过度损耗，进一步削弱免疫系统的抵抗力。

简清看她站起来，目露疑惑之色：“你认识她？”

“不认识，但她看上去很不舒服，我们一块儿过去——”

话没说完，那个穿着黑色运动装的年轻女子身体忽然失去平衡，向前倾倒，“砰”的一声，一头栽倒在地。

简清见状，近乎本能般站起来，迈开腿疾跑过去。

鹿饮溪紧跟在她身后。

公园里的人迅速围了上去——

“怎么回事啊？这闺女怎么突然倒下了？”

“不知道啊，刚刚她还在跑步……”

“要不要翻过来掐一下人中？”

“赶快打120送到附一去吧！”

…………

“让一让！我是附一的医生。”简清跑过去，表明身份，拨开围观人群，蹲下身把年轻女子的身子翻过来，拍着她的肩膀呼唤她。

年轻女子面部着地，额头被磕破，渗出了血，面色苍白，瞳孔散大，浑身冰冷，呼吸、心跳全无。头一回在院外遇到急救场面，鹿饮溪有些头晕目眩，心脏怦怦地跳个不停。她蹲下身，掏出纸巾，颤巍巍地替年轻女子擦去鲜血。

简清判断女子无呼吸、无意识、颈动脉无搏动后，跪地摆正体位，解开女子的外衣，冷静地开口，点名道姓："鹿饮溪，打120，看管好她的手机，尽量联系到她的家属。"

她一边指挥，一边双手交叠，放在女子的两乳头中央，开始有规律地快速按压。头一回被她指名道姓地喊全名，鹿饮溪条件反射般拿出手机拨打120，告知接线员情况。简清做完按压，抬高患者的下巴，查看有无口腔异物，准备进行人工呼吸。鹿饮溪连忙从自己的口袋里拿出一包纱布，拆开给她垫上，竟像是提前准备好的一般。

简清匆匆瞥了鹿饮溪一眼，没有多问，迅速低头实施人工呼吸。她吹气后，年轻女子胸廓隆起。

鹿饮溪捡起从女子口袋里掉落出来的手机，试图解锁。

女子的手机有锁屏密码，她抓过女子的右手，挨个手指尝试指纹解锁。

120调度中心接到电话，立刻就近安排了附属第一医院急诊科出车。

心脏骤停的黄金抢救时间只有四分钟，每延迟一分钟，病人的生存率降低10%，超过四到六分钟，脑组织将发生永久性损害，超过十分钟就脑死亡，病人无可挽救。

鹿饮溪解开锁屏密码，联系上年轻女子的母亲，询问女子的既往病史和最近的身体状况，有没有什么过敏性药物，让女子的母亲尽快赶到附属第一医院急诊科，然后将情况汇报给简清。

简清跪地实施徒手心肺复苏术，没一会儿，鼻尖上已经沁出了一些汗珠。

抢救不仅是技术活，更是体力活，要保证心肺复苏术有效，抢救者每分钟按压频率至少要达到一百次，通常按压不到三分钟，就会大汗淋漓。

鹿饮溪看着手机，协助记录时间。

简清从傍晚六点二十八分开始进行心肺复苏术，现在是傍晚六点三十二分，已经过去四分钟了。

肉眼观察来看，年轻女子没有丝毫苏醒的迹象。

时间一分一秒地过去，广场舞音乐已经停下，周围人群越围越多。

“能救回来吗？”

“看着好年轻啊……”

“那两个女娃娃是附一的医生，应该能救回来吧。”

…………

鹿饮溪不是第一次接触急救场面，往常在医院里，她都会选择回避，把位置让给专业的医护团队，偶尔远远地看上一眼。眼下，在室外近距离接触这样的场面，一条活生生的人命压在头上，心理压力、心跳频率齐齐飙升。

镇定，镇定……有简医生在，人能被救回来的……

她看见简清的额头上冒出了细密的汗水，连忙伸手替简清擦汗，强装镇定地问：“要不要换我按压？”

CPR（心肺复苏术）是很基础的操作，当年她上大一时，学校的红十字会就组织了医学院全员新生进行培训考核。

每个医学院的学生，在校期间都会掌握这个知识点。

在医院实习的这段时间，鹿饮溪在假人身上练过，从前在片场拍戏，遇到心跳骤停的工作人员，她也出手施救过，并非毫无经验。

简清却不愿让她动手，不间断地进行胸外按压和人工呼吸，喘着气说：“你去门口接引救护车，我们医院的，很快就会来……”

鹿饮溪不再多说，站起身跑去公园门口等待。

她没有多少急救经验，这个时候能做的事情就是保持镇定，不干扰抢救工作，服从上级指挥。

傍晚六点四十二分，附属第一医院的救护车抵达白鹭公园。

鹿饮溪接引救护车，自报家门，有条不紊地告知患者情况：“我是附一肿瘤科的实习生，那边正在实施心肺复苏术的是附一肿瘤二区的副主任医师。晕倒的是一名二十岁左右的女子，傍晚六点二十七分跑步时不明原因昏厥，心跳骤停，二十八分开始实施心肺复苏术，现在患者还没苏醒。联系到患者的家属，家属说患者没有心脏和脑部的疾病，没有慢性病，没有任何过敏史，但两周前出现过感冒咳嗽的症状，一直没好。”

这话一听就知道是自己人，急救人员不疑有他，下车把年轻女子抬上车，简清和鹿饮溪跟着一块儿上车。

车子启动，窗外车水马龙迅速掠过。

车内有一名年轻的男医生和一名年轻的女护士。

全院没几个人不认识简清，两名急救人员看到她，惊喜地打了声招呼后，迅速接过胸外按压的工作，以防简清力竭。

急救护士动作熟练地上了心电监护仪，开通静脉，推注肾上腺素。

简清连续按压了十分钟以上，已经是满头大汗，呼吸急促，胸口剧烈起伏，却不敢松懈，拿过呼吸气囊辅助呼吸，同时观察心电监护仪上的指标。

心电图不是一条直线，患者在几分钟前应该就已经恢复了微弱的心跳。

心肺复苏术起效了，患者的心脏不再处于停搏状态。

鹿饮溪露出一个浅淡的笑容，看向简清。

简清没有看她，目光紧盯着心电监护仪。

心电监护仪上，病人血压不停下降，心电图的 QRS 波（心电图里的一种波群，反映左、右心室除极电位和时间的变化）消失，显示出不规则的室颤波形，代表心律失常的心室颤动——意味着病人尚未脱离危险。

简清指挥：“再推两支肾上腺素，准备除颤，鹿饮溪你来拿气囊。”

简易呼吸气囊是代替人工呼吸的一种器械，罩住口鼻，简单按压即可对患者进行人工通气。这没什么操作难度，鹿饮溪接过呼吸气囊，学简清按压的幅度规律地按压着。护士推药，剪开年轻女子的衣服，简清拿过除颤仪，贴电极片，涂抹导电胶，再次确认患者确实出现室颤后，开始充电：“来，让开。”

胸外按压的男医生让开位置，简清将手中的电极板紧贴患者的身体，放电、除颤，患者恢复正常的窦性心律。

“继续按。”

一分钟后，患者再次出现室颤。

简清第二次进行除颤。

按压，除颤，用药。按压，除颤，用药。循环往复……

好在医院就在附近，不到十分钟，救护车就稳稳当当地停在江州大学附属第一医院急诊科门口。

鹿饮溪不能待在抢救室，和他们一起把病人抬进去后，主动退出，把抢救的位置让了出来。

急诊科立马组织人手开展抢救工作。

长发扎成马尾的急诊科副主任医师颜淼淼风风火火地冲进抢救室，看见简清，惊喜地吼道：“老同学，你留下来帮帮我！”

班外时间，急诊科人手比班内时间少，颜淼淼正愁没有打下手的，难得有送上门的免费劳动力。

简清按压得几乎脱力：“别说了，我怀疑是感冒后病毒性心肌炎（VMC）引起的心源性休克，安排检查，准备插管，把心内科和重症医学科的ECMO（叶克膜）团队喊下来。”

这时候，她不再吩咐护士用药，把用药选择权交给了首诊医生颜淼淼。

鹿饮溪胃里早已是翻江倒海，冲进急诊科的卫生间大吐了一顿，把傍晚吃的肉夹馍全吐光了。

病人应该能活下来吧……要不然，她就平白遭这些罪了……

年轻女子的手机还在她身上，她不敢离开急诊区。

鹿饮溪用矿泉水漱了口，又到负一楼的小商店里买了瓶漱口水漱口，然后急匆匆地返回急诊区，等待简清出来，也等待年轻女子的家属到来。

急诊科属于科室鄙视链底端，是全院人流量最大、最鸡飞狗跳的科室，也是最容易发生医患纠纷的科室。

将近夜晚七点，候诊区依然座无虚席。鹿饮溪站在墙边，听着耳畔的人声鼎沸，看着一张张或肃穆，或疲惫，或病态的面孔，竟有些恍惚。

虚拟世界里的嘈杂场景逐渐与现实世界里的画面重叠。

候诊区有吃野生蘑菇中毒的患者出现了幻觉，穿了一身黑地蹲在地上，觉得自己是一朵毒蘑菇，有人靠近就大喊："不要摘我！我有毒，不好吃！"

有喝醉酒打架的大汉，鼻青脸肿，酒气熏天，大伙自动离他一米远，有些大胆的人上前一问，原来大汉酒后和朋友抢着付钱，打起来了。

有不信邪非要往嘴里塞灯泡的年轻人，张着嘴，含着灯泡吐不出来，脸上流下的眼泪就是当初脑子里进的水。

十分钟后，年轻女子的父母赶到医院，一进急诊科就大喊："蓓蓓！我的蓓蓓在哪儿？"

鹿饮溪看过原著，熟悉这个名字，连忙拿着年轻女子的手机跑过去："叔叔、阿姨，她在急诊室里，不要着急！"

她把手机交给这对中年人，确认对方的身份。

中年女子握着她的手，老泪纵横："姑娘，就是你救了我们家蓓蓓吗？我给你磕头了——"

说着中年女子就要下跪。

鹿饮溪连忙搀住她："阿姨，不用谢！我只是刚好路过，是附一的一名医生救了她，现在医生还在抢救室里参与抢救！"

鹿饮溪搀着这对中年人找了个位置坐下，然后告诉急诊科的护士，年轻女子的家属赶来了。

颜淼淼立刻指派一名实习医生跟着鹿饮溪出去找家属谈话、告病危。

实习生确认了家属的身份后，告诉他们："您女儿患的是病毒性心肌炎引发的心源性休克，情况比较严重，我们的专家团队还在进行抢救，待会儿可能要转到重症监护室上 ECMO 治疗。"

听到要住进 ICU，中年妇女两眼一翻，几乎要晕倒："我家蓓蓓只是感冒啊，怎么会是什么病毒什么心肌炎？还要进 ICU？"

鹿饮溪和中年男人搀住她。

中年男人说："你别急！褚宴那孩子不是也在这家医院工作吗？我打个电话把他喊过来！"

等到这个世界的男主角从家里赶过来时，已经是半个小时后了。

他一来，先是安抚那两个中年人的情绪，然后也进了抢救室，加入抢救。

从傍晚六点二十八分，一直抢救到晚上九点，十多名医生进行将近三个小时的抢救工作，患者终于脱离险境。

简清脱下白大褂，从抢救室里出来时，浑身是汗，脚步已经有些虚浮，双手微微颤抖。

她今天经历了两场高强度的抢救，中午一场，晚上一场，现在只觉得两只胳膊都抬不起来了。

鹿饮溪连忙冲过去扶住她，递给她一瓶饮料补水。

简清把身体的大半重量交到鹿饮溪身上，鹿饮溪背靠着墙，扶住她的胳膊，拿纸巾轻轻擦拭她脸颊上的汗水。

简清拧开饮料，慢条斯理地抿了几口，看着鹿饮溪问："你早就知道了，是不是？"

# 第六章 过年

鹿饮溪充分发挥自己的演技，假装听不懂：“我能知道什么？”

简清盯着她，墨瞳深沉，像是看穿了一切：“你早就知道有这么一回事，提前带我去公园等候，连人工呼吸的纱布都提前准备好了。”

简清一如从前那般，一副冷淡而笃定的口吻。

鹿饮溪被她吓唬过两三回，事后复盘，猜到她也许是在套话——用笃定的口吻将半信半疑的揣测说出口，观察自己的反应。如果自己用花言巧语侥幸逃过了诘问，她会假装暂时放下戒备，继续默默观察，还会趁自己放下心防，时不时套些话——狡猾得很。

有过被突然送到精神科的经验，这次鹿饮溪不会轻易上当，直视简清的眼睛，解释道：“纱布是中午你们大抢救时没用完，剩下的两包，我帮忙收拾的时候揣进了口袋，准备用来练习心肺复苏的。下午我跟张哥去示教室练习时还用掉了一包，不信你去问张哥。至于去公园，那天晚上你回来，我看见你一脸疲倦的样子，所以才想带你出门走走。你想想看，我再怎么稀奇古怪，也是个人，不可能有预知未来的能力，否则那不成神仙了？”

温言软语拂过耳畔，带着恳切与真诚之意，简清听到这样一番“善解人意”的说辞，胸腔霎时泛开星星点点难以名状的情绪，冷硬的心肠被温柔的滋味软化了大半。

她站直身子，转开身，低头抿水，双眸变得清澈又明亮。

鹿饮溪弯了弯嘴角，走开去丢垃圾。

她清楚简清吃软不吃硬，但吃不准后续自己还会不会被怀疑，只能走一步看一步了。

颜淼淼捂着肚子从重症监护室里回来，看见简清还在急诊科，大力拍了一下她的肩膀："怎么，还想留下来帮我啊？"

简清转过身，习惯性地观察人物动作，瞥见颜淼淼捂小腹的动作，问："哪里痛？"

"你还要给我问诊？"颜淼淼拍了拍她的肩，笑着说，"胃的老毛病了，干急诊的谁没个小毛病啊？我到现在都还没吃晚饭，今晚多亏你心肺复苏及时，要不然人能不能被救回来都难说。"

简清又从上到下打量了颜淼淼几眼，神情严肃地说："你瘦了很多。"

"得，得，得，我最近在急诊科累死累活，哪能不瘦啊！知道你在肿瘤科很闲了，别整天板着一张脸，患者没被病害死，都要被你吓死了！瘦了有什么不好？不知多少女孩求之不得呢！"

简清抿唇，提醒说："你要去做个胃镜检查。"

颜淼淼挥了挥手："你不会要怀疑我是胃癌吧？就不喜欢你们科的人和我多说话，不是这个癌就是那个癌，晦气！上个月做过了，胃炎。我还有病人要处理，没空和你叙旧，改天请你去食堂吃饭！"

说着，她利落地转身离开，继续投入急救工作中。

急诊科的医护，来也匆匆，去也匆匆，"急"字当头。

鹿饮溪丢完垃圾回来，看到那个纤瘦的背影，问简清："你的大学同学？"

简清"嗯"了一声。

鹿饮溪"啊"了一声，惊讶地问："八年制的？留在急诊科？"

简清说："她喜欢。"

任何一位对医疗行业稍微了解的人，听到这个选择都会惊讶。

急诊科是出了名的又苦又累、杂而不精的科室。

颜淼淼名字里带了六个"水"，行事却是风风火火的，拍着胸脯干急诊正合了她的性情。当年在同学的不解和父母的白眼中，毅然决然地留在了江州大学附属第一医院的急诊科里。

如今，她的同学大多还在混主治医师，就算考到了晋升副主任医师的资格，但资历老的前辈还在职，也还得熬几年。

她和简清是为数两个评上了副高职称的医生。

医疗这一行很看年龄资历，且职称晋升大多与论文数量、影响因子挂钩。

年纪轻轻的副主任医师，业内人士看到了，不一定会觉得他临床水平高，甚至会下意识地觉得其科研实力强，临床实力却有待考证。

毕竟，科研做得好的医生，难免会分散临床的精力。

往常，外院同行看见简清的职称，都会是先一愣，然后再去打探是不是科研做得特别好？是不是碰上什么突发公共卫生事件上前线支援了？

大家看见急诊科颜淼淼的反应就不同了，博士毕业的？待在急诊科？那是要给个副主任医师来当，否则留不住人才。

鹿饮溪看了看颜淼淼的背影，又看了看简清，笑道："你们俩是很典型的内科医生和外科医生。"

不同科室的医生有时有着与科室契合的性格，内科系统医生会安静内敛些，说话做事慢条斯理，查房慢，写病历慢，慢工出细活；外科系统医生，尤其是妇产科的主任们，一个个风风火火，雷厉风行，吼一嗓子能让人抖三抖，光用鹰一般的眼神就能震慑一大批初出茅庐的实习生。

当然，这不具备普遍性，具备普遍性的共同点是——大家走路都很快，有时在医院不需要穿白大褂，凭借脚下生风的走路速度，就能辨认其是医务工作者。

简清也看了一眼颜淼淼的背影，目光流露一丝担忧之意。

她的眼白似乎有些泛黄……

回家路上，鹿饮溪让简清先上去，自己花了几分钟去楼下的生鲜超市逛了一圈，买了些食材。

回到家时，鹿饮溪看见简清累得不想动弹，正躺在沙发上闭目养神。

她蹲下身，小声对简清说："你先休息一会儿，我去给你煮点儿吃的。"

鹿饮溪跑到厨房，打开冰箱，又跑回沙发边小声问："其实我到现在还不知道你喜欢吃什么菜？喝什么汤？"

简清闭着眼，低声回答："随便弄。"

鹿饮溪"哦"了一声，回到冰箱边，努力回忆自己做过的每一道菜，最后煮了番茄鸡蛋汤，炒了盘山药炒木耳，端上桌。她很久没下过厨了，这些菜色还是看着教学视频完成的。

简清半睡半醒间，闻到了香味，主动爬起来，洗手坐到桌边，等待厨房里的人一同出来用餐。

鹿饮溪端上最后一盘拿手菜——蒜香排骨。

落座，开餐。被食物的烟火气环绕，医院里的生生死死问题都被抛到了脑后，两个人只是很实际地考虑要填饱饥肠辘辘的肚子。

简清再饿，手上的动作也不急不躁，慢条斯理。鹿饮溪按捺住迫切的心情，试图也表现得云淡风轻些，等简清主动开口夸她。偏偏简清迟迟不表态，只是专注用餐。

过了五分钟，鹿饮溪故作轻松地开口问："味道怎么样？"

她自觉味道不错，卖相也不错：番茄蛋汤色泽饱满，被翻炒过的番茄入口即化，酸甜可口，暖汤入肚，舌尖余留了煎蛋的焦香与番茄的酸甜味道；山药被切成了薄片，卷着淡淡的葱香，口感清爽。

简清没有夸赞，淡淡地说："饿了，吃什么都是好吃的。"

鹿饮溪险些被气成了河豚，鼓了鼓脸颊，想到简清今天劳累，才按下性子，把蒜香排骨转到简清面前："你还没尝过这道菜。"

"我不爱吃重口味的东西。"简清有些挑剔。

尽管这么说，但她还是勉为其难地夹了一块排骨到嘴里。最后收拾碗筷时，鹿饮溪才发现，大半盘排骨进了某医生的肚子。简清用行为肯定了她的厨艺。鹿饮溪心中顿时冒出一个哈哈大笑的小人，心满意足地小声哼着歌洗着碗。她的指尖有蒜香味儿，有洗洁精的柠檬香，柴米油盐酱醋茶的烟火气落到了身上，她一点儿也不讨厌，只觉得无比心安和满足。下一秒，她遽然意识到心念动摇，抬头看向窗外的夜空，星辰浩如烟海。

她告诫自己，这不是一个真实的世界，自己迟早是会离开的。

第二天上午，鹿饮溪以救命恩人的身份去探望重症监护室里的年轻女子——何蓓。

何蓓躺在病床上，面色苍白，身上插满了各种管子，戴上了各种仪器，ECMO 暂时替代了她的心肺。暗红色的血液从她体内被抽出，进入膜肺中进行氧气氧和，排出二氧化碳，鲜红的血液再泵回她体内。

ECMO，一种人工心肺机，核心部分是膜肺和血泵，起着人工肺和人工心脏的作用，是目前针对严重心肺功能衰竭最有效的支持手段，被誉为重症患者“最后的救命稻草”。

谁也不会想到，一场小小的感冒，会给她带来如此严重的后果。

两周前，何蓓出现了轻微乏力、胸闷、咳嗽、心悸（心跳加快）等症状，以为只是一场小感冒，自己买了点儿药吃，结果吃了两周多还没好。

她有运动健身的习惯，感冒了也没落下锻炼，还想要多出出汗，以为能让感冒好得更快一些。其实，那些症状并非感冒，而是与感冒症状极为相似的心肌炎。普通的感冒发烧通常不会出现胸闷、喘不过气、心跳加快的症状，且大多会在两个星期内痊愈。

心肌炎，就是心脏的炎症性疾病，大多由病毒感染导致，如流感病毒；暴发性心肌炎，顾名思义，发病时如疾风暴雨般迅速，病毒直接攻击心脏，使其停跳。

这个病多发在儿童及四十岁以下身体健康的年轻人身上。

年轻人免疫系统更活跃，面对外来入侵病毒反应会更激烈，体内的免疫细胞就像一个血气方刚的少年，发现外来物种入侵后，一定要跟对方拼个你死我活，杀红了眼，无法区分病毒和自身的心肌细胞，干脆全部扑灭——进一步加重心肌细胞的损伤。

原著中，何蓓倒在了公园里，无人施救，等被送到医院时已经死亡。

如今，她躺在病床上，还有生命体征。

鹿饮溪握住她苍白的指节，轻声说：“你一定要活下来啊……”

你活下来，我才有改变命运的希望。

住进 ICU 的病人，都是各科室被转过来、踩在生死线上的危重症病人。

有的病人处于昏迷状态，始终未转醒，上级专门派了个小医生在床边站着，时刻观察病人的生命体征。

醒来的病人也几乎无法说话，只能颤巍巍地在板上写字，告知护理人员自己的需求。监护仪的显示屏上跳动着各式波线与数字，瓶装、袋装的液体被高高吊起，药液通过细长的管子被输进病人体内。病人们不说话，病房里却不安静，医疗设备的“嘀嘀”声、呼吸机的警报声随时会响起。

这里和肿瘤科一样，都是与死亡打交道的科室。

不同的是，肿瘤科面对的是漫长的、渐进式的死亡，ICU 里的死亡，每时每刻都可能发生。这里不允许家属陪护，护士、护工会照顾病人，家属每天下午有三十分钟的探望时间。鹿饮溪凭借那身白大褂，才能在上午进来。她只待了两分钟，就脱下隔离服离开了。

ICU 的门外有几个零星守候的家属，隔着一道厚厚的门和那层朦胧的玻璃探头探脑，想看一眼自己的亲人。

医院宣传科的干事换上了隔离衣，扛着相机进来，给床边的何蓓拍照，采访何蓓的父母。

院内员工见义勇为，急诊科、心内科、ECMO 团队极限抢救的事迹已经在院内传开——这是院领导们最喜欢的宣传素材。

为了扩大影响力，这事不仅要在院内宣传，还要登报宣传，什么都市报、晚报，当地的电视台都要宣传一番。

这是老一辈的人喜欢的传统宣传模式。

自从 90 后、95 后进入事业单位后，各种宣传方式也变得接地气起来，微博、抖音、微信公众号、小视频一个没落下。有时谁拍摄出一个火爆全网的说唱小视频，全国各地医院的宣传科几乎都会过来调研取经。医院希望扩大自己的知名度，所以有时候还挺喜欢与影视片、纪录片一类的剧组合作。

鹿饮溪回到肿瘤病区时，看见简清戴着口罩，脊背挺得笔直，站在病区的走廊上接受本市记者采访。她余光瞥见了鹿饮溪，示意摄影师暂停拍摄，把鹿饮溪喊了过来，一本正经地和记者介绍：“她是第一个目击者，当时她发现患者神情不对劲，拉着我过去实施心肺复苏术。具体情况你让她说，我还有病人要处理。”

鹿饮溪在娱乐圈摸爬滚打几年，练出了一身敏锐的宣传嗅觉，当即摘下口罩，露出招牌性的笑容，找到最好的角度站在摄像机前，和记者聊了起来。

她猜到这是简清给她留的机会，否则以那个冰块的性格，不一定会接受记者采访。鹿饮溪把事情的经过从头到尾说了一遍，最后还花了不少时间手绘了一些感冒、病毒性心肌炎、心肺复苏术的漫画图，用于科普。

中午午休时间，两个人在食堂吃了饭，回家休息。

简清换上了睡袍，在阳台上晒冬天的太阳，鹿饮溪坐在她身边，和她一块儿晒。太阳光落在身上暖洋洋的，简清剥了一个砂糖橘，捏着，假意递到鹿饮溪的嘴边。

鹿饮溪瞥了她一眼，又低头看着眼前修长白皙的手指，嗅着橘香，眼里蔓延开一丝笑意，张开了嘴就要咬。

“让你闻一闻而已。”简清迅速收回手，把砂糖橘送进自己嘴里，逗猫玩似的。

鹿饮溪轻轻“哼”了一声，别开头，自己三下五除二地剥了一个吃，吃完还骂简清一声：“幼稚。”

简清面不改色，问：“不睡觉，跟着我做什么？”

鹿饮溪转回视线，认真地说：“我想看看你的膝盖。”

简清想到她前几天抱抱要收费，也给自己标了价，面无表情地说道：“二百元一次，一分钟以内不加收费，一分钟以后每多看两分钟，加收一百元。”

这人在她的价格上翻了一番。

鹿饮溪指了指简清的膝盖，一字一顿地问：“你这膝盖是用金子做的？”

简清没回答。爱看不看。

鹿饮溪打开支付软件，转了二百五十元给简清：“我就看两分钟。”

简清收了钱，犹豫了一秒，撩开睡袍的下角。

她个子高，双腿笔直修长，腿上肌肤在太阳的照射下白得甚至有些反光。

鹿饮溪怔了片刻，把视线挪到她的膝盖上，膝盖上一片瘀青……

她昨天跪在地上抢救病人抢救了十多分钟，按压力度又大，膝盖作为受力点，必然有所磨损。

鹿饮溪突然有点过意不去，问："这……要不要上点儿药？"

简清淡淡地道："不需要，明后天就没事了。"她又放下睡袍下摆，遮住自己的小腿，不说话了。

鹿饮溪咳了一声："前两天回学校，我和同学排练了两个小故事。"

简清轻声问："什么故事？"

"一个是《美人鱼》，另一个是《楚门的世界》。美人鱼和小王子的故事，你肯定听过吧？美人鱼爱上了小王子，喝下了药水，把自己的鱼尾巴变成了双腿，变成和小王子一样的人，想和他在同一个世界里生活。可惜小王子没有爱上她，最终她化成了泡沫。"

简清渐渐有了困意，语气还是有一丝嫌弃："我不需要听童话故事才能入睡。"

鹿饮溪轻轻"哦"了一声，继续揉按她的脑袋："那改天我再给你讲《楚门的世界》。"

简清"嗯"了一声。

鹿饮溪继续按了一会儿，等简清睡熟了，替她盖好了被子。

电视台的采访视频一经播出，引起了不少网友讨论。

【完全听不进去她说了什么，光顾着看脸了。】

【一个 5 分钟的科普小视频而已，妈妈问我为什么看了半个小时。】

【啊—第一位女医生的眼睛也好看，虽然她戴着口罩，但一看就是一张美人的脸！】

…………

鹿饮溪的镜头感本就好，随便哪个角度拍，画面都能截下来当桌面，加上生动形象的手绘图，节目效果十足。

普及心肺复苏术知识，恰好符合国家强调引导大众学习互救技能的要求，各级大大小小的官媒都帮着转发视频进行科普，话题一度冲上了热搜榜前三名的位置。

热搜广场上铺满了一众蓝 V 的身影，热搜底下的网友都在热议。网友的视线都被她的颜值吸引了。鹿饮溪熟练地注册了一个新账号，通过认证，转发官媒的视频，把自己画的科普漫画放了上去，引流粉丝。

这才是她最熟悉的操作——靠脸吃饭。

第二天，宣传科的人到肿瘤二区来，逮着鹿饮溪死命拍照，说要给她写一篇专稿。

中午魏明明刷手机刷到了和鹿饮溪相关的话题，惊叹一声，抱着鹿饮溪的胳膊问："你是不是要红了？我现在抱你的大腿来不来得及？我要不要多留几张你的签名照以后好卖钱？"

鹿饮溪老实地说："如果过几天有很多人打电话给我，邀请我签约、当主播、代言一些'三无'产品，那我可能会成为一个不怎么知名的小网红。如果再有个团队帮我运营一下，我会红得更久，但是大概率过几天就没影没声了，网友都是三分钟热度……"

她在这个世界没有红透半边天的野心，如果能当个小小的网红也挺好，挣一点点钱，能够让自己在这个世界独立生存下去，不依赖任何人，等待时机回到现实世界中，足够了。

魏明明似有所觉，转过头讪讪地说："临高，新入院的病人的病历我都写完了，我干完活才玩的手机……"

简清收回视线，淡淡地瞥了一眼鹿饮溪，没有吭声，转开身继续忙工作。

鹿饮溪揉了揉鼻子，安慰魏明明："放心，她不会骂你的。"

魏明明小声说："她是不会骂人，但会小心眼地让我加班，还会拿冷冰冰的眼神盯我，盯得我毛骨悚然。我们胡副院长也是，做错了事，他不骂人，就先冷冰冰地盯着人看，那个恐怖啊，还不如骂我几句呢。"

鹿饮溪很少见到副院长胡见君，只有在每周一次的科主任大查房上，才能跟在一群人后面看到他高大的背影。

往常有什么文书要签字，都是科室秘书抱着文件送来送去的。

鹿饮溪调侃说："你跟简医生跟个几年，说不定以后也成那样，用眼神就能杀人。"

魏明明拨浪鼓般摇头："那太吓人了，我可不要。"

张跃从外面回来，插话说："就是，凶巴巴的，会嫁不出去。你得跟我学，看我对带的小孩们多好啊。魏明明你晚几年读博，等我成了博导，我来收你！"

魏明明怼他："你快闭嘴吧！你对他们好得太过分了啊，一个个病历都不写，昨晚下班前十二床有个新入院的病人，不知道你的哪个学生，直接把隔壁床的首次病程记录给复制过来了，一个字都没改。还好我发现了给修改了几句，要不然你就等着被骂吧。月底了，质控科的人不知道哪天就会来检查，你悠着点儿吧！"

这话刚说完，下午上班没多久，自门外拥进来一行穿白大褂、戴口罩的年轻人，拥着一位四五十岁的中年人："二区的老总在吗？例行检查，把你们科的各种资料拿出来检查一下。"

"欸，在这儿！"张跃站起来回应，无声地给魏明明做了个"乌鸦嘴"的口型，然后上前接待，"科长，今天怎么亲自出动了，要查哪些资料啊？"

质控科的吴科长双手背在身后："年底了，到各个病区转一圈，你们把危急值登记本、疑难病例讨论本、交接班本，就是平常要检查的那些东西都拿出来看看。"

每年年末，上到卫生行政部门，下到医院行政科室，都会来医院、病区走几圈。

张跃早早准备好了材料，一边翻箱倒柜地拿文件，一边吩咐她们两个搭把手："小鹿去把危急值登记本和交接班本拿过来，明明去把疑难病例、死亡病例讨论本找出来。"

进进出出的医护人员和吴科长打招呼，吴科长一一点头回应。

没一会儿，科里的人就把文件找出来了，整整齐齐地放到桌上，还翻到了本月的记录，方便检查查阅。

质控科的干事们在科长面前说好话："二区的质控一直都是比较认真的，核心制度落实得比较到位。"

魏明明点头，拍马屁说："都是领导们督促工作做得好，要过年了，领导们少扣几分啊。"

吴科长笑着说："别贫嘴，还有病历要检查，每个组抽调两份运行病历出来，要住院三天以上的。"

魏明明喜道：“我们自己抽吗？”

吴科长说：“异想天开，小刘，去抽。”

简清组上被抽到的两份病历都是张跃的，张跃又是让实习生写的。

吴科长亲自坐在电脑前看：“让我看看胡院长的学生的病历写得怎么样。”

虽然没怎么被亲自管过，但张跃还算是胡见君的博士生。

魏明明说：“现在有实习生来，都是先教实习生写。”

吴科长教导说：“那不能光让实习生写，每份病历都要你们和你们的上级审核，出了问题实习生不用担责任，你们是要承担责任的。”

张跃忙不迭地说：“是，是，是，我每天都检查审核的，上级也都看过一遍。”

吴科长指了指十二床和十一床的病历，觉得不对劲，皱眉问：“怎么，这两床的 IV 期胃癌病人都有冶游史？体能状态这么好？”

冶游史在医学上指的是嫖娼史，用来判断患者是否存在性传播疾病的可能性。

张跃解释说：“没有，没有！可能是模板忘了改过来！我现在就改！”

也有可能是学生《诊断学》病历书写那一章节没学好，把冶游史误当成了旅游史。

吴科长点开张跃的账号下的新入院病历看，果然，几乎所有病人都写了有冶游史。

“你们组下的病人，一个个都很风流啊！”吴科长微微摇头，又是好气又是好笑，伸出手指点了点病历，“小刘，这几床的病历全部记下来，月底全院通报！”

通报不会记实习医生的名字，简清回到病区，收到质控科下发的《检查反馈单》，看见那一行行的病历缺陷，默不作声地盯着张跃。

张跃被她盯得无地自容：“师姐，我每天都检查的，谁知道今天突然撞上质控科？”

简清面无表情地说：“以后每个新入科的人，先教怎么写病历。”

“这一批的人都是从其他科轮转过来的，我以为前面的人已经教过了。”

简清："以后多提问，看他们会不会写。今天之内你把组下所有在院病历都检查一遍，明天我检查，不要让我发现还有什么疏漏。"

月底全院通报批评时，通报文件上，缺陷病历责任医生那一栏赫然列着"张跃/简清"的名字，他们的奖金也被扣了不少，科主任胡见君还特地把他们两个抓到办公室里数落了一顿。

还有几天就要过年了，张跃这个天天二十四小时待在医院里的人，请了下午的假，说是要买些江州市的礼物特产寄回家去。

简清问："过年还要买礼物？"

张跃说："还得发个大红包呢，师姐你这么大了又不是没过过年！我出门在外人不能回去，总得买点儿东西回去吧！"

简清挥了挥手，准假，自己也抽空去了趟商场。

这些年来，她万事只考虑自己，还没想过给别人买什么礼物。

于是，她头一回漫无目的地在商场里闲逛起来。

逛了半个小时，逛到一家珠宝店门前，她看见玻璃内展览墙上贴着一张海报，海报上是一条鹿角坠饰的银项链，旁边题了一行字"林深时见鹿，梦醒时见你"。

她想起月光下醒来看见鹿饮溪的场景，走进店里买下了那条鹿角坠饰的项链。

简清回到家里时，鹿饮溪正抱着薯片缩在沙发上看电视，见她回来，绽开一个温柔的笑容，趿着毛拖"啪嗒啪嗒"地跑过来："我今晚学做了糖醋鲤鱼，你过来尝尝看。"

简清左手捏着口袋里的方形首饰盒，没有说话。

鹿饮溪把她拉到餐桌边摁着坐下。

简清说："我还没洗手。"

鹿饮溪"哦"了一声，又把她拉到洗手池边，叽叽喳喳地说着话。

最近每隔一天，鹿饮溪就做一道新菜。

"我算好了，等到过年那天，我会油爆虾、蒜香排骨、白斩鸡、啤酒鸭、糖醋鲤鱼，鸡鸭鱼肉都有了，还缺一道汤，就算只有我一个人在这里，也能吃很多好吃的菜了。"

在这个世界，她的父亲早逝，她的母亲和她断了联系，她无家可归，只能留在这里过年了。

温水打湿了手背，简清盯着水流，说："你不是一个人。"

她不打算留鹿饮溪一个人在这里。

鹿饮溪"欸"了一声："你不回家过年呀？"

简清擦干手，回到桌边："不回，除夕那天我的班。"

鹿饮溪在她身边坐下："我记得是白班，晚上你也不回你父母那儿去吗？大年三十也不回吗？"

"不回。"

"你父母不会怪你吗？他们会不会叫保镖把你抓回去？"

简清盛了半碗饭："少看那些乱七八糟的小说和电视剧。"

简清的母亲在精神病院，也不想回父亲那里，所以过年一般都独自一人。

鹿饮溪拿亮晶晶的眼神看着简清，就差没长一条尾巴出来疯狂晃动。

她左手撑着脸，感慨地说："很多年没有人陪我一块儿过年了。"

十岁以前的年味最浓，乡下喜欢一大伙人聚在一块儿过年，小孩追逐玩闹，放炮放烟火，大人杀鸡宰猪，一张大圆桌边能坐满十来个人，从初一到十五，大家四处走亲访友。那年头大伙日子过得苦，小孩也没什么压岁钱，多往兜里塞些饼干糖果就很心满意足了。

十岁以后，她随母亲顾明玉到了市里，住在医院的家属楼里，医院里不能放鞭炮，医护人员倒会比平常少些严肃样子，多几分喜气。每年除夕，顾明玉很少回家，几乎都是对面的邻居看她可怜，把她抱进自己家里一块儿吃年夜饭。

二十岁后，她彻底与顾明玉断了联系，哪怕后来有了经纪人、助理、朋友，也觉得他们有各自的家庭生活，不好融入，不方便打扰，就自己一个人在家里随便包点儿饺子吃。

简清"嗯"了一声，专心吃鱼，不多问。

她也有很多年没人陪着一块儿过年了。

今年，她有人陪了。

夜晚，简清捏着口袋里的首饰盒，迟迟没有送出去。

她把首饰盒掏出来放在客厅的茶几上，想等鹿饮溪明早起来自己发现拿起来戴。放了一分钟，她又将首饰盒收回，打开冰箱想放进冰箱里，等鹿饮溪准备炒菜时发现。想了想她又觉得不妥，将首饰盒拿了出来，打算等除夕前再亲自送。

到了除夕前一天，简清几经犹豫，把首饰盒放进了鹿饮溪的大衣口袋里，还是想等鹿饮溪自己发现。

除夕前一天，何蓓病情好转，转出了 ICU，鹿饮溪开心地又跑去病房，和她握了两次手。

大概是她三天两头地探望和发自内心地开心，感染了这一家三口人，何蓓的父母给了鹿饮溪一个大大的红包。

鹿饮溪连忙推拒："叔叔、阿姨，我不能收，我不收！我其实已经工作了，不能收红包了，不是小孩子了！"

何蓓的父母一定要往她的口袋里塞红包："拿着，拿着！就当是叔叔和阿姨的一份心意！你顺便帮我们给小简医生带一份。"

"她就更不能收了！她收了要被举报的！还好我今天没穿白大褂过来看你们，否则我说不定也要被举报到监察科去了。"

何蓓的母亲连忙收回手，笑逐颜开："是阿姨考虑不周了，来，来，来，我们加个微信，阿姨用微信转给你！"

"阿姨，我不是那个意思，我们真的是一分钱都不要，看到何同学好起来我们就很开心了！阿姨，我先走了，新年快乐！"鹿饮溪几乎是跑着出病房的。

她出了心内科的门，没有坐电梯，选择走楼梯，像一只小兔子，一直从内科楼二十五楼蹦跶到一楼，再风一般跑回肿瘤大楼，去找简清一起下班。

简清今天晚了一个小时下班，正在换衣间里脱下白大褂换上大衣外套。

鹿饮溪冲进来，一头撞进她怀里，把她撞得后退了一步，背抵在柜子上，虚虚扶住鹿饮溪。

她轻轻拍了拍鹿饮溪的肩："怎么开心成这样？"

鹿饮溪从简清怀里出来，眉眼弯弯，笑道："何蓓转到普通病房了，她活了！"

一个配角的命运被她成功改变。

简清目光清冽，面容沉静。

鹿饮溪拍了拍自己的大衣口袋："她爸妈刚刚还要往我口袋里塞红包呢，我没收——欸，这是什么？"她从口袋里掏出一个小小的方形盒子，"怎么他们还偷偷给我送礼了？不行，我得再去一趟心内科，还给他们！"

简清拉住她："不要去。你先打开看看。"

向来说话慢条斯理的人，说这句话时，语速比平常快了几分。

鹿饮溪转回身，有些惊讶："决定不收的礼物怎么能打开？"

她一路风风火火地跑来，鼻尖上沁出了小汗珠，处于极度兴奋状态，音量也比平常高。

简清松开她的左手，掏出包里的纸巾给她擦汗，淡淡地说："不是他们送的。"

说完这句话，没等鹿饮溪给出反应，简清又自顾自地走到门口把纸巾丢进垃圾桶，然后出门："走了，回家。"

"啊？那是谁送的？"

鹿饮溪蒙了片刻，看了看简清的背影，又打量手上的方形小盒子，犹豫了几秒，三下五除二地拆开透明包装袋，打开盒子，一条鹿角坠饰的项链映入眼帘。

她拎起项链，在眼前晃了两下，默默回味适才简清婉转的行为态度，心底明白了几分。

怎么简清送个礼物还偷偷摸摸的？

鹿饮溪笑着小心翼翼地把项链攥进手心，一路小跑着追上简清。

临近除夕，傍晚六点半，天已昏暗，肿瘤病区不似白天那般人来人往，走廊里空荡荡的，只有亮白的灯光，还有喜庆的小灯笼。

班后时间，她换上了自己的长款深棕色大衣，内搭黑色半高领毛衣，长发散下，看上去成熟又知性。

鹿饮溪牵过她的手迈开腿往前跑："走，陪我逛超市，买年货！"

两个人跑了没几步，简清拉了一下她："院内不许疾跑。"

鹿饮溪还要跑，笑道："这都下班了，没人来抓医护人员的行为仪态！"

简清拽住她，像是牵住即将脱缰的野马，给她指了指墙上挂着的医务人员行为规范："第十六条。"

鹿饮溪凑过去，看着第十六条行为规范，念出声："举止端庄文雅，抬头挺胸，步履轻盈，双人行走不可勾肩搭背，嬉笑打闹。"她敲了敲"举止端庄"这四个字，看着身侧的简清，摇头晃脑地笑了笑，半个身子倚在简清身上，调侃说，"简医生，你觉得你在家举止端庄吗？"

简清安静地站在一边，看着她笑，也浅浅地笑了笑。

她今天看上去真是异常活泼。

简清开口问她："开心程度从零到十依次递增，你选个数字描述。"

鹿饮溪脱口而出一个数字："八。"

"才八级？"

她开心成这样才八级？

鹿饮溪但笑不语，带简清往超市的方向走去。

因为她还有一点点遗憾。十级开心，应该是没有遗憾的，如同所有偶像剧，会迎来一个圆满的结局。

她不知道她和简清能不能迎来圆满的结局。

此时此刻，她只知道她可以改变彼此的命运。

超市里到处挂满红彤彤的灯笼和彩带，喜气洋洋的背景音乐响彻耳畔。

简清推着购物车跟在鹿饮溪身后。

鹿饮溪负责把货架上的零食丢进购物车。

简清问："你不是要减肥吗？"

鹿饮溪说："等过完年我可以减下来。"

现在这具身体新陈代谢旺盛，容易消化吸收，不容易吃胖，配上适量运动，穿衣显瘦，脱衣有肉，正是身体状态最好的阶段。

鹿饮溪忽然转回身，笑着对简清说："你太幸运了，遇到了这个年龄的我。"

再过五年，她就会因为拍戏落下一身伤了，二十五岁的身体和四五十岁的人一样，一到下雨天、冷天，不是这里酸就是那里痛——也许算是成名的代价。

简清："你要告诉我，你是未来世界过来的人吗？"

鹿饮溪耸了耸肩，没说话。

简清太过敏锐，鹿饮溪不敢说太多。

"上次逛超市，你说要和我分享你作为演员的成名经历。"简清翻起了旧账，"到现在你都还没说。"

鹿饮溪丢了一包开心果到购物车里："上回是你自己不想听的。"

简清："我说的是回家听。"

她不是不想听。

"我不管，你错过了上次的机会，就得等我想说的时候再说了。"鹿饮溪毫不介意展现任性的一面，顿了顿，又笑着转过身，"算了，我今天心情好，再给你一个机会，来，石头剪刀布，你要是赢了我就告诉你。"

简清停下脚步，眼神透着淡淡的嫌弃之意。她嫌弃幼稚。

鹿饮溪凶她："到底来不来？"

简清把右手背在身后，一副做好准备的姿态。

鹿饮溪："我数三二一石头剪刀布就出，三、二、一，石头剪刀布——"

鹿饮溪出的石头，简清出的布。

鹿饮溪正要收回手认输，简清转变手势，收了拇指、无名指、尾指，转瞬间把布变成了剪刀——故意输给了鹿饮溪。

鹿饮溪愕然，抬起头，目光撞进简清明亮的眼眸，眨了眨眼。

简清也跟着眨了眨眼，似在无声回应。

鹿饮溪问："你不想听吗？"

简清收回手，继续推着购物车，淡淡地说："等你。"

无论是哪一件事，她都愿意等鹿饮溪想说时再说，再听。

除夕这天，病区冷清了许多。

大过年的，大家都不爱来医院，一年到头满床、加床都不够用的病区，难得空出了床位。

只要不是重急症的患者，几乎都办了出院手续。

有些病人上午刚输完化疗药，下午就火急火燎地要出院，不愿留院观察一晚。

“平时你们都赶我出院，今天大过年的我要主动出院，怎么你们还不让啊？”

大医院承担着更多救治任务，有床位周转率的考核指标，病人住得太久都会去催促病人尽快出院，平时床位特别紧张的时候，也会让一些体能状态好的、熟悉的、好说话的老患者，早点儿出院空出床位。

护士笑着解释：“叔叔再待几个小时吧，我们怕有什么不良反应。”

患者挥了挥手：“不会的，不会的！我都输了好几次这种药了！不能等了，票都提前买好了，我是一定要赶回去的！”

护士劝阻无效，和医生商量了一下，只好放人走。

简清一边让患者签字，一边叮嘱：“不要吃太油腻的东西，刚化疗完不要吃乱七八糟的中药，有不舒服的地方尽快到附近的医院去。”

有些是参与临床试验的患者，她会多叮嘱一句：“有不舒服的地方尽快到附近的医院去，记得要拿上那个联系告知的单子，让那边医院的医生打电话联系我。”

过年期间，大四的见习生早早放了假，大五的实习生随带教排班，带教没有班的人可以放假，带教有班的人也需留守医院；研究生多数处于规培期，没有假期，都是随排班表走。

魏明明上午提着行李到了医院，打算下午下班直接回家。

简清中午就让她走：“下午病人没那么多，你先走吧。”

提前放假，魏明明恨不得抱住导师亲两口，奈何导师面若冰霜，她实在不敢，只好激动地抱住旁边的“吉祥物”鹿饮溪。

简清看见后，面无表情地钩住魏明明白大褂背后的腰带往后一拉，拉开她和鹿饮溪的距离，冷冷地说：“医院里不要搂搂抱抱的。”

不像话。

魏明明生怕来之不易的假期泡汤，道声新年祝福就拉上行李箱溜之大吉了。

简清看着被魏明明抱过的鹿饮溪，又冷冷淡淡地说了一句：“医院里不要搂搂抱抱的。”

被忽然抱住又忽然被分开的鹿饮溪蒙了片刻，拍了拍自己的衣服。

还好是中午下班时间，她们都没穿白大褂。

鹿饮溪看着简清，乖乖询问道："下午也给我放个假吧，我回家准备年夜饭。"

"晚上回家一起准备。"

"那下午我做什么？"

简清想了想，说："帮我筛选临床试验的病人。"

她的科研助理几天前就开始休年假，这个星期没人帮她筛。

自从上次出差之后，她发现鹿饮溪学东西上手很快，对医疗知识也有一定的了解，做个临时的助理绰绰有余。

鹿饮溪说："你得先教我一遍。"

简清拿出临床试验的研究方案和研究者手册，递给鹿饮溪："你先翻几遍，熟悉一下入排标准。"

临床试验，指的是药物或器械上市前，要在受试者（志愿者）身上先试一试，保证药物的安全性和有效性。

前面三期的试验，验证了药物的安全性、有效性后，这种药才会被批准上市。

肿瘤科每个月都要进行临床试验的成果汇报，每个月也都有合作的医药公司过来开启动会、专家会议，分享汇报国内外最新研究进展，或者来稽查临床试验的数据是否存疑。

鹿饮溪记得，原著中，作者只是几段话带过医学相关知识，字里行间能明显看出作者没有医学教育背景。

原著中没有提到的这些研究方案、研究手册，如今看来却是十分专业的，看不出丝毫纰漏。

这个虚拟世界，会自动修正补充许多细节，比如每天接触的那些病人、病情，几乎都像真实存在一般。

到了下午，简清见鹿饮溪在座位上目不转睛地看资料看得认真，随口问道："看懂了多少？"

鹿饮溪抬头看向简清，拿捏着分寸，说："大概能看懂 60%，《评估HE-A114（新药代码）用于治疗二线以上非小细胞肺癌的有效性、安全性Ⅱ期临床研究》，是 PD-1 的免疫治疗研究，国际合作研究项目，适应症是肺癌，如今在国内进行Ⅱ期试验，江州大学附属第一医院牵头国内的医院，PI（主要研究者）是胡副院长，当然，原理那些我完全看不懂。”

简清打开电脑：“知道大概的入选、排除标准就行，来，我教你。”

筛选受试者，是开展临床试验的前期准备。

民间会把受试者看作小白鼠，但临床试验其实都是经过了严格动物测试，保证安全性后，再进行的临床研究。

参与肿瘤临床试验的病人，通常有两种情况。

一是市面上的药物已经不起作用，迫不得已只能尝试新药，把临床试验当作最后一根救命稻草。

二是家境贫寒，承担不起癌症的治疗费用，参与试验可以获得免费检查与治疗。

但不是所有人都可以参与试验，任何一项试验都有一定的筛选标准和排除标准，比如年龄限制，比如既往用药限制。

简清一项项讲解，亲自筛选了一遍给她看。

鹿饮溪听了一遍就能上手。

简清看着她熟练的动作，问：“你以前是不是做过这项工作？”

鹿饮溪岂止做过，她的医学生涯就因为一场临床试验而中断。

这段伤疤鹿饮溪不想揭给简清看，只是说：“魏明明帮你筛病人的时候，我在旁边看过几次，我的记忆力还不错，背台词背个三五遍就能滚瓜烂熟。”

要不是跳着看的原著，没有一段完整记忆，她早把这个世界的剧情摸透了。

简清看她不愿意多说，也就没有多问：“筛完你先回家休息。”

鹿饮溪刚想反对，转念想到家里还有一堆食材没弄好，于是点了点头：“我先回去把菜洗好、切好，等你回来一块儿做。”

这番对话日常又温暖，简清笑了笑，转身去病房里忙活。

鹿饮溪翻阅研究方案的入排标准，在电脑上筛选合适的肺癌症患者。

她在这里跌倒过，坠落过，渡人过河自己却被淹死。

尽管跌倒后的那些年，她刻意逃避与医院有关的一切事情，但在无数个深夜里，她会梦见自己还在医院里，还在帮老师筛选临床试验的病人。

那是刻进潜意识里的记忆，她终生难忘。

她一直以为自己不会后悔放弃医学，可她的潜意识里似乎一直在恳求上天再给她一个机会。

时光逆转，老天再给她一次机会，她一定不会在这里跌倒，不会轻言放弃。

绚烂的烟火在天幕中绽开，五颜六色，纵横交错。

简清回到家，客厅里播放着音乐，厨房里传来利落的切菜声。

她脱下大衣，鹿饮溪从厨房里探出脑袋："你回来了？"

简清"嗯"了一声。

鹿饮溪跑出来："今天下班后，我去给你买了一个滑稽脸的抱枕，算是给你的回礼。"

"嗯。"简清继续点头，顿了一秒，微微挑眉，"嗯？"

"噔噔噔——"鹿饮溪变魔术般拿出一个超大的黄色滑稽脸抱枕，塞到简清的怀里，"是不是很可爱？"

简清的眼神中流露出一丝嫌弃之意。

"我觉得和你的气质很互补。"

简清轻轻弹了一下她的脑门："怎么，埋汰我？"

鹿饮溪拨浪鼓般摇头。

她只是觉得那个滑稽的表情，猥琐中透着不羁，不羁中透着鄙夷，鄙夷中还带着三分薄凉七分漫不经心，很是可爱。

"你带到医院去，你不喜欢去值班室里睡觉，趴桌上睡觉又不舒服，有个东西垫一垫多好？而且你一觉醒来，看见这个表情，一定会觉得好笑，心情也会变好。"

简清看了她一眼，没说话，目光还是很嫌弃。

这人又在嫌弃她幼稚。

鹿饮溪捕捉到了那丝嫌弃之色，抢过她怀里的抱枕，"哼"了一声："不要就算了，我自己用！"

简清又伸手将抱枕拿回来抱在怀里："没说不要。"

鹿饮溪站在原地，等着简清道谢。

然而，简清没有出声感谢，把抱枕放进了房间，径直走去厨房，洗手，切菜。

这冰块真是一个……没有一点儿仪式感的人，偏偏又懂得节日买礼物……

察觉到这点矛盾，鹿饮溪醒悟过来——简清该不会是看到谁买新年礼物了，才有样学样地跟着买的吧？

鹿饮溪走进厨房，把心中的疑问问出口："你昨天怎么想到要送我礼物啊？"

简清低头切菜："看到张跃给他上高中的妹妹买练习题当新年礼物了。"

还好自己不是高中生了……

这理由透着一股浓浓的亲情。

鹿饮溪想起半个月前，自己在火锅店里说"我拿你当异父异母的姐姐一样敬爱"的玩笑话，揉了揉胳膊。

简清在认真地准备年夜饭。

她多数时候都是认真的，专注到会忽略外界所有人，显得与这个世界格格不入。

鹿饮溪知道自己不是这个世界的人，无法真心融入这里，可简清呢？

简清为什么也无法融入这里？只因为她性格孤僻吗？

从傍晚六点一直忙碌到晚上八点，两个人才准备好一顿丰盛的年夜饭。

鹿饮溪拿出酒柜里的红酒："今晚要喝这个。"

简清说："不要喝多。"

鹿饮溪笑道："上次喝断片的人可不是我。"

将红酒倒入杯中，鹿饮溪坐下，看着一桌子的菜，说："明天要包饺子。"

过年不包饺子，她总觉得少了些什么味道。

简清点头。

她已经快忘了年要怎么过了，全凭鹿饮溪安排。

鹿饮溪又问了简清几句爱吃什么馅的饺子，有没有什么不吃的东西。

简清一一摇头。

鹿饮溪认真记下："我们明天就一起去买食材，然后一块儿包。"

两个人的年夜饭稍显冷清，客厅的音乐没有暂停，被切换成了钢琴曲。

窗外烟花爆竹声不绝于耳，餐桌靠近阳台的落地窗外，两个人一转头就能看见五光十色的烟火在天际绽开。

怕重蹈覆辙，这回两个人都不敢贪杯，只斟了半杯红酒。

鹿饮溪端起酒杯，轻轻碰了一下对面坐着的人的杯沿："如果关了灯，点上蜡烛，这就成了一顿烛光晚餐。"

对面的简清抿了一口红酒，薄唇越发红艳："家里没有蜡烛。"

鹿饮溪忍不住想拿笔画下来，或是拍下这个画面，记录这一刻的美丽。

她轻声问："我可以给你拍张照吗？"

简清觑她一眼，淡淡地说："专心吃饭。"不要有乱七八糟的小动作。

鹿饮溪一笑了之，片刻后又问："那待会儿晚点儿睡，我们一块儿跨年，好不好？"

简清"嗯"了一声，算是同意。

两个人吃饱喝足，简单收拾了一下，各自开始忙活手头上的事。

深夜十一点，鹿饮溪洗好澡，窝在沙发上，抱着薯片看电影。

室外的烟花爆竹声，混合着室内电吹风机的噪声，渐渐盖过了电影的声音。

鹿饮溪暂停了电影，"咔嚓咔嚓"吃着薯片。简清将头发吹至七分干，走到鹿饮溪面前，眼中有几分阴郁。简清垂眸，掩了阴郁之色，一手拿过鹿饮溪怀里的薯片，一手拿起遥控器，按下播放键，坐在她旁边一块儿看电影。

窗外烟花绽放，鹿饮溪一时失神，想这也许是今生唯一一次陪她跨年。

"哎，这段怎么拍的？"简清抬了抬下巴，指着屏幕上抱着老虎的男主角问，"真抱一只老虎吗？"

鹿饮溪把注意力拉回电影上，说："一般是让人抱一个玩偶，后期用电脑做一个老虎的特效。”

“这一段呢？”

“吊着威亚飞的。”

“恐高的人怎么办？”

“大牌有替身，十八线的艺人的话，硬着头皮上。”

简清主动挑起话题，缓和紧张的氛围。

两个人有问有答，鹿饮溪紧绷的神经渐渐放松下来，她打开了话匣子，和简清分享拍戏的小细节，电影、电视剧幕后制作的流程。

简清认真倾听，偶尔和她对上视线，微微一笑，生怕打断她的倾诉欲，只好拽过沙发上的玩偶，揪了揪毛茸茸的玩偶，放任她在自己耳边说个不停。

零点，烟火照得室外天空亮如白昼，烟花爆竹声，声声入耳。

鹿饮溪把简清从沙发上拽起来，拉到阳台上看跨年烟火。

两个人并肩而立。

零点一过，鹿饮溪轻轻拍了一下她的肩头："晚安，简老师。"

简清没有回应她，仰头看着烟火，淡淡地问："可以再一起待一会儿吗？"

鹿饮溪看着她的侧脸，想到今天大过年的，又想起初见那晚简清床头的水果刀……似乎读懂了她平时冷漠情绪背后更深的落寞底色，点了点头，一时间，万千思绪涌上心头。

这回换简清抱着枕头来鹿饮溪的卧室里，如同初见那晚。

脑袋陷在柔软的枕头里，鹿饮溪睁着一双大眼，看着天花板的吊灯。

她只闻到了清冽的冷香，听不到简清的声音。

鹿饮溪忍不住坐起来，倚靠着床头："不如我们来聊聊天吧。"

简清闭目养神："聊。"

鹿饮溪低头看向身边的人，问："你上学时有没有住过宿舍？就是学校的宿舍，还是都一个人住？"

她总要开着灯睡觉，无亲无故的舍友应该不会迁就她。果然——

"没有，校外租的房子。"

“你读书时学习成绩是不是很好？”

“嗯。”

“你读书那会儿是不是也不爱和人说话？”

“嗯。”

“那你读书那会儿有没有喜欢的人？”

简清睁开眼睛，看向鹿饮溪。

两个人四目相对。

鹿饮溪说：“抱歉，问了隐私问题，你可以不用回答的……”

简清收回了视线，淡淡地说道：“没有，他们很无聊，像千篇一律的背景板。”

鹿饮溪忍不住好奇心，继续一路问下去：“我听说你以前有个因白血病亡故的前男友，现在看来是骗人的咯？”

“嗯，长辈总介绍对象，很烦人。”

偷笑许久，鹿饮溪咳了一声清了清嗓子，接着问道：“我听说褚宴是你的大学同学，他长得挺好看的，医术也不错，性格也挺好，他也很无聊吗？”

简清道：“他有未婚妻的。”

鹿饮溪笑了笑：“如果他没有未婚妻，你就觉得他不无聊了？”

“问他做什么？你喜欢他？”

“我不喜欢！我的意思是问你对他的印象好不好？”

简清没回答，继续闭目养神。

鹿饮溪轻轻“哼”了一声，小声抱怨道：“你这人怎么聊着聊着还不理人呢？一看你就没有什么集体生活的经历，我上学那会儿，最喜欢睡前和宿舍的小姐妹们谈天说地，八卦八卦大家的感情生活。”

简清还是不说话。

鹿饮溪等了一分钟，没等来她的回应，直言道：“你理一理我。”

半晌没听见回答，鹿饮溪心头微微愠怒，道：“你不理我，我不和你聊了……”

鹿饮溪在心里翻旧账，开始万分嫌弃简清，嫌她性情阴郁沉默，嫌她什么都不肯和自己说……明明自己把很多事情分享给她听了，可她从不愿打开自己的心扉。

她根本不信任自己。被这点认知刺伤，鹿饮溪忍不住红了眼眶。

简清像一块焐不化的海中寒冰，你以为融化了她，其实只是融化了海面的冰山一角，海水之下的情况永远不为人知。

和这样的人相处，甚至妄图获得她的信任，要消耗好多热情。

沉默的空隙里，时间变得很慢，度秒如年。

简清转回身，放轻了声音问："生气了？"

鹿饮溪背对着她，冷哼了一声。

简清没再说话。

鹿饮溪回过身，悄悄看了一眼简清，见她面无表情地在玩手机，又背过身去，故意重重地"哼"了一声给她听。

简清听到鹿饮溪的冷哼声，放下了手机。半晌后，学鹿饮溪之前的动作，轻轻戳了戳她的肩膀。

肩侧感受到轻轻按压的力道，鹿饮溪瞬间释怀了，还不忘在内心自夸：不跟冰块一般见识，谁让咱是小太阳呢？

鹿饮溪安抚完自己，浅浅笑道："好了，不闹了，睡觉吧，明天还要包饺子。"

简清"嗯"了一声，掀开被子下床："我去拿东西。"

她记得刚刚鹿饮溪说灯太亮，睡不着。她把自己卧室里的星空灯拿了过来。鹿饮溪正准备戴上眼罩睡觉，见简清捧了星空灯，问："你用得习惯吗？"

简清淡淡地说道："还行。"

她打开星空灯，关了卧室的灯，披着星辉一步步走到床边。

星辉下的身影冷冷清清的，好似山野里的一抹幽魂。

卧室的窗帘没有被拉上，窗外没有其他建筑，只有一片河滩，河水之上，满城烟火。

# 第七章 昏厥

大年初一，没有排班，可以晚起。

简清平常习惯六点起床，今天却提早了半个小时，蹑手蹑脚地起床，没有吵醒鹿饮溪。准备好了早餐，放好保温，她又翻出个红包，塞了些现金进去，放在桌上，拿过一张小字条，简短地写上了一行字：“压岁钱。我出门一趟，十二点前回来。”她将字条压在桌上，出了门。

买了水果、零食、新围巾、新袜子，以及新衣服，她开车去了邻市第三医院。

三院是一家精神病院，坐落于邻市的郊区，三面环湖，风景优美。和多数医院一样，这类医生也需要在上午查房开医嘱，所以家属探视时间一般开放在下午。

简清与主治医师苻鸢相熟，提前打了招呼，只要方便都可以进行探视。

精神病院的走廊与肿瘤病区的走廊没什么两样，白墙白砖，病房林立。家属带来的物品都要给院内工作人员检查保管，不会直接交给病人。简清提着好几袋东西，几乎全交给了医院的护理人员，手上只提了两个苹果和一包梅子粉。她没有去病房探望，直接到了医生的办公室里找主治医师苻鸢。

过年期间，办公室里只有两个值班医生。

苻鸢看到简清，熟练地拉开一张椅子让她坐下：“自己看病历还是我给你说？”

“我自己看吧。”

苻鸢在电脑上打开五十六床的病人的病历给简清看："上个月还好，没怎么犯病，就是一直念叨，别人家每天下午都发了零食，怎么她没有零食。我说那是别人家里人带来的，她问我她的家里人为什么不给她带？"

简清淡淡地说："我今天带了。"

一条条病程、医嘱、检验检查单看过去，简清指了指二十六号床的病人的病程："上个月二十六号床的病人的辅助检查结果，没有记录到病程里，质控要扣分。"

"眼睛真够毒的。"苻鸢"扑哧"一笑，拉开键盘"噼里啪啦"地打字补病程，"那天她说胸口闷，喘不过气来，我就给她开了心电图和心脏彩超看看情况，都挺正常的。"

简清"嗯"了一声，找苻鸢借了一把水果刀开始削苹果皮，然后将苹果切成小块。

苻鸢闲聊问："你几号的排班啊？"

简清："排到了二十九号，接下来到初四才上班。"

苻鸢点头说："那敢情好，我这排班狗啃似的，昨天是夜班，明天没有，后天下午又要来了。吃早饭没？"

"吃了。"

"还想说待会儿一块儿吃呢，中午载我一块儿回江州市吧，我昨天蹭同事的车来的。"

"嗯。"

"要不要先去看看她？"

"好，谢谢。"

三院的病人大多在六点就起来了，七点统一安排吃早饭，八点集合，在护士的带领下做一些广播体操，然后发药、吃药，等待医生查房。

简清借了个口罩戴上，严严实实地遮住口鼻，将大半张脸伪装了起来。

三院里分开放病房和封闭病房。

开放病房收治的大多是有自制力的轻症患者，行动更自由些，可以带手机，需要家属陪同住院，有特殊情况可以申请外出，过年也可以回家。

封闭病房里的患者不能带手机，不能有家属陪护，和医院里绝大多数躺在床上休息的病人不同，这里的病人每天必须被带去室外或者大厅里活动，绝不能在床上干躺着。

苻鸢带简清去了306的封闭病房，打开306病房的门，一名五十几岁的瘦削女人背对着她们，站在窗边，目光呆滞，口中念念有词。

“apple（苹果）、banana（香蕉）、orange（橘子）……”

她发音标准，腔调尤其好听。

苻鸢走进去：“阮阿姨，昨天睡得好不好啊？”

瘦削女人置若罔闻，依旧站在那边不动弹，只是不再背单词。

简清端着一个铝制小盆，里面盛着梅子粉泡好的苹果块。她把小盆端到自己的妈妈面前。

女人转了转眼珠，看着苹果块，露出一个呆板的笑容：“给我吃的啊？”

简清点了点头，不敢出声。

她母亲的情况时好时坏，有时母亲认得出她，有时认不出。

去年她不小心喊了一声“妈”，和她母亲有了眼神接触，她母亲立马伸手抓破了她的脖子，歇斯底里地发作起来。

此后每次探视她都戴着口罩，尽量不说话，不和她母亲有眼神交流。

女人接过塑料小汤勺，捞起苹果块放进嘴里，一边吃，一边问苻鸢：“医生，我什么时候出院啊？我已经好了，可以让我的小女儿来接我回家了。”

苻鸢每天要听无数遍这样的问题：“我什么时候回家啊？”“我的家人什么时候来接我啊？”

然而有些病人，家人就站在她眼前，她也认不出来。

苻鸢耐心地解释，阮阿姨努了努嘴，像个小孩，不知道在咕哝些什么话。

太阳升起，阳光透过玻璃洒进来，将她脸上的皱纹映得更清晰了些。

简清安静地看着那张与自己六分相似的脸，没说话。

简清看见她的指甲长了，等她吃完苹果，便从自己的包里拿出指甲剪，抓过她的手替她剪指甲。

医生查完房，护士带着这一层的病人下楼，到楼下大厅里包饺子。

病情稳定的患者大多已经被接回去过年了，余下的，要么是家属不管的，要么是情绪不稳定，随时可能发病的。

他们都是心智不全的病人，无论多大年龄，都像个固执的小孩，一个劲地往饺皮里塞馅，也不顾饺皮根本包不起来了，被撑破了，零零散散地撒了一桌。

医生和护士跟他们说少塞点儿馅，他们嘟嘟囔囔着要多吃肉，都过年了还不让他们吃肉。

大家哭笑不得。

简清也笑了。

她忽然想起鹿饮溪，不知道对方是不是还在赖床。

她答应鹿饮溪今天要一块儿包饺子，却忘了约定具体的时间。

简清想到，鹿饮溪以为她一整天都在家，一早上醒来，鹿饮溪看不到她，肯定会在心里骂自己。

包了一个小时的饺子，医生和护士又跟赶羊群似的，把病人聚集到另一个大厅里，画画、打牌、看书、看电视，病人喜欢做什么就做什么，总之不能待在病房里。

荇鸢俯身看阮阿姨画画，问："谁过生日呀？怎么画了个生日蛋糕？"

阿姨哈哈笑说："我的小女儿呀，我除夕晚上生的她，她生下来第二天就虚岁两岁了。每年除夕我都要给她过生日，昨天是她的生日，她昨天晚上肯定又去找她的姐姐一块儿睡觉了，睡到日上三竿还不起来。"

简清也靠过去，看母亲的简笔画：一个大人、一个扎辫子的小女孩、一个生日蛋糕。

画上没有她的存在。

她坐回了原处，表情不喜不悲，继续无声陪伴。

十二点，她载着荇鸢回江州市。

上路前她先发了条消息给鹿饮溪——"晚四十分钟回去。"

鹿饮溪回了个"收到"的表情包。

荇鸢坐在副驾驶座上，摇头晃脑，揉搓手腕，活动筋骨："感觉值一次夜班少一年寿命，年纪大了，越来越熬不动了。"

简清没有说话。

荇鸢习惯了她的沉默，问："去喝杯咖啡吗？"

简清点头同意："我请客，你选地点。"

平常苻鸢对她和她母亲多有照拂。

两个人的家都在市中心附近，苻鸢就选了市中心的一家猫咖。

苻鸢爱猫爱到了极点，家里养了三只不说，和朋友约会逛街也喜欢到猫咖坐一坐。

简清有些嫌弃猫会掉毛，不肯抱任何一只猫。

有小毛团上桌勾引她，她无情地将它揪起来放回到了地板上。

苻鸢正和她闲聊，怀里已经抱了一只，见简清赶猫，"哎"了一声："那可是我最爱的美短。"就这么被她赶走了……

简清没理会他，看了一眼手机时间。

苻鸢摸着怀里的猫，笑着说："怎么，急着回家，家里养小宠物了？你就应该养只小动物，你下班后不爱和人说话，但总要舒缓释放些压力，建立一些情感互动。软乎乎的小动物就很好，你可以给它投食，和它睡觉，带它出门散心，它会跟你撒娇，用小脑袋蹭你的手心。不过你别养猫啊，猫这种生物给不给摸、让不让抱都是看它的心情，被惹急了它会挠人，有时半夜不睡觉在你床边蹦跶闹腾，会凶人，还会掉毛，你有洁癖，不一定受得了。"

被惹急了会挠人，半夜瞎闹腾，会凶人，还会掉毛……简清面无表情，又看了一眼时间，说："你该回家休息了。"

"得，不耽误你干活，我也不能抱太久，否则家里那几只闻到其他猫的味道了，该不让我抱。"苻鸢打了个哈欠，恋恋不舍地放下怀里的猫，还往自己身上喷了点儿香水，"走了，下个月见。"

十二点四十分，简清踩点赶回到家。

她开门进去，脱下外套，换上棉拖，走进客厅。

鹿饮溪正坐在客厅的沙发上，给自己的右手消毒。

简清走过去坐下，拽过鹿饮溪的右手看伤口，问："怎么了？"

鹿饮溪鼻翼耸动，巴掌大的小脸上满是委屈之色，嘀嘀咕咕地絮叨了一堆话："我今天上午想和你一块儿包饺子的，结果一起来你就不见了，我就自己去买食材回来切，切葱的时候不小心切到了食指，家里的碘伏用完了，我出去买，恰好看到你和一个美女在猫咖里逗猫……"

简清拿过棉签替她涂抹碘伏，清理伤口，轻声说：“她是我的一个医生朋友。我上午去了一趟她的医院，顺便载她回来。”

鹿饮溪猜出了大概情况：“那你就是去她的医院探望什么人咯？”

简清沉默片刻，“嗯”了一声。

她看望的是自己的母亲。

鹿饮溪对上她的视线：“你去探望的一定是对你来说很重要的人，但你今天看上去不只有点儿累，还有点儿难过？大过年的，那个人让你难过了吗？”

演员对情绪的探知总是比常人更敏锐些。

简清眼中的讶异之色持续不到三秒，就恢复了镇定，宛如平静不起涟漪的湖面，所有汹涌波涛都藏在了湖水之下。

她低下头，撕了片创可贴贴在鹿饮溪的食指的小口子上，淡淡地叮嘱道：“不要碰水。”

她没有回应鹿饮溪的话语。

鹿饮溪也不恼，只是温柔地看着她的眼睛，鹿饮溪眼中全是心疼之色。

她希望简清能活得开心些，不要总是这么压抑。什么时候简清可以活得轻松些呢？到底是谁让简清这么难过呢？

早上她醒来时，一睁眼，屋子里空荡荡的。

看了一眼时间，十点。

她知道简清习惯早起，就洗漱好，然后在屋里找了一圈，没找到熟悉的身影，只找到一些压岁钱和一张小字条。

虽然有点儿失落，但看到了早餐，她没好意思说什么，吃了饭，出门买饺皮、五花肉、香葱、香菇，打算自己先包饺子。

切葱时不小心切到了食指，她出门买碘伏，路过一家猫咖店，隔着玻璃看见了窗边的简清。

之后简清回来，出现在她面前，眼神不再明亮，眼底全是疲倦和黯然，还查看她的伤口，问她怎么了。

她只想听简清说去干什么了，还想问问简清为什么难过。

那么骄傲的一个人，怎么会露出那样黯然的神情？

简清看着鹿饮溪，轻声说："包饺子吧。"

鹿饮溪点头，带简清去厨房，支使她："你得先剁好肉馅，我手受伤了，不能剁了，交给你了。"

简清低头觑她食指上的创可贴："你管这么道小口子叫受伤？"

她的语气有淡淡的嘲讽之意。

鹿饮溪给自己的食指吹气："很痛，就是伤，不能干活的那种。"

简清没说什么，系上围裙，洗了手，去剁饺子馅。

鹿饮溪放下食指，笑了笑，感觉整个世界都变得明亮起来。

她也没闲着，拿出几个精致的小碗，在厨房里钻来钻去，调试各种奇奇怪怪的酱料，准备待会儿蘸饺子吃。

餐桌上有煎饺、蒸饺、煮饺，鹿饮溪吃得肚皮撑，简清出声提醒："不要暴饮暴食。"

不顾鹿饮溪恋恋不舍的眼神，简清收了碗筷，不让人继续吃下去。

年初一到年初三，有三天的假期，简清下午又带鹿饮溪回了一趟乡下的别墅。

休假的日子两个人几乎都在乡下度过。

别墅在山腰处，独栋，占地面积极大，视野开阔，装修精简，布局一目了然，相隔很远才能看见别的住户，平时有物业过来打扫通风。

简清不爱外出，室内有健身房，室外是梅花园，她的作息很规律，晚上十一点入睡，第二天清晨六点起床，白天喂野猫，写论文，在梅园散步。

她只在年初二的上午，独自外出了一趟。

她回来时，嗅觉灵敏的鹿饮溪闻见了她身上的烛火香。

简清去寺庙了，是去祭拜谁了吗？鹿饮溪没有多问。直觉告诉她，简清不会说。

她只能怪当初的自己跳着看小说，将剧情记得七零八落，最清楚的就是开端和结局，经过、缘由一概不知，只能靠推测。

她还想到山上走一走，可她的活动范围仅限于别墅周围的梅园，再远一些，简清便不放她独自出去，说："山里有野狗，会咬人。"

鹿饮溪听得半信半疑。

简清补充道："咬死过人，那人肚子被咬破，肠子流了一地，我报的警，叫的 120。"

不带感情、毫无起伏的语调，唬得鹿饮溪怔在原地，脑海里不断浮现那个画面。

简清低头翻书，又说："待在我这里，就很安全。"

鹿饮溪看着她，默默吐槽：一点儿也不安全，你是全书中最危险的人物。

偏偏现在的简清，看不出半点儿危险的痕迹，低头看书、看文献时，清冷斯文又安静。

鹿饮溪隐约觉得，这个冰块和当初自己在书中看到的人很不一样。

具体是哪里不一样，她也说不上来。

也许是自己看到了真实的人物，有了真实的交流，甚至感受到了她的细心体贴举动，有了不一样的感觉。

当然，也许是简清太好看，显得没那么变态。

鹿饮溪把书摊开盖在脸上，自我唾弃——真是个"颜狗"。

年初三晚上，两个人返回了江州市。

晚上，鹿饮溪趴在沙发上，明天不想跟着简清去医院，抱着玩偶闹说："我们这行年初七才开始上班，你明天不能叫上我，我还要睡觉。"

简清由着她去，第二天任她睡懒觉，没叫她，自己去医院上班了。

鹿饮溪一觉睡到九点，然后去厨房倒腾，倒腾完给简清发消息——"我中午给你送饭，你不要去食堂，我要让你体验一下有人给你送餐的美好感觉。"

过了半个小时，鹿饮溪从家里出发时，简清才看到消息，回复她——"我每个星期都会点外卖。"

她的言下之意是每个星期都能体会到有人给她送餐的美好感觉。

鹿饮溪气得险些就不想给她送餐了。

下一秒，鹿饮溪又收到她的消息："来北区食堂，301 包间，有人请。"

鹿饮溪不情不愿地去了。

颜淼淼正请简清吃午饭，看见鹿饮溪来，豪气十足地揽过她的肩将她摁到座位上，捏了捏她的脸蛋：“这不是我们医院最近的大红人吗？给你姐姐送饭啊？”

“别逗她，她怕生。”简清睁眼说瞎话，打开鹿饮溪给她送的午餐——红烧排骨、清蒸茄子、炒莲藕一一放到桌上。

鹿饮溪便当真摆出一副邻家妹妹害羞怕生的面孔来，抿唇微笑，怯生生地打了个招呼。

生就一副江南女子温婉模样的颜淼淼，发出梁山好汉般的爽朗大笑：“我看她在电视上一点儿不像是害羞怕生的模样。”手下力道却放轻了些，轻轻地拍了拍鹿饮溪的肩，“妹妹放轻松，我请客，想吃什么东西你就点。”

简清说：“不用点太多了，三个人吃不完。”

颜淼淼便点了盆水煮牛肉当大菜，然后又点了份鱼汤：“我今天下午补休，家里的老头见缝插针地给安排了相亲，搞得我不想回家了，先在这里吃饱了再说。”

简清动筷品尝鹿饮溪带来的清蒸茄子：“你胃不好，还是吃点儿清淡的东西。”

“这不是点给你家妹妹吃的吗，我啃几棵青菜就够了。”颜淼淼又捏了捏鹿饮溪的脸蛋，“年轻人皮肤就是好，滑溜溜得像豆腐似的。”

简清冷着脸，看向鹿饮溪：“坐过来。”

鹿饮溪继续披着乖巧妹妹的人设，挪动位置，听话地坐到了简清身边。

为防止简清继续冷着脸，鹿饮溪三言两语地扯开话题，问颜淼淼急诊科的工作。

颜淼淼果然是个工作狂人，谈到急诊科就竹筒倒豆子似的，说个不停：“嗐，最近不是春节吗？这几天送来十来个急性胰腺炎的病人，昨儿没抢救回来，还走了一个，都是过节胡吃海喝惹出来的……”

有些疾病具有季节性的特点，高发期分布在不同的四季，有些疾病则是伴随着节假日高发，也被俗称为“节日病”。

每逢节假日，都是急性胰腺炎的高发期。

胰腺，是人体的消化器官之一，藏在人体胃部后方，脾的右方，长得像根小红薯，位置比较隐蔽，十分不显眼，也比较不为大众所知，所以常常有人胰腺发炎疼痛，却误以为是胃痛，做胃镜检查，吞几粒胃药了事。

节假日期间，有些人敞开肚子暴饮暴食，大口吃肉，大口喝酒，大量食物堆积，胰腺跟着大量分泌胰液，试图帮助人体消化食物，一不小心分泌得太多，引起胰液反流，就开始胰腺自己消化自己的悲剧。

颜淼淼竹筒倒豆子似的说着那些胰腺炎的病人，鹿饮溪认真听着，简清忽然开口："淼淼，你要不要去做个腹部的彩超？"

午休时间，急诊大厅人流量稍减，急诊中心的超声室只开放了两间诊室。

绿色帘布后，鹿饮溪和简清并排站着，颜淼淼躺在床上，露出肚皮："我这一上午都没怎么吃东西，连棵青菜都还没啃就被简主任抓过来了！"

值午班的女医生往她肚皮上抹耦合剂："颜大主任，别嚷嚷了啊，我从早上到现在，连口水都还没喝，刚吃口泡面就被你们拉过来干活了！"

颜淼淼送她一个白眼："当年在外联部我没少照顾你吧，现在为人民服务一下就不情不愿了，还有没有良心啊？你当年影像学学得怎么样？有没有挂过科？"

女医生"嘘"了几声："嘘，嘘，嘘，我没挂过科，都及格了，安静，安静，我要动手了。来，让我来一眼看穿你的肝胆胰脾肾！"

诊室里的三位医生都是江州大学出来的校友。

在学校的附属医院工作的人，关系圈绕来绕去，总绕不开校友、校友的朋友。

直属上司可能是前几届的师哥、师姐，科室的主任是几十年前的学长、学姐，新入职的小医生是自己亲手带教过的学生……

有时本院的员工得了痔疮或者要割包皮，在本院动个小手术，没几天，几乎全院的人就都会知道，碰到了还会笑眯眯地亲切问候几句。

因而有些员工不乐意在本院动刀子，宁愿千里迢迢地跑在其他医院，给别的医院创收，免得被本院同学、校友一阵围观，还得脱裤子给自己的学生当教材，尴尬得不行。

超声医生操作探头，贴在颜淼淼的上腹部上："也就是现在学生都去午休了，要不然我就让小徒弟上手练练，你瞅瞅你这肝、你这胰——”

说到胰，她忽然拉长了声调，“咦”了一声，然后沉默下来，调侃的神情登时变得凝重起来，睁大眼睛，脑袋往显示屏前凑近几分，握着探头的右手在颜淼淼的肚皮上左右挪动。

颜淼淼探起脑袋，想看一眼显示屏：“我的‘小胰’怎么了？”

简清抱着手臂，面无表情地喝止她：“别乱动。”

颜淼淼被凶了，嘀嘀咕咕地躺下：“好凶，我刚刚还请你吃饭，怎么喂不熟你呢……”

“什么‘小胰’，我还大妈呢……”超声医生嘴上依旧调侃着，神色却不再轻松，松开探头，“我们去超声科找王主任给你看看，顺便再做点儿其他检查吧。”

来急诊科轮班坐诊一线、接触病人的几乎都是年轻医生，主任们坐镇大本营超声科。

颜淼淼坐起来，鹿饮溪给她抽了一张纸巾，她道声谢接过，擦拭肚皮上的耦合剂，问：“啥问题啊，还得喊你们的领导来看？学艺不精啊你……”

超声医生看了一眼简清：“简主任，你看到了吗？”

简清看着颜淼淼，冷静地说：“胰头占位。”

胰头占位，就是说胰腺的胰头部位有个肿块，有可能是良性，也有可能是恶性。若肿块是良性的，动个小手术切掉就好；若是恶性，大概率为胰头癌。

胰头癌是胰腺癌的一种。胰腺癌，被称为“癌中之王”，五年生存率为 1% ~ 3%，起病隐匿，早期无明显症状，进展迅速，恶性程度高，治疗效果差，预后差，一经发现，十有八九是晚期，动不了手术；即便是住院治疗了，患者也几乎活不过六个月；就算是可进行手术治疗的早中期，手术将其切除后，也有极高的复发概率。

现今医学手段对这个癌束手无策，哪怕是近年最热门、有效缓解许多癌类的免疫疗法，对胰腺癌也起效甚微。

狭小的诊室内一阵沉默。

超声医生推了推眼镜，打破沉默安慰道：“我看着不像是恶性的啊，颜主任别自己吓自己。”

这话她只敢在熟人面前说。

医疗行业，谨慎永远摆在第一位，没看见更多检查结果之前，谁也不敢，也不能信誓旦旦地向患者做承诺、下保证。

肿块是不是恶性的，只有最终见到了病理结果才能确认，病理是肿瘤诊断的金标准，血液检验、影像检查结果，都只能算作辅助检查、辅助判断。

颜淼淼的脸色“唰”地变白了，神情凝滞数秒，然后生硬地笑了笑，看向简清：“哎，老同学，你熟悉这些，还要安排什么检查？一次性给做了。是良性的早割早了事，是恶性的，那可能是胰头癌，我现在这个应该还属于早期吧……不，不会……”她垂下眼帘，笑了笑，摇头否认，“我今年才三十二岁，不吸烟、不喝酒，没遗传病史，最多熬夜熬得多了点儿，不可能是癌……不管了，先做检查吧……”

医生对疾病比常人了解更多，也正因为了解更多，所以知道它有多可怕。她在急诊科经历过许多生死场面，对待病人死亡，偶尔也会麻木，但当得知重疾可能降临在自己身上时，依然无法坦然面对，做不到无惧生死。

医生不是神，也是人，人对疾病都会恐慌。

这是刻在基因里的本能反应。

术业有专攻，越大的医院分科越细，专业越精。

有时一个人在同一个专科岗位上待久了，对其他学科经久不用的知识点，也许还不如轮转医生知道得多。

急诊科学得杂，横向知识面广，但纵向学习不深，面对专病，还是要交给专科医师治疗。

消化系统也不是简清最熟悉的部位，她请来了肿瘤内科消化组、肝胆胰外科、消化内科、影像科、超声科等相关科室的医生进行多学科会诊。胡见君得知这个情况，也从副院长办公室赶到了 MDT 会诊室，牵头组织会诊。

颜淼淼没参与自己的病例讨论，选择待在病房里冷静冷静。

人生病时，最难挨的就是等待检查结果的这段时间，惶恐不安、祈祷恳求、后悔反思、自省自责，千思万绪冲上心头。

颜淼淼坐在简清给她安排的床位上，回首过去三十几年的人生。她从小学习成绩好，人缘好，五湖四海皆兄弟姐妹，就是家庭出身不太好，亲生父母重男轻女，她出生后不久就被遗弃在医院里，一对生不出孩子的夫妻把她捡了回去，当亲生女儿一样好吃好喝地养着，供她上了全国最好的医科大学。

可惜别人家的女儿，二十出头就大学毕业后，就能挣钱孝顺父母了，读医的人，哪怕读的是最快的八年制，也比别人多了好几年，毕业刚出来那两年根本拿不到多少钱。她还选了又苦又累的急诊科，一年到头不着家，连春节都没法陪家人过。

养父养母文化程度不高，经常戳着她的脑袋骂："你还不如我养的咪咪呢，咪咪好歹还不在外面过夜，被别人家喂饱了肚子也还知道回家，你呢？你呢！翅膀硬了就不着家，还没嫁出去就成了泼出去的水！"

骂归骂，逢年过节，养父养母依旧提着鸡汤和饺子送到科室里来，亲眼看着她灌下去了才肯回家。上回急诊科碰上喝醉酒的人，她养母刚好来医院，看到了，老母鸡似的把她拉到身后护着。

颜淼淼无法想象，要是自己真得了胰腺癌，养父养母该怎么办？

她要怎么说出口？她怎忍心说出口？让父母白发人送黑发人？让父母一大把年纪了还反过来伺候她？

成吨成吨的愧疚感压在心头，颜淼淼没来得及考虑自己，没考虑七七八八的治疗方案，掏出手机，打开手机银行数了数存款，心想要真得了癌，干脆不治了，反正胰腺癌也不容易被治好，别把钱搭进去最后人也没了，老两口一辈子活得不容易，钱留给他们养老……

想着想着，她又心想自己不是坏人，没做过缺德事啊，相反，她救死扶伤救了不少人的命，老天爷怎么会让她得癌呢？还是最难搞的胰腺癌？是不是她熬夜熬多了？是不是泡面吃多了？是不是她亲生父母遗传给她的？

她发誓，如果不是癌，未来的日子里，她一定要规律生活作息，少吃泡面，锻炼身体，养成良好的生活习惯。

院内的老师、同事、学生轮流跑上来探望安慰颜淼淼。

颜淼淼不肯在人前示弱，揉了揉眼睛，打起精神来笑嘻嘻地应对众人。

急诊科工作虽忙，但科里几个同事好得跟穿一条裤子似的。

急诊科的主任背着手在颜淼淼的病床前，左三圈、右三圈地绕，一个快五十岁的老主任，最后急得红了眼，坐在床边说："我耽误了你！"

颜淼淼高声嚷嚷："别这么说啊！你这话说得咱们俩有什么似的，什么叫你耽误了我？"

老主任痛心疾首地说："你这病就是干急诊累出来的，我当年就不该把你留在急诊科里，你一个八年制的好学生，有更好的发展前景，都被我给掐……"

颜淼淼打断她的话："八年制怎么了？谁说八年制的人不能来急诊科了？都是治病救人，还要分高低贵贱啊？你当年一碗泡面收买了我的心，要我留在急诊科，现在又说耽误了我！我现在还没死呢，你别叽叽歪歪的啊！给我哭丧啊？"

老主任被她吼得一愣，也一拍病床吼了回去："怎么和我说话呢？"

颜淼淼还懂尊师重道，缩了缩脖子，放低了声音安慰老主任："你看，我们急诊科能调动全院千军万马呢，我叫哪个科的人来，哪个敢不来？我来急诊科不就图爽快利落？我就喜欢站在生死边缘挑战，就喜欢三下五除二地搞定一个病人，像内科这样的——"她用手指点了点刚进门的简清，"慢吞吞地查房，慢吞吞地写病历，慢吞吞地查文献，拖拖拉拉，吹毛求疵，也就病历写得好，一整年都救不回几个人，我还不喜欢呢！"

简清冷下脸："我还是能救几个人的。"

急诊科的老主任护短："她童言无忌，你别介意。"

"她比我大。"简清依旧冷着脸，"你的血生化、血常规、肿瘤标志物指标都很正常，从影像检查结果来看，病灶边界很清晰，边缘有钙化，没有囊变、坏死，没有腹腔积液和肿大淋巴结，初步判断是低度恶性或良性瘤，MDT 讨论结果大概率是神经内分泌瘤，能切。当然，不能百分百确定，定性诊断还是要看病理结果，外科那边建议手术，看术后病理，你转肝胆胰外科去。"

神经内分泌瘤，除了指甲和毛发，可能发生在全身各个部位，最容易发生在消化系统里，而消化系统里，当属胰腺最容易中招。

胰腺神经内分泌瘤有三个分期—— G1、G2、G3，其中 G1、G2 期，恶性程度较低，生长较为缓慢，算是瘤，G3 期恶性程度最高，才能被叫作癌。

颜淼淼闻言，当即从病床上蹦起来，不顾简清身上穿着白大褂，抱住简清嗷嗷叫："老同学，我上学的时候不该在背地里骂你冷血无情死人脸！你现在简直是我的天使！"

简清冷酷无情地推开她："收拾你的东西，让出床位。"

肿瘤二区办公室隔间里，鹿饮溪借用了微波炉，给简清热饭。

简清带着颜淼淼去检查，忙活了一中午，没吃没喝。

鹿饮溪不记得颜淼淼在原书中的戏份，或者说，她仅有的记忆里，没有颜淼淼这号人物。

也许颜淼淼与男、女主角关系不大，所以戏份不多，或者直接没有，不像何蓓。

原著中，何蓓和男主角褚宴是青梅竹马的邻居，褚宴暗恋她，她死后，褚宴消沉了好一段时间，最后还是女主角把他从阴影里拉了出来，和他在一起了。

如今这段剧情被鹿饮溪改变，牵一发而动全身，鹿饮溪开始担心，何蓓没有身亡，万一褚宴与何蓓在一起了，那原著中的女主角该怎么办？

她改变的是剧情，也是别人的命运。可无论感情戏如何，她觉得，人的生命应当是最珍贵的。

她救下一条人命，总不会有错。

同样，她为颜淼淼祈祷，祈祷不是恶性的结果。

一花一世界，一叶一如来，也许这个世界，当真是与现实世界一样存在的某个时空、某个宇宙。

"吃了吗？"简清推开办公室隔间的小门走了进来，打断了鹿饮溪的沉思。

"我吃过了。"鹿饮溪把热好的饭菜端出来，"你快吃点儿东西，颜医生的检查结果怎么样？"

“可能是胰腺神经内分泌瘤，能动手术，有救。”

“那就好。”

她在医院见惯了死亡的情况，不死，成了最低要求。

肿瘤科很少体会到治愈病人的快感和成就感，这里最开心的事情，一是病人的病灶变小了、变没了，二是发现病人根本不是癌，还有救。

简清低头吃饭。

鹿饮溪盯着她吃饭，微微皱眉，问：“你吃饭时不看看菜的吗？”

“你会给我下毒？”简清夹起几条茄子放在碗里。

鹿饮溪费心费力地摆好的盘瞬间就被破坏了。

她自闭了，不说话了。

简清边吃饭，边翻开 HE-A114 的临床试验研究方案：“我待会儿有个病人要谈知情，是你上次筛选出来的病人，你要不要留下来看看？”

鹿饮溪立刻从自闭情绪中走了出来，点头说：“好啊。”

依照伦理要求，医院在病人身上试验时，必须经过病人知情同意，签署知情同意书。

科研助理带着病人及其家属过来谈知情时，简清正好填饱肚子。

病人是一名五十几岁的中年男人，姓陈，家在农村，之前的治疗几乎花光家里所有的积蓄，能借钱的人也都借遍了，病情始终没有好转，也实在没有钱继续在省城治疗下去，正打算开点儿止痛药，回家里慢慢等待死亡。

这次被告知可以参加临床试验，获得免费检查和药物治疗，但不能保证药物的有效性，他大腿一拍，就想着死马当成活马医，来试一试。

简清言简意赅地介绍了一下试验的内容，然后让患者提问。

陈姓的男子的老婆问：“医生，可以保证治疗效果吗？”

“不能。虽然目前有几个患者取得了一定的效果，但每个人的体质都不一样，有些人用了这个药可能病灶就小下去了，有些人用了病情反而进展得更快了。我每个月都会给他进行评估，一旦发现病情进展太快，会立刻停止用药。”

陈姓男子问：“试用了这个药，我会死吗？”

他总觉得自己是电视剧里的试毒人，一不小心就有可能一命呜呼。

“大概率不会。”简清翻开临床试验的协议，“但临床无绝对，我们给您买了保险，一旦您在临床试验中因为药物导致死亡、伤残，您的家属会获得赔偿。”

“不想继续试药了，我可以退出吗？”

“可以，您可以随时随地无理由退出。”

“全部免费吗？”

“全免，您来回的交通费也可以报销，但有些诊疗费、挂号费，十几二十块的，不一定能报。”

夫妻俩你看我我看你地沉默了一阵。

简清问：“还有什么需要了解的吗？”

陈姓男子下定决心般摇了摇头：“没了，试试就试试，死马当活马医了！”

反正最后都逃不过一个死的结局，就算吃的药无效，至少还能免费检查，给家里的老婆和孩子减轻点负担。

科研助理小黄拿出知情同意书：“陈叔，在知情同意书上签个字，签完字，我们这边给您新办一张就诊卡，就可以开始给您安排检查了。检查通过，您就正式参与试验；检查不通过，我们也不会收这次的检查费。”

剩下的事情助理会处理，简清谈完知情，便带鹿饮溪去病房看HE-A114临床试验受试者的用药情况。

“那是001。”简清示意鹿饮溪看过去，“全国首例给药的受试者。”

为了保护隐私，进入临床试验的患者，姓名都被抹去了，用数字代号代称。

参与临床试验的病人和普通化疗的病人没什么两样，都是躺在病床上，挂吊瓶、输液，只不过输的是疗效未知的新药。

简清看着001，眼中有些许欣慰的色彩：“他的病灶缩小了很多，这次疗效评估达到了PR。”

PR，部分缓解，肿瘤最大直径及最大垂直直径的乘积缩小达50%，其他病灶无增大，持续超过一个月。

听着简清轻声分享这些事，鹿饮溪低垂眼睫轻轻抬了起来，转头看着简清。

简医生是一名医生、老师，也是一名科研工作者。

有的时候，医生、老师、科研者都只是一种工作身份，不光鲜亮丽，不是远大的情怀，就只是按部就班地工作。

也有的时候，治病救人、救死扶伤，是学医的人迈入医学院伊始的一份理想；科研，研究探索某个未知领域，为医学殿堂添砖加瓦，是知识分子固守的信念。

鹿饮溪确确实实地感受到了简清藏在心底的信念感。从C市的学术会议上，简清隔着几百个人与坐在最后一排的她对视、分享喜悦那一刻开始，她就感受到了。

她在现实世界里曾看过一部小说，书中，在外星人的干扰下，地球上一些物理学家误以为物理学不存在，一切现行的物理研究都没有意义，因而纷纷选择自我了断。她那时看得不是很明白，如今身临其境，才算理解了几分。

科研，研究的出发点和归宿终究是人类自我。若自我不是真实存在，若人类不是真实存在，若这一切都不存在，医学研究又有什么意义呢？这个世界不是真实存在的，你只是一个书中人物——这个想法一旦被证实，足以摧毁任何一个科研者的信念。她永远不会将这种话说出口。

说是初七才上班，这个下午，鹿饮溪送了饭却没回家，跟在简清身后当小尾巴。

傍晚下班，鹿饮溪去江大校区的操场上慢跑，简清将手插在兜里，围着操场慢走，偶尔瞥一眼鹿饮溪的方位。

有退休的老教授牵着萨摩耶满操场遛，看见简清，挥手打招呼："小简，来锻炼身体啊？年轻人是要多锻炼锻炼才好，看看我老伴给我买的萨摩耶，可不可爱？自从有了它，我每天都要带着它出门遛弯。"

简清点头喊老师，一本正经地夸道："可爱。"

她又看了一眼远处的鹿饮溪。

她现在也每个星期都要带人出门遛弯。

大年初四，操场上人烟稀少。鹿饮溪跑第一圈时，路过简清身边，有意无意地提了一句："简医生，我也很喜欢猫的。"

简清眼神冷淡地乜她一眼，说："会掉毛，不许养。"

鹿饮溪轻轻"哼"了一声，别开头，继续跑圈。

她是想养猫吗？不，她是想去猫咖。

第二圈，两个人再度相遇，鹿饮溪放慢脚步，问："大年初一你去的那个猫咖，我也想去。"

简清低头踢开脚边的石子："好。"

到了第三圈，鹿饮溪又凑到简清身边："今晚我们吃什么？"

简清思考片刻，问："炸酱面？"

"给我加辣！"鹿饮溪笑着跑开了。

第四圈，天色完完全全暗了下来，节约用电的校园终于舍得点亮昏黄的灯。

灯光只能照到外侧跑道，简清行走在昏暗的内侧，让人看不清脸上的表情。两个人前后距离接近时，鹿饮溪从外侧改道到内侧，一同融入昏暗环境中。

一阵风拂过，简清听见了熟悉的跑步声，等待鹿饮溪惯例的问题。这次，鹿饮溪却什么都没说，径直和她擦肩而过。

简清的目光落在鹿饮溪的背影上。鹿饮溪跑出几米远，忽然放慢了脚步。

夜色晦暗不明，她鼓起勇气，转过身问："简清，你有喜欢的人吗？"

简清没有开口说话。她穿着黑色大衣，与昏暗的夜色融为一体。

光线太暗，鹿饮溪看不清她脸上的表情，只闻见她身上薄雪一般的冷香。

简清盯着她，淡淡地说："要喊老师。"

简短的四个字，清冷的声音没带多少感情色彩，一如平常。

"哦，简老师。"鹿饮溪转过身，随口道，"隐私问题，不想说也没关系的，你就当我是随口一问。"

鹿饮溪继续跑步，速度很快，把简清远远地甩在了身后。

像好朋友那样，随心所欲地打探一下彼此的感情状态，不用太过在意。她们现在应该算是朋友了，她希望有一天能改变结局。她只求简清这一生平安喜乐，长命百岁。

下一圈，与简清相遇时，鹿饮溪把她从黑暗的跑道内侧拽到了有灯光照射的跑道外侧："里面有小水滩，这么暗，你别踩到了。"

然后，鹿饮溪没再说什么，继续往前跑去。

简清看着鹿饮溪的背影远去，低下头，行走在昏黄的灯光中，高挑纤细的身形在跑道上投下一道长长的影子。

跑到第七圈，大脑已经无法思考，鹿饮溪渐渐放慢了步伐。

最初她只能跑五圈，现在能跑八圈，再过一段时间，应该能恢复十圈的水准。

她跑到第八圈时，天边滚过几道闷雷。

鹿饮溪慢慢停下脚步，抬头望了一眼天空。

今夜没有漫天星辰。疾风"呼呼"刮着，吹得操场边上的树木枝叶摇摆。

鹿饮溪又看了一眼对面的简清，小跑过去。

简清说："要下雨了，先回家。"

鹿饮溪刚"嗯"了一声，就有豆般大小的雨水滴到脸上。

她抹去雨水："怎么说下就下啊？"

简清没说话，叫上她就跑。

没有一点儿缓冲时间，顷刻间雨点连成了线，骤雨倾盆而下，狂风卷着水汽，劈头盖脸地砸来。

鹿饮溪跑到看台左侧的栏杆边，急匆匆地拿下自己的大衣外套，没穿上，把简清拉过来，用外套给她挡雨。

简清顾不得多说什么，撑开鹿饮溪的外套，和她一起朝看台跑去。

两个人躲到了操场的看台上。

鹿饮溪的头发被打湿些许，大衣外套已经湿得不能穿了，身上只穿着一件轻薄的长袖速干衣。

气温骤降，冷意袭来，运动产生的热意被扑灭得一干二净，她摸了摸大衣内侧，也湿了一大半。

跑步前，她把手机交给了简清。

"手机给我。"她伸手从简清的大衣口袋里掏出自己的手机，"我去自动贩卖机那里买点儿东西，你在这里等我。"

说着，她披着大衣冲了出去。

每次她跑步，简清都会给她备好纸巾和饮料，所以她只需再买两瓶八宝粥。

雨水“噼里啪啦”地打在外套上，鹿饮溪冲到放自动贩卖机的屋檐下，扫码付款。

冬天，自动贩卖机里滚出来的八宝粥都是加热过的。

鹿饮溪多买了两瓶八宝粥，抱在怀里，然后撑上大衣跑回看台上，把怀里的东西递给简清。

这雨不知道要下多久，两个人都还没吃晚饭。

外面的世界一团漆黑，狂风暴雨肆无忌惮地席卷整个世界，她们躲在这个世界的一方小角落里，像是在相依为命。

“你发热了。”

骤雨停歇，回到家中，洗了个热水澡后，简清看着鹿饮溪红彤彤的脸颊，抚上她的额头，拿过电子测温仪对准额头，“嘀”的一声——38.6℃。

鹿饮溪又打了几个喷嚏，浑身上下虚弱无力，寒意阵阵，时不时地咳嗽，却不忘笑着和简清开玩笑：“快，投放武器，帮帮我的白细胞们……”

感染性发热是人体免疫系统的一场自我防卫战争。

病毒、细菌入侵人体，在体内四处巡逻的警卫巨噬细胞一旦发现它们，会张开大口一口吞下它们，还会拉响警报，告诉体温调节中枢，马上升高温度，破坏细菌、病毒的生长环境，阻止它们繁衍。

体内温度升高的同时，人体免疫细胞军团会更加活跃，开始大杀特杀。抗菌、消炎药物，就是协助免疫细胞对抗外来入侵物的武器。

吃完药，鹿饮溪裹着毛茸茸的毯子，跟在简清身后。

简清走到哪儿，她跟到哪儿。

简清给她喂热水，她乖乖喝下。

简清转身时不小心踩到她了，她也不叫唤、不骂人，只是拿亮晶晶的眸子看着对方。

“想传染给我吗？”简清故意反问道。

这人一生病就爱黏着人。

鹿饮溪浑身上下乏力酸痛，吃了药又十分困倦，嗫嚅片刻，才说："简医生，晚安。"

"先别睡，我去拿听诊器听听你的肺音，你——"

简清话刚说到一半，她口袋里的手机铃声响起。

她的手机二十四小时随身携带，不敢关机，不敢开静音模式。

简清接起电话，简短地交流了几句，挂了电话："我去一趟医院，你回房间里休息，注意自己的体温……"说着说着，心底隐隐有些不安，不放心留她一个人在家，"你还是戴上口罩跟我一块儿去医院吧，顺便做个检查。"

鹿饮溪不想麻烦她，摇了摇头，轻声说："你快去吧，记得带伞……我要是不舒服，自己会去急诊……那么近，就过一条马路的距离……"

简清看了她一眼，然后转身回房换衣服，迅速赶去医院。

她离开后，家里变得空荡荡的。

鹿饮溪缩在沙发上，抱着一个小熊玩偶，打开客厅的电视机，让电视的声音陪伴自己。

从小就是这样，妈妈是医生，爸爸也是医生，她生病了，却不能得到医生的陪伴。

外面又下起了瓢泼大雨，"哗啦啦"的雨声听得人心烦意乱。

鹿饮溪坐在沙发上，脑袋昏昏沉沉的，胸口有些发闷。她用力地咳了几声，感觉有几分不对劲……上回发热她远没有这么难受，怎么现在闷得有些喘不过气了？心肌炎？不能吧？

上次她体检过，这具身体心脏功能良好，就算是病毒入侵，也不会那么快侵犯到心肌细胞。电视上，当地的生活频道在重播年前她和简清在公园救何蓓的事迹，她看见了电视上的简清，戴着口罩，露出一双秋水寒星般的眼眸。

注意力被转移，她听见简清清冷的声音，忍不住笑了笑。胸口传来撕心裂肺的疼痛，重新拉回了对疾病的注意力，鹿饮溪敛了笑容，浑身上下冷得厉害。她捂着胸口，疼出一脑门冷汗。真的很不对劲，病情不该进展得这么迅速……

她挣扎着站起来，想打120，还没迈出步子，忽然“砰”的一声，一头栽倒在地。

鹿饮溪五感尽失，四周一片漆黑，像化不开的浓墨。她困得睁不开眼，身体在不断下坠，却坠不到底。好累……她感觉前所未有得疲倦，全身上下使不出一点儿力气，累得不想动，不想思考，由着身子下坠。耳畔好像有人在呼唤什么，鹿饮溪听不清，索性懒得回应……

呼喊声断断续续，鹿饮溪试图思考，思维却像形状各异的俄罗斯方块，连不到一块儿。

想到俄罗斯方块，童年的画面一闪而过——她拿着任天堂的游戏机，坐在空荡荡的家中，玩着最简单的叠方块游戏。

游戏机是妈妈送的，从小到大，那是妈妈送给她的唯一的生日礼物。

成段的记忆宛如散落一地的照片，无序，乱糟糟的，让人理不清。

她在一堆混乱的画面里找到了妈妈的面孔。

她好多年没看见妈妈了，不知道妈妈是不是还在生她的气……

“这有什么好生气的？我又不是你，爱生气。”

“谁爱生气了？”

“谁应了就说谁。”

“这里只有我们两个人。”

这又是什么时候的对话？

画面一转，她瞧见了另一张熟悉的面孔，眉目清冷，气质疏离。

这人叫什么来着？简……

“简单的简，清水的清。”

有人在月光下这么说过。

她刚刚还在沙发上，等她回家。

简清……

鹿饮溪挣扎地动了动，刚感觉自己坐起来了，下一秒又察觉四肢灌了铅般沉重，根本抬不起来。

她像是在做一场醒不来的梦，拼命挣扎，拳打脚踢，咬自己的舌尖，试图开口说话。某个瞬间，她以为自己能动了，过了几秒，又察觉到身体纹丝未动。

灵魂与躯体被分割开，她似乎失去了对身体的掌控权。她安静了一会儿，不再挣扎，静静地由着身体陷入黑暗之中，心中还在默念着简清的名字。简清……简清……

蓦地，有一双手拽了她一把，把她拽出黑暗世界，犹如捞出一条濒死的鱼。

嗅觉、触觉恢复，铺天盖地的疼痛感袭来，鼻子闻见了金属的味道，有什么坚硬的金属制品压住她的喉咙，恶心感从胃里涌上来，眼睛瞬间湿润。好似恢复了对身体的掌控权，她动了动手指，能动，立刻伸手去抠喉咙里的异物。

“别动！按住她的手！”

耳边有人这么喊。

“在给你插管通气，别怕。”

哦，她被插管了。她乖乖地不动了，张着嘴，任由他们摆布，还在心里复习了一下气管插管的要点。眼角的泪水被人擦去，听觉重新恢复，但她有些听不清，周围太嘈杂了。她试图睁眼，亮白色灯光太刺眼，她只能睁开一条缝。

“醒过来了！”

有人在她耳边这么喊，喊声震耳欲聋。

她皱了皱眉，看见了更多的白色东西，白色的天花板，白色的墙壁，白色的制服……还看见了一双熟悉的眼眸，刚刚在电视上也看过的，秋水明眸。

现在这双眼眸是通红的。

眼眶怎么那么红？她伸出手，想摸一摸那双眼睛。

“别乱动！”

身边又有人吼她，凶巴巴的……

她不动了，安静地躺在床上，看着那双眼睛。

意识一点点复苏，认知逐渐恢复，她知道自己躺在医院的病床上，身上贴着许多管子、电极片——像一条任人宰割的鱼。

边上好几个人围着她，有医生有护士。她和他们大眼瞪小眼。

有护士问："小姑娘咋这么不小心呢？肺炎拖到这么严重才来医院，再晚点儿你就小命不保了！"

拖？没拖啊，她才发热不久……怎么就发展到重症肺炎了？还是病毒、细菌在今晚之前已潜伏在她的体内了？

鹿饮溪动了动唇，想说话，"哼"了两声，旁边又有人开口："别说话，插着管呢，躺着好好休息。"

他们又要问她，又不让她说话……

鹿饮溪闭上眼睛，试图复盘记忆——她在操场上淋了雨，回家后发热，吃了退烧药，还喝下很多热水。简清接了一个电话，出门了……

她坐在沙发上等简清回来，脑袋昏昏沉沉的，只想睡觉，听雨声听得心烦意乱，浑身发冷，冷汗淋漓，还有些喘不过气来。胸口一阵阵绞痛，她意识到不对劲，站起来想打 120，却脚下一软，没站住，倒在地板上了。

醒来后，她就到了医院里……

谁把她送到医院里来的？

她觉得自己只思考了几秒钟，可睁开眼时，发觉自己已经换了个病房。

病房有些熟悉，但不是肿瘤二区。

"嘀——嘀——嘀——滴嘟——滴嘟——"

四下是呼吸机、监护仪等医疗设备的警示音，她住进了 ICU。

年前，她来过这里探望何蓓，现在换成她自己躺在这里。

ICU 不允许人探视，却有人搬了张椅子坐在她的床边守着。

通常命悬一线随时可能心跳骤停的病人，才需要专门派个小医生守在床边。

她转了转眼，看过去，床边的不是小医生，而是肿瘤二区的副主任医师——简清。

床边的人不是小医生，也不是特别大的医生，但是她最信赖的医生。

她看着简清，期盼简清能和往常一样默契地看过来。

简清却没看她，低头看着她的检验检查资料，眉头微蹙。

她想看一眼简清的表情，简清却始终低着头，不和她对视。她想起刚刚那通红的眼眶。自己是不是害人家担心了？

鹿饮溪轻轻碰了一下简清的胳膊，简清这才抬起头来，先看了一眼监护仪，然后才看向病床上的人，问："不舒服吗？"

简清递过来一支笔和一个磁性画板。

鹿饮溪攥着笔，想在画板上写些字，努力了半天却一个字也写不出来，只好画了个颤巍巍的问号，寄希望于简清能明白她的意思。

简清看着那个问号，沉默片刻后说："我走在路上，想到你面色有点儿苍白，觉得应该听听你的心音、肺音再出门。魏明明刚好从家里回学校，我遇到了她，就让她去看看你。"

"还好……"

还好她让魏明明去了，否则……

说完"还好"两字，简清垂下眼帘，没再开口说什么。

她不擅表达心里的感受，许多懊悔自责、担惊受怕、患得患失的情绪堆积在心里，说出口的也就只有"还好"两个字。

鹿饮溪使出全身力气，用力捏了捏简清的掌心。

简清只感受到些许轻飘飘的力道，像是一根羽毛落在掌心里。

她握紧鹿饮溪的手，看了一眼监护仪上跳跃的心电波，轻声说："情绪不要波动，我不和你说话了。"

鹿饮溪便听话地放空大脑，平复心绪，不去思考任何事情，听着耳边"嘀嘀嗒嗒"的声音，无限怀念雨夜里奔跑的感觉。

"女性，二十岁，平素体健，淋雨后发热……"

第二日上午医生查房，已经不见简清的身影。

鹿饮溪猜想，简清应该回肿瘤病区工作了，今天有教学查房。

床边围绕着乌泱泱的医生、医学生。

鹿饮溪听着他们讨论自己是什么休克型肺炎、右下肺听诊湿啰音、做培养发现是肺炎链球菌感染，淋雨受凉可能是诱因……

有带教医生提问学生："谁来说说休克型肺炎的临床表现？"

一众学生安静地低头看脚尖，不和教授对视。

带教医生直接指了一个学生："你来说说。"

学生绷紧了神经，把能想到的症状一股脑地说出口："呃……发热、咳嗽、腹痛、呕吐，起病至发生休克时间通常在一到三天内……"

学生回答问题的时候，只要不是紧张得一声不吭，尽量多说几个字，在老师眼中就不是不学无术的印象，且被提问时记下的问题和答案，过两三年都不容易忘。

鹿饮溪回忆自己昨晚的症状，在心里替他补充，还有胸痛、面色苍白、四肢厥冷、口唇发绀、烦躁嗜睡、冷汗淋漓……

她的情况怎么会忽然这么严重呢？

她觉得很奇怪，可又没有精力多想，思维阻滞，无法集中精神进行思考。

带教医生又提问要特别注意观察什么指标，有学生答出来了："血压。"

内科查房，最容易遇见夺命连环问。

师生们一问一答，鹿饮溪躺在病床上，安静地当个教学标本。

不同的带教老师有不同的带教风格，有些是外放派，能和带的学生打成一团；有些是温和派，和学生保持不远不近的师生距离；有些是严厉派，逮着机会就提问，学生回答不出来时老师还会骂人。简清……应该是属于严厉派的，但不骂人。关系比较好的人，她会开口嘲讽一两句不用功；关系一般的，她就只冷冰冰地盯着人看，把人盯得面色通红、无地自容。

鹿饮溪在病中思绪混乱，拐了五六个弯，鹿饮溪还是想到她身上——这个世界里和自己关联最紧密的一个人。

鹿饮溪也有些想念顾明玉。鹿饮溪怕自己在这个世界里不明不白地死了，再也见不到顾明玉。一面有些想念，一面又极力否认。都说了断绝关系，自己的任何事都与她无关了，自己还想她做什么呢？自己又不是没断奶的小孩，还要找妈妈。

鹿饮溪有意遗忘昏迷状态时，对母亲的思念心理。

浑身上下难受得厉害，鹿饮溪觉得自己熬了一上午，时睡时醒，终于在中午时分看见简清穿着白大褂走过来，把手背贴在她的脸上，轻轻测了测温度。

"初七了。"她听见简清轻声说，"到你上班的时间了。"

鹿饮溪目光茫然。怎么一下就初七了？她记得自己是初四晚上住进来的，觉得自己只睡了一上午，原来已经睡了三天吗？她都快分不清白天与黑夜了。

隔壁床似乎有人走了，ICU 的门打开，传来家属声嘶力竭的哭号声。

这里大多数时候是安静的，只有机器设备的运转声，有人走了，才会掀起一阵嘈杂声。

鹿饮溪听到哭声，魔怔似的闭上眼睛，跟着一块儿流泪。她忽然想起某天曾问过简清——“如果有一天，我离开了这个世界，你会不会想我？”

她还没听到简清的回答，现在想问也没力气问了……

她要是死在这个陌生的世界，简清会不会为她哭？

还是不要了，她不要平白惹人家难过……

“鹿饮溪。”

迷迷糊糊间，她听见身边的人连名带姓地喊她的名字，语气前所未有的温柔。

她在心里应了一声：欸。

眼角的泪水被轻柔地拭去，耳畔传来近似恳求的呢喃：“活下来。”

ICU，生命的最后一道防线。

这里的阵地若失守，等待患者的，大概率就是冰冷的太平间。

这里每天都在上演悲苦的故事，门外墙根处站了一批又一批家属，有些人到了深夜也不愿散去，就坐在墙角，隔着厚厚的大门守候里面的亲人。

隔壁床的亡者已经被裹上了白布，送往太平间，门外的家属哭得上气不接下气。

围在床边的医生们散开，护士熟练地换上崭新的被褥，等待下一位患者的到来。这里的医护没有时间去感慨一个患者的死亡，去体会他的父母子女的悲恸心情，也不能把时间浪费在这上面。这时候医护能做的，就是投入下一个患者的救治工作中。

鹿饮溪的记忆还停留在初五上午的教学查房，此刻听见耳畔传来轻轻的恳求声，在心里悄悄应下：好，我会活下来，不能死得这样不明不白……

她愿意当教学病人，但不愿意出现在他们的死亡病例讨论上。

傍晚六点，下了班，简清没有第一时间去ICU陪伴鹿饮溪，而是去行政楼七层的会议厅参加院级的死亡病例讨论。

平常每个科室都有各自的死亡病例讨论时间，是从国外医院引回来的模式，一个季度开一次，这是第三次，由医务部主任组织，各科室轮流分享，有时还会邀请其他医院相关专科的专家过来。

检查、诊断、用药、抢救，每个步骤都会被拎出来评判合不合理，临床、医技、药房、供血室……每个科室都有可能被分析责任到不到位。

病人死亡，对医生而言是很常见的事，但不是什么光彩的事，医生站在这里接受讨论，乃至被批判，需要一定的勇气。

这次轮到心内科分享病例。

心内科一名医生站在台上，打开幻灯片："各位领导、同事晚上好，我是心内一区的丁晓麦，今天分享的死亡病例是一名二十岁的女性，病毒性心肌炎入院，经ICU救治病情一度好转，十号转入心内科，病情稳定，15号返院检查发现心衰加重，进展为扩张型心肌病（DCM），伴低血压，15号晚上九点三十分，突发心跳骤停……"

病例分享中，患者的姓名被隐去了，只显示住院号——52104。

简清坐在台下，记不清那一串数字代表谁，但看见幻灯片上展示的病史、体格检查、检验检查、入院诊断、治疗经过，就猜出了患者是谁——何蓓，那天倒在公园，最后医院联合急诊科、心内科、ECMO团队抢救了近三个小时的病人。

简清无心感慨生死无常，只是蹙眉思索。

患者最危险的时候都被抢救回来了，为什么病情稳定后，又突然进展成了扩张型心肌病，还发生心跳骤停、抢救失败的情况？

晚上九点，鹿饮溪躺在ICU的病床上，睁着眼睛，眼神清亮。

她感觉压在胸口的大山被搬走一般，呼吸变得顺畅起来，混沌的神志也变得清晰起来。

这不会是回光返照吧？

她扭头看向自己的监护仪上的数据，各项指标都在正常值范围内，生命体征平稳。

“醒了？”

有人走到她床边轻声问她。

她挪动脑袋，看见了站在床边的简清。

简清戴着口罩，只露出一双眼睛，平静地看着她：“明天可以拔管了。”

鹿饮溪觉得自己的手腕能使上力了，抬起来做了个握笔写字的姿势。

简清会意，摇高床头，递给她磁性笔，把磁性板摆到她面前：“想说什么？”

平常都是鹿饮溪说个不停，现在她不能说话，简清成了话多的那个。

鹿饮溪看了简清一眼，在磁性板上又写又画——

患者缝针伤口：—IIIIIII—。

带教医生指示拆一半：—I–I–I–I–I—。

学生拆一半：—IIIII—。

这是一个经典的医学笑话，说一个患者的伤口缝针后将要愈合，带教医生指示学生拆一半的线，正常操作是隔一根拆一根，结果没有经验的学生只拆了右半边的线。

她在讲笑话逗简清开心。她想让简清开心，而不是现在这副凝重严肃的模样。

简清面无表情。鹿饮溪皱眉瞪着她。

这个笑话不好笑吗？

迫于威胁，简清拉开口罩，让其单耳挂着，勾了勾嘴角，露出一个勉强的、短暂的笑容，然后重新戴上口罩。

鹿饮溪不逗她了，只是看着她。

简清也看着鹿饮溪，良久，眼里有了笑意，露出一个真心的笑容。

第二天，鹿饮溪拔了管，盖上氧气罩，又观察了一天，医生评估体征平稳后，转出 ICU，腾出床位，转入呼吸内科。

这天简清值科研班，没有待在实验室里，抱着电脑守在鹿饮溪床边统计数据。

在普通病房里她也戴着口罩，但没有穿白大褂，穿着常服。

鹿饮溪盯着她看，不肯睡觉。

魏明明跑腿送东西时，顺道拐来探望鹿饮溪，坐在鹿饮溪的床头嬉笑着说：“我可是你的救命恩人，等你好了得给我跳支舞。”

鹿饮溪笑着点头同意。

深夜，简清没有回去，打算继续在病房里守着鹿饮溪。

鹿饮溪在手机上打字给她看：【你回去休息吧，病情已基本稳定了，有医生和护士在，我不会有事的。】

简清看了她一眼，收回视线，没理她，借用呼吸内科医生值班室里的卫生间简单洗漱后，回到病房里打算趴在床边睡觉。

鹿饮溪又在手机上打字：【我为什么会这么严重？是我上呼吸道黏膜屏障功能太弱，还是免疫系统方面有什么毛病？】

一般人无基础病的情况下，感冒发展成肺炎需要一定的时间，哪怕是肺炎链球菌感染，也大多是起病 1 ～ 3 天后，无任何用药、治疗的情形，才有可能引发重症肺炎。

她淋雨受凉后，短短半夜之间感染、发热、引发休克，太罕见了，是她的免疫系统全线倒戈，放任细菌入侵吗？

这简直像是死神在拉她的生命的进度条。

简清摇头：“做了很多检查，暂时没发现问题，可能是你的体质比较特殊。”

就像这世上多数人需要一定的睡眠时间，但有的人可以做到只睡两三个小时就精神奕奕。

“等过一段时间，继续检查看看，慢慢找原因，你先睡觉。”

鹿饮溪：【睡不着，我睡了这么久，都要长在床上了。】

简清淡淡地说：“让你爱赖床。”

都说无巧不成书，有时候，她的人生、她身边的人经历的事，巧合得还真像一本书。她不想再经历一次这样的巧合。她希望身边这个人永远不离开她。

鹿饮溪看着简清，没有回应，只是浅浅地笑了笑。

又过了几日，鹿饮溪逐渐可以开口说话，下地行走，在病区里走了几圈后，再也无法忍受被关在病房里的日子，和主管护士说了一声，就到楼下散步了。

江州大学附属第一医院绿化设计得不错，虽然没有隔壁校园那般绿意盎然，但还是有不少供病人散步观赏休憩的花坛、小亭、长廊。

中午、傍晚和夜晚时分，病区的人都喜欢下来走一走，坐在长廊的石凳上闲聊。

鹿饮溪坐在亭子里观察树木品种，简清提着午餐过来，淡淡地问："怎么一声不吭地跑出来了？"

"我跟护士说过了。"鹿饮溪转过身来，"今天中午还是吃面吗？我什么时候能吃大闸蟹、油爆虾、孜然羊排？"

听她报了一串菜名，简清还是面无表情，打开饭盒："先把这顿饭吃了。"

鹿饮溪咕哝道："你拿我当小孩……"

"你不是爱装嫩吗？"

鹿饮溪轻轻"哼"了一声，低头乖乖吃饭。

花坛旁边坐着两个闲聊的学生："我们组的带教老师好几天没来上班了，听说请了半个月的假。"

"褚宴老师啊？出什么事了吗？"

"好像是他的未婚妻病逝了，唉……本来他还说要发喜糖给我们吃的。"

闲聊的话语断断续续地飘进鹿饮溪的耳朵里，鹿饮溪放慢了嚼咽的速度，怔了好几秒，后知后觉地反应过来，问简清："你上回说褚医生有未婚妻了，他……他什么时候有的未婚妻？"

简清面色平静地说："何小姐醒来后，他在ICU抢救室里向她求婚，何小姐同意了。"

他们本是相识已久的邻居，经历一场惊心动魄的抢救，差点儿生离死别后，彼此放下年龄的顾忌，打算走到一块儿。

鹿饮溪放下筷子，努力想咽下嘴里的饭，但怎么都咽不下去，灌了好几口汤水才将饭冲下去，再次问："何蓓，病逝了？"

简清冷淡地点头。

她对旁人本就没有多余的感情，在肿瘤科生死离别的场面看多了，也生不出什么感慨情绪来，有那么一丝惋惜之情也早就被冲淡。

“什么时候的事？”

“初四，你进 ICU 那晚。”

何蓓死亡那晚，消息在院内同事之间应该就已经传开了，只不过那几天简清几乎把所有注意力放在了鹿饮溪身上，班内时间她的脸色也不太好看，没人敢和她闲聊那些事。

鹿饮溪难以置信地问：“怎么会这样？她分明已经转出 ICU 了，除夕前一天我去探望，她的状态都还不错。”

“年初二那天她能下地走路、能吃能喝，看上去恢复得差不多了，她家里人就向医院请假，要把她带回家吃顿团圆饭。医院没同意，初三那天他们趁护士没注意偷跑回家，院方一直打电话，初四她才回来，回来检查发现心衰加重，当晚突发心跳骤停，没抢救回来。”

病人大多不爱待在医院里过年，嫌晦气，宁愿冒着风险偷溜回家，也要和家人过一个传统佳节。

鹿饮溪一时无言以对。

简清继续轻声解释：“死亡诱因可能是初三回家那天，她没有带药，忽然停用倍他乐克，导致心肌梗死。”

何蓓曾因心动过速加用过倍他乐克。倍他乐克具有减慢心率、扩张血管的作用，是一种 β 受体阻滞剂类型的药物。这类药物不可骤然停用，只能依次减量，否则容易引起反跳现象，加重原来的症状，诱发心绞痛甚至引起心肌梗死。

鹿饮溪骤然失了胃口，吃不下任何东西。

她咳了几声，站起来，背对着简清，看着亭子外的绿树。

这棵树看上去有些年头了，盘根错节，纵横交错。

她看着绿树，大脑乱作一团。

兜兜转转地，何蓓怎么还是没绕过死亡的结局？

# 第八章 有光

中午时分，艳阳高照，阳光透过绿叶间隙，在地上投下星星点点的斑驳光影。

鹿饮溪眯着眼打量叶子上的光晕，从千丝万缕中理出一点儿头绪。她尝试着去改变一个人物的命运，一度以为自己成功了，以为自己看到了希望。可如今……怎么会这样？她哪一步走错了吗？

这是一场意外，还是命中注定的结局？人物的结局是不可更改吗？

从前赵老师死亡时，鹿饮溪只有一个迷迷糊糊的猜测，如今何蓓死亡像是进一步确认了这个猜测。

简清坐在亭子的石桌前，慢条斯理地吃完饭，看了一眼鹿饮溪的背影，劝慰她：“生死有命，你别想了。”

鹿饮溪转过身看着简清，欲言又止。

生死有命吗？可如果是你的命呢？

简清察觉一丝异样，淡淡地挑眉，问她：“怎么了？”

鹿饮溪看着她，摇了摇头，轻声说：“我不认命。”

她凭什么要认这样的命？她一向温和的神情蓦然变得严肃，继续对简清开口：“你也不许认命。”

简清沉默片刻，微微勾起嘴角，冷淡神情就此缓和几分：“坐下。”

鹿饮溪敛了严肃的神情，听话地坐下。

简清拿出一包纸巾，抽出一张递了过去，淡淡地说：“要好好吃饭。”

鹿饮溪抢过她手里的纸巾，没想明白不认命和好好吃饭之间的关联。

她吃饱了才能和命斗？她不懂就问："这是什么大道理？"

简清慢吞吞地收拾着桌子，瞥她一眼，实诚地说："没什么道理，你瘦了很多。"

鹿饮溪一时语塞。

"瘦了……也挺好。"鹿饮溪抬起手看了一眼手腕，腕处尺骨茎突凸得特别明显，她摸了摸那块小骨头，"大病一场，不用减肥了……"

简清没再说话，丢了垃圾，陪鹿饮溪在亭子里坐了一会儿，就催她回病房里午休。

下班时间，简清没有穿白大褂，穿着半高领白色羊毛衫、黑色牛仔裤、平底小白鞋，高高瘦瘦的，十分休闲随性的打扮，像个寡言少语的邻家姐姐。

回家路上，鹿饮溪嘟囔着问："你这几天吃得好不好？"

简清一步一步走在长廊上，没说好也没说不好："老样子。"

鹿饮溪继续问："那你这几天睡得好不好啊？"

简清淡淡地回道："也是老样子。"

其实这些天她食无味，睡难安，睁眼闭眼都是鹿饮溪躺在病床上虚弱的模样。

鹿饮溪又问："过马路有没有磕着碰着？"

"怎么，咒我啊？"

鹿饮溪轻声笑了笑："当然没有。"

她只是觉得自己病来如山倒，病得稀奇古怪，担心简清也受到什么不可抗力的影响。毕竟，当初是自己拉着她一起去尝试改变人物的命运。

鹿饮溪下定决心，从今以后再做什么试图改变剧情的行为，一定不拉着简清了。就算冥冥之中真有什么因果循环轮回报应，通通都报应到自己身上，千万不要伤到简清。毕竟，她是这个世界的人。

简清没再说话。

鹿饮溪想起那天急匆匆地跑来急诊室、哭着几欲给自己下跪道谢的中年夫妻，又问："何小姐的父母会不会很难过？他们一定很自责。"

女儿好不容易死里逃生，转眼间，依旧没有逃过死亡的命运。

在短时间内情绪大起大落、得而复失，那对中年夫妻怎么受得了？

“如果当初何小姐在公园里死亡，他们也会自责，后悔没有早点儿带她去医院看病。”简清回答说，“每个人都要为自己的行为负责，医院已经再三强调过不可以离院，他们执意要回家过年。”

鹿饮溪说：“我不知道当初在公园里救她是对还是错。”

简清问：“为什么这么想？”

鹿饮溪说：“如果何小姐在公园里直接走了，她的父母可能会容易接受一些，现在这样人财两空，得而复失，应该会更痛苦。”

简清：“我问你，如果我注定要死亡，但用几万元可以多换几天的生命，和你多相处几天，你愿不愿意换？”

“愿意。”当然愿意。

鹿饮溪盯着简清：“但你以后不能这样比喻，不吉利。”

简清笑了一下。在医院工作的人，还在乎什么吉不吉利？

鹿饮溪又说：“肿瘤科应该有很多这样的人和事。”

简清“嗯”了一声，说：“很多病人注定会死亡，那些家庭注定要人财两空，但只要他们想治，我们就必须去救治病人。”

注定要走向死亡的晚期癌症患者几乎都是在拿钱换命，有些家庭倾家荡产，负债累累，也要给自己的家人买药治病。病人不想人财两空，拖垮家庭，家属却只希望病人能活得久一些，陪伴自己的时间长一些。

陪伴与感情，是无法用金钱衡量的。

鹿饮溪默默地听着，没有再开口。

下午，简清回肿瘤区工作，鹿饮溪在病床上运营自己的微博号。

上回她的相关话题爆热搜吸引来几万粉丝，不止微博，其余各个短视频平台也引来了不少流量，还真有经纪公司打电话来找她签约，有大型直播平台的，也有不知名的、行走在破产边缘的小影视公司。

鹿饮溪通通拒绝了，自己运营着账号，偶尔写几篇科普文，画些医学科普漫画，官媒都会帮着转，她再放几张自拍照，粉丝“噌噌”涨。她花了两天两夜的时间又画了些肺炎的科普漫画，写了篇科普文放在微博和视频平台上，然后把账号开通以来收到的粉丝打赏的钱通通提现了。

鹿饮溪本打算用这笔钱在外面租房子，搬出简清家的。下个月她就可以正式进组拍戏，第一笔钱也会打到她的账户上，所以她在月底就可以找好房子搬走。

但现在这笔钱，她想转给何蓓的父母。

鹿饮溪找呼吸内科的医生借用了电脑，想查看何蓓的住院病历。

医生知道她是简清认识的人，目前在肿瘤二区见习，爽快地将电脑借给了她。她在病历系统上借阅何蓓的病历，病历上患者家属的联系方式留的是何蓓的父亲的电话号码。她打开支付宝，搜索这个电话号码，直接把钱转了过去。

从今以后，她再也不会随便出手干涉旁人涉及生死的命运，否则不知道会不会给他们带来更大的伤害。她只会在小事上再做些尝试。

无论能不能改变她和简清的结局，她都要去尝试。

她别无选择，做不到听天由命。

鹿饮溪出院这一天，简清在医院里加班。

鹿饮溪早就习惯了这个职业的忙碌，自己办好出院手续，拎着行李回了简清的家。

所谓的家，其实就是过一条马路的距离。家里的绿植被简清照顾得很好，鹿饮溪一进门就看见绿油油的长藤绿萝，叶片纤尘不染。

家里的冰箱里塞得满满当当的，冰箱门上贴着小字条：【晚上回来我做饭。】

沙发前的茶几上放着几个水果盘，里面有鹿饮溪爱吃的砂糖橘、各种口味的薯片，还有其他七七八八的小零食。这里终于有一点儿家的感觉了，鹿饮溪笑了笑。可是下个月，剧组将第一笔钱打来，她就打算搬走了。

若是连独立生存的能力都没有，将来她还怎么去保护想保护的人？

鹿饮溪整理好行李物品，洗了个澡，打开笔记本电脑，打算上网。笔记本电脑太多天没用，她一打开，就在缓慢地自动更新。

鹿饮溪没空等，走进书房，坐在书房的台式电脑前，边打开手机备忘录，边在纸上算账。把到这里以来所有的费用支出，包括这次住院的费用，她要一笔一笔地算清楚。等钱到账后，她就把钱还给简清。扣除这笔还款的费用，她需要用剩余的钱撑三个月，三个月后拍摄工作结束，剧组会付清片酬。

鹿饮溪上网搜索江州市的租房房源，在纸上一一记录，列举优缺点，货比三家。

简清下班回来晚，鹿饮溪不忍心她再去厨房给自己做饭，找房找到一半便收起纸张藏好，自己去厨房炒菜。

简清下班回家，打开门，听到厨房里传来的翻炒声，清冷的面孔冰消雪融般，挂上浅淡的笑容。她褪下外套，把手上的文献资料先拿到书房里去，打算晚点儿再看。桌上的电脑没有关机，她坐下，习惯性地清理了垃圾，运行一下杀毒软件，扫描电脑是否存在病毒。

桌上有一沓 A4 纸，简清随手拿起，想整理好，放回到打印机里。

她刚拿起，却发现最上面一张纸上有密密麻麻的痕印，又是数字，又是文字，像是有人垫着这张纸写了些什么东西。那不像是自己的字迹，平时鹿饮溪也不会来书房。

简清拿了支铅笔，侧着笔锋在纸上轻轻涂抹，字迹一一显露出来。

简清看着那一笔笔账目和一个个房源，抿唇不语。

“简老师，来吃饭吧！”鹿饮溪冲到书房门口，粲然一笑，“快来尝尝本大厨为你准备的晚餐。”

书房里，最里面三分之一的面积用于摆放书架，架上摆满医学和人文历史类的书籍，两个人鲜少翻阅，单纯做摆设用的。余下三分之二的空间，用一架屏风隔开了。屏风后侧是一张小床，平时简清在书房熬夜赶论文，困了会在这里眯一会儿。屏风前侧，也就是正对门的那一侧，摆了一张办公桌，桌上有台式电脑、打印机、各色纸张、文献、教科书。

简清的脸被电脑挡住了，鹿饮溪看不见她的表情，半晌没听见回答，便倚在门口“咚咚”地敲了两下，又催促说：“简老师，先吃饭吧，吃完再忙。”

“嗯，就来。”简清说出口的话语简洁平静，让人听不出半点儿异样的情绪。

她将手里的纸张折好锁进抽屉，站起来走到门口。

鹿饮溪倚靠在门边看着她，眼中带着笑意。

简清站在黑暗的屋子中，眼神晦暗不明：“炒了什么？”

鹿饮溪看着她，眼里漾着明亮的光，把她拉了出来：“你喜欢的山药片、蒜香排骨、西红柿蛋汤。”

“那是我喜欢的吗？”

这分明是鹿饮溪喜欢的，也是她烹饪得最熟练的几道菜。

鹿饮溪霸道地说：“多吃几次你就喜欢了。”说着她走到餐桌边，夹起一块小排骨放进嘴里。

简清看着她，没再开口。

鹿饮溪咽下排骨肉后，不明所以地笑了笑：“怎么这样看着我？好像我是负心汉一样，我只是多吃了几块排骨。”

简清也浅淡地笑了笑，收回视线，给自己盛汤，闲聊一般问：“出院后你有什么打算？”

鹿饮溪像是想起什么一般：“对了，得提前和你说一声。”

简清放下筷子，认真倾听。

鹿饮溪说：“住院耽误了好多时间，还剩半个月，我可能不会天天去医院了，影视城在郊区那边，大部分拍摄时间在那边的摄影棚里，医院这边会采景三天，校园那边会采景两天，我想去踩踩点，然后还有些入组前的准备工作要做一下，接下来一周只有四五天能去医院。”

简清“嗯”了一声，问：“还有呢？”

还有什么事没说出口的，自己在给她坦承的机会。

“没了。进组后，我应该就去住剧组安排的酒店了，以后我不能时时在你身边，你要按时吃饭，屋里的花花草草偶尔要浇些水，等你没班时，你来找我，我带你去影视城逛一逛。”

鹿饮溪只字不提想搬出去的事，她还没想好要怎么开口。

简清从钥匙串上取下一把银色钥匙和一个蓝色小牌子递给鹿饮溪，慢条斯理地开口：“影视城在大学城附近，我这个学期每周二、周三要去老校区上课。我在那里有住所，钥匙给你，明天没班，我带你去看看。”

她没有征求鹿饮溪的意见，直接给安排了住所。

鹿饮溪看着那串钥匙，接也不是，不接也不是。

简清面无表情地盯着她。鹿饮溪开了个玩笑："狡兔三窟？"

然后，她小心翼翼地把钥匙攥在了手心里。

见她收下钥匙，简清收回视线，没再开口，低头吃饭。

这顿饭两个人吃得有些沉默，鹿饮溪逃避与简清眼神对视，简清也不再时不时地看她一眼。二人心思各异，吃完饭，简清收拾碗筷，放进洗碗机里清洗，鹿饮溪站在外面的阳台上吹风，抬头看着星星。

何蓓被抢救过来，一度给了鹿饮溪莫大的希望。如今这份希望被摧毁，鹿饮溪再度开始束手束脚。

鹿饮溪知道自己于简清而言，是一个特别的存在。或许因为自己长得像她的某个亲人或朋友吧，否则她为什么对自己这么好？这个疑问若问出口，大概率也只会得到一个沉默的结果。简清习惯沉默以对，鹿饮溪就只能猜测。

身后有人走过来，接着一件大衣披在了鹿饮溪的身上："别感冒了。"

声音清冷悦耳。

鹿饮溪转过头，看着简清微微笑了笑："我又不是弱不禁风的林妹妹，哪里风一吹就会感冒？"

虽然她这一个多月里确实多灾多难了些，又是牙疼，又是发热，还在鬼门关前走了一遭。

简清没说话，和鹿饮溪一同站在栏杆边，贴着一米多高的栏杆，俯视大厦楼底的车水马龙。

这座城市灯火辉煌，这一方角落却静谧无声。

简清微低着头，十指交叉握在一块儿，左手拇指不断摩挲右手拇指的指节。阳台上有着温馨的暖黄色灯光，光打在她身上，为她镀上一层柔和的色彩。

鹿饮溪看着她的侧脸，心一点点地变软，轻声问道："简医生，你有心事？"

简清动了动唇，犹豫半秒，又抿了一下唇，把话吞了回去，摇了摇头，说："没有。"

鹿饮溪学她的模样，双手交叉，俯视街头的车水马龙，微笑着说："感觉这一个半月发生了好多事，很多事情我还没反应过来，就这么发生了。”

简清说：“医院里生死无常。”

鹿饮溪点头“嗯”了一声。

许多人一辈子不会经历几次生离死别的场景，而医院里这样的事每天都在上演。昨天还言笑晏晏的子女、朋友、爱人，也许第二天就被一场意外带走。她接着说：“不管怎么说，生命都是很宝贵的东西，任何时候我们都不要轻言放弃。”

她不知道未来的简清会遇到什么事，只知道简清会有个轻生的结局。她不愿看见那个结局。

温柔的声音随着风飘进耳朵，简清动了动耳朵，转过头问她：“为什么和我说这些话？”

鹿饮溪和她对视，语焉不详地笑道：“有感而发呗，这里就我们两个人，我不和你说和谁说？”

简清转回头，垂眸继续看着车水马龙：“你有很多奇怪的地方。”

她不肯说，简清就不问，但不代表不在意。

“说不定我是外星人呢？”鹿饮溪指了指天上的星星。

简清意有所指，试探地问：“那你要离开，回你的地方去吗？”

鹿饮溪脸上依旧挂着笑容，用玩笑般故作轻松的口吻说：“时机到了，说不定我就回去了……”

简清转过头看着她，神色瞬间冷了下来。

鹿饮溪嘴角的笑容也僵住了。她确实会走的，要么回到现实世界，要么搬出去。

两个人对视着，彼此一言未发。

简清目光复杂，定定地看着她，半晌，冷笑着说：“看来我这里是个驿站。”

一个鹿饮溪“想来就来、想走就走”的驿站。

说完这话，简清面无表情地转身离开。

鹿饮溪想追上去解释，转念发觉自己说不出什么解释的话来，于是僵在原地。

她要解释些什么？说自己会一直留在这儿？她做不到。这是她无法许下的承诺……

脚步声远去，鹿饮溪目送简清的背影离开，转回身，继续趴在栏杆上，看着底下的车水马龙。

简清把自己关进了书房，“咔嗒”一声，反锁了门。

书桌上放着她从医院带回来的文献，各种关于肺炎链球菌感染、重症肺炎的研究，还有鹿饮溪的原始病历资料。她随意翻了几页，无心思考，只好打开抽屉，拿出那张涂满铅笔印的纸。她想，是不是自己哪里做得不够好，才会让所有人都不想留在她身边？沉思许久，她把纸撕碎，丢进垃圾桶。

出了书房，简清下意识地望了一眼阳台的方向。

阳台的灯还是亮着的。

简清坐在客厅的沙发上，慢条斯理地剥了几个砂糖橘，放在茶几上摆好，又望了一眼阳台的方向。她等了许久，不见鹿饮溪回来。

简清回到卧室，关了灯，打开鹿饮溪送她的星空灯，倚在门上，抱着手臂百无聊赖般看着满室的星辉。

鹿饮溪红着眼眶从阳台上回来，没看见简清的身影。她吸了吸鼻子，闻见了橘子的清香，看见茶几上剥好的砂糖橘，走过去一口一个吃了下去。她想起上回自己惹简清生气了，简清消气时，也是剥了一盘橘子给她。

现在简清是不是气消了？

鹿饮溪站起来，走到简清的卧室门口，想敲门，和简清解释——她真的没有把这里当作驿站，没有想来就来，想走就走。走到门口她又失了勇气，手刚抬起，又放下。鹿饮溪只好倚在门边的墙上，慢慢积蓄勇气……

时间一分一秒地过去，客厅亮白色的灯光，看久了有些刺眼，鹿饮溪闭上眼睛缓了缓，站久了腿脚也有些发麻，便又换了个姿势站。

简清倚在门上，与鹿饮溪一墙之隔。

她想起白天两个人还言笑晏晏，晚上鹿饮溪怎么就计划着离开了呢？当演员的人，都这么当面一套，背后一套吗？

鹿饮溪在门外站了许久，始终没有勇气敲开门，最后拿出手机。

所有聊天软件简清的账号都被置顶了。

当初简清担心她身体里存在两个人格，怕另一个人格苏醒时没有这段时间的记忆，怕她陷入迷惘恐慌的状态，所以把所有的联系方式置顶，备注了“医生”的字眼，希望她能第一时间联系到自己。

简清的头像是一张空白的图片，没有文字，没有表情，就是一张白底图片。

鹿饮溪指尖轻轻抚摩那个白色头像，点开对话框。

键盘上有二十六个字母，她拼拼凑凑，删删打打，写下一句话：【我没有把这里当驿站。】她想要发送，忽然觉得说服力不足，补充说，【你是我在这里很重要的人。】

下一秒，她又觉得这话太过矫情，把后面一句删除了，心情像是在空中晃荡的半桶水，摇摇摆摆，忽上忽下。指尖迟迟不敢按下发送键，鹿饮溪在屏幕上来来回回地滑动，查看过往的聊天记录。

两个人朝夕相处，有什么话一般当面就说了，彼此很少发消息，最后的聊天内容还是半个月前的。

忽然，屏幕抖动了一下。鹿饮溪定睛一看，聊天界面上赫然列着一句话：我拍了拍“简清”——她不小心点到简清的头像了。拍两下头像，会自动抖动对话框，然后跳出一条“拍拍”的提示语。

鹿饮溪直勾勾地盯着手机屏幕，等了半分钟，对方一点儿反应也没有。

简清随身携带手机，但只有在有电话打进来时才会立刻拿出手机来看，平时都不怎么理会震动、短信铃声。她应该还没看见……鹿饮溪按下撤回键。

简清看见那条抖动的消息，面色稍霁，盯着屏幕看了一会儿，刚打算回复一个问号，结果眼睁睁地看见那条提示语消失在屏幕上。她面无表情地按灭手机屏幕，去浴室洗澡。

鹿饮溪趿着拖鞋，在她门口来来回回地踱步，犹豫再三，还是把“我没有把这里当驿站，你是我很重要的人”这句话发了出去。发完，她不敢看回复，收了手机，躲回自己的房间里缩着。

明知这是一句苍白无力的解释，可她还是期待对方回应。

简清不是看到消息不回的人。

鹿饮溪从晚上十点半等到十一点半，足足等了一个小时，还是没看到简清的回复。她丢开手机，不再等了，洗漱睡觉。

第二天起床，鹿饮溪发现手机屏幕上还是只有自己的那句话。昨天简清说要带自己去看大学城附近那套房子，鹿饮溪早上起来，没看见她的人影。

鹿饮溪在家里等了一会儿，没等到她回来，也出门找中介公司去了。

对租房这项业务鹿饮溪熟悉得很。当年北漂的时候，她租过地下室，睡过小隔间，最初只是看着墙上贴出来的招租广告租房子，不需要多出一笔中介费用；后来和公司签约了，住进了公司安排的宿舍，四个人一间，洗澡都得轮流来；再后来，有了自己的房，一步步在那个圈子里站稳脚跟。

书中的鹿饮溪柔弱得像朵菟丝花，需要依附别人才能生存下去，而她不是。就算不能回到自己的世界，她也能在这个世界独立生存下去。

中介带她走过城市的大街小巷，鹿饮溪一一记录着看过的房源，偶尔看一眼手机，看有没有收到简清的回复。

聊天界面上始终只有自己的那句话。

她干脆把那条聊天记录删了，眼不见心不烦。

大学城毗邻郊区，附近几条街都是大学的某个校区。

家政阿姨收拾好了房子，简清给她结了账，从车里搬出几盆鹿饮溪喜欢的盆栽一一摆好，把这房子捯饬得稍微有了些生活气息，才开车返回市区。

结果等她回到家，发现家里空荡荡的。

她去鹿饮溪的房间看了一眼，看见物品都还在，才放下悬在半空中的心，去厨房准备晚餐。做好晚餐，鹿饮溪还没回来，简清便坐在沙发上等她。

她有些后悔试探鹿饮溪了，不如装作什么都不知道，维持着平和欢乐的假象，现在这样算怎么回事呢？

门口传来开锁的“咔嗒”声，简清循声望去，鹿饮溪从门外进来。

简清不喜欢把外面的大衣穿进客厅，所以玄关处放着挂架，进来的人都要把外套脱下。有时从医院回来，她还会把那些外套挂到阳台上去晒太阳。

鹿饮溪遵从她的习惯，进门第一件事就是脱外套。

客厅里有人。鹿饮溪一颗一颗地解着扣子，动作很慢，她不知道要怎么面对简清。她性格温和，跟谁都客客气气的，很少与人置气。从小到大，与朋友闹矛盾后，也多是朋友主动迈出和好的那一步。

她与母亲顾明玉置气，顾明玉忙于工作，懒得理她，通常过一两个月，她的气就消了，该叫妈还得叫，血缘关系是天然的纽带。

哪怕她和顾明玉置了五年的气，说了多少老死不相往来的狠话，也只不过是在等，等顾明玉先低头认错，然后她再乖乖地喊一声“妈”。

现在别说等顾明玉低头了，她都不知道能不能回到原来那个世界里去。

从过往所有少得可怜的亲密关系中，鹿饮溪提取不出处理摩擦、主动低头和好的经验。没关系，没有经验，她可以第一次尝试着去做。她不想让简清难过。坚定了这个念头，鹿饮溪走进客厅，嘴角刚扬起笑容，却发现沙发上空无一人。

简清回房间了，连主动交流的机会都不给她。

鹿饮溪捏了捏自己的脸颊，把唇边的笑容抹去。

她走到餐桌边，发现桌上的两菜一汤纹丝未动。一整天都被负面情绪影响，鹿饮溪没有一点儿食欲，站在阳台上吹了一会儿风，给绿植浇浇水、擦擦叶片。她期待简清能和往常一样出来陪她待一会儿，哪怕什么都不做，什么都不说。可她穿着单薄的衣衫吹了半个小时的冷风，还打了个响亮的喷嚏，那人始终未出来看一眼。

鹿饮溪自暴自弃地想，本来就是两个世界的人，还不如就这样算了，谁也不要理会谁了，朋友也不要做了……

年初和年末一样，是医院检查最多的时候。

上午医保办的人来查医保，督促提高床位周转率，住院病人天数太长的，医生该沟通就沟通，尽早让人出院；再三强调医保基金不要超指标。

医务科、质控科的人来查病历，揪着病历缺陷扣分。

卫健委、医政科的领导还来逛了一圈，检查依法执业情况。

病房里的众人忙得不可开交，大家要一面接诊病人，一面应付各种检查。谁的私人情绪都无法被顾及，鹿饮溪被护士长拉去装饰门面，免去了和简清直接接触的尴尬情况。

简清在病房里忙得抽不开身，鹿饮溪习惯性地替她泡好了咖啡，忽然想到她似乎没吃早餐。鹿饮溪把咖啡倒了，换上了一杯热牛奶，在简清的座位上放了几个小面包就走人了。

鹿饮溪去了钢琴室弹钢琴，给卫生行政部门的领导们展示医院对病人的人文关怀。

领导走后，鹿饮溪继续弹《奇异恩典》。这还是当初周老师教她的曲子。

曲调舒缓柔和，桑桑坐在鹿饮溪身边，拉了拉她的衣袖："姐姐，弹一首激昂点儿的，我身体里的细胞们在打仗，要给它们呐喊助威。"

桑桑又来入院化疗了，这次已经能用假肢灵活地走路，不再需要扶着墙壁。

鹿饮溪给她剥了一颗糖，二话不说，从《奇异恩典》切换成曲调激昂的《命运交响曲》，震得隔壁病房陪床的老爷爷胡子翘得老高，拄着拐杖过来安慰："小姑娘，失恋了吗？弹得跟杀猪似的！"

鹿饮溪只好捂着脸承认自己技艺不精，只会弹那几首。

桑桑听得"咯咯"笑，不勉强她了，继续让她弹《奇异恩典》。

中途，鹿饮溪去上卫生间，走在病区的走廊上，简清迎面走来。狭路相逢，鹿饮溪想主动开口打招呼，简清的视线蜻蜓点水般掠过她，漠然的眼神寒冷彻骨，冷得她失了主动开口的勇气。于是，她也收回视线，缄口不言。两个人擦肩而过，装不认识。

鹿饮溪试图重新把简清看作一个无关紧要的工具人，不去在意她的态度，与她擦肩而过时，却依旧忍不住停下脚步，想转过身看一看她的背影。

鹿饮溪站在原地停留了三秒。

脚步声渐远，鹿饮溪克制住了，没有转身看她。

回到琴室，鹿饮溪继续弹琴，桑桑往她的口袋里丢了几颗糖果。

一开始鹿饮溪没在意，推辞说："我不吃糖，容易发胖，你自己吃。"

后面她发觉桑桑的口袋里有鼓鼓囊囊一堆的糖果，就问："谁给你那么多糖？你不是还在换牙吗？不能吃那么多糖，要长蛀牙了。"

说着鹿饮溪从她的口袋里捞了一颗糖到自己手里，东看看西看看，越看越觉得像简清当初塞在自己口袋里的那个奶糖牌子，连包装袋都是一样的。

鹿饮溪把桑桑口袋里的糖全捞出来，只留了两颗给桑桑："你还在换牙，不能一下吃这么多糖，姐姐先替你保管。"

桑桑脾气很好，还是"咯咯"笑，没有和鹿饮溪计较，又从旁边扯过一个袋子，里面有各色糖果、小面包、小饼干，全部给了鹿饮溪，还塞给她一瓶牛奶。

鹿饮溪插入吸管，吃着小面包，喝着牛奶，大概猜到了这些零食是谁给的。牛奶被加热过，鹿饮溪喝进肚里带着暖意，暖了五脏六腑，那些负面情绪一扫而空。

"今年我们这里试点 DRG（疾病诊断相关分组）付费，我还没搞懂。"

"明天医保办的人就会下科室培训。"

午休时间，大家在办公室里闲聊，鹿饮溪脱下白大褂，回到办公室里，没看见简清的身影。

有医生朝她招手："小鹿，你表姐和局长的侄子相亲吃饭去了，给你点了餐呢，你坐过来和我们一块儿吃，等吃完，说不定你表姐就给你找个表姐夫回来了。"

众人嘻嘻哈哈地大笑。

鹿饮溪却笑不出来，出了办公室，走到换衣间，拎上自己的大衣就走。

相亲？她怎么没听简清提过这茬？也是，这两天她们什么交流都没有，她哪里能知道简清要和局长的侄子相亲？

今天气温突降，四面八方的寒风灌得鹿饮溪直打哆嗦。她想穿上大衣外套，低头一看——拿错衣服了，手上拿的是简清的黑色大衣。

鹿饮溪很有骨气地不换了。呵，她就是冻死在外面，也不穿简清的外套。

五分钟后，鹿饮溪的骨气被寒风吹得一干二净，她只好穿上了简清的大衣。

最后也不知道走到了哪个广场上，她随便找了张花丛背后的长椅坐下。视线里忽然闯进一双熟悉的长靴，她坐在长椅上，慢慢抬起头，看见了熟悉的黑色大衣，高挑的身影，再往上，撞进一双冷淡而漂亮的眼睛。

简清站在她面前，居高临下地看着满脸泪痕的她。

灰蒙蒙的云翳遮了天光，萧瑟的寒风卷起地上的枯叶，枯叶在低空中飞旋打转，飘到了长椅脚下。

简清走近一步，长靴踩在枯叶上发出细微的声响。她穿得一身黑，神情冷淡，在这样天气里，无端给人一种厚重的压迫感。

鹿饮溪坐在长椅上怔怔地看着她，眼眶红得不成样子。

两个人一坐一立，静默地对视着。

谁也没有主动开口，简清把手上提着的寿司塞在鹿饮溪怀里。

被撞见这么狼狈的一面，鹿饮溪怀里抱着寿司，不知道要怎么面对简清。愣了片刻，起身走远了一点，拿出手机打开摄像头照了照，整理了一下头发。

工作日的广场上，人流量比平常少，长椅在隐蔽的草丛后，很是安静。

简清坐在长椅上，右手戴上一次性手套，打开装寿司的盒子，慢条斯理地开吃，远远看见鹿饮溪红着眼眶，像一只把自己的毛发舔舐干净的猫，慢慢走回自己身边。

简清拿起另一只透明手套递给鹿饮溪，脸上还是那副波澜不惊的神情："好好吃饭。"不要拿身体健康开玩笑。

鹿饮溪吃饭时习惯喝点儿汤汤水水，这次干巴巴地吃寿司，有点儿不习惯，一口一口嚼得很慢，咽得艰难。

简清瞥她一眼，一边嫌弃她娇气，一边起身去远处的饮料店买了两杯红枣奶茶。

热腾腾的饮料握在手心里，鹿饮溪咬着吸管吸了一口，好奇道："你怎么也没吃午饭？不是和相亲对象一起吃西餐吗？"

简清看了看她，及时止住她的揶揄："别乱说话啊，谁会在大中午相亲？"

对方和她的导师胡见君颇有渊源，也是上级部门领导介绍安排的，她不好直接拒绝，当面说清楚比较妥当。恰巧对方是个单身主义者，也没有相亲的意愿，迫于院系领导、家中长辈压力才来见面。

听简清这么一解释，鹿饮溪吸溜了一口红枣奶茶，渐渐反应过来："好像也是……"

相亲一般选在晚上，或是有大半天的空闲时间，谁会在下午还有班的大中午挤时间来相亲？

鹿饮溪默默别开视线，不和简清对视，安静地吃寿司、喝奶茶。

简清只是安静地打量着她，什么也没问，什么也没说，习惯性沉默。

鹿饮溪任她打量，在沉默的氛围中吃完了最后一块寿司，然后拍拍手，把包装袋、一次性手套丢进了垃圾桶。

奶茶还没喝完，她可以握在手里暖暖身子。她刚才特地挑了个背风处，情绪上头时也感觉不到冷，现在情绪平静下来，四面八方的寒意冻得她脸色发白。她看了一眼简清的大衣，心想要不是自己拿错了，现在挨冻的人可不是自己……

简清坐在长椅上，又抬起手腕看了一眼手表，距离下午上课还有两个小时。

鹿饮溪乖乖地跟着走，也不问要去哪里。

她怀疑自己此刻就算被简清卖了，自己还会帮着数钱。

医院地处市中心，道路两旁商铺林立，简清带着她随便走进一家服装店，说："去挑一件外套。"

鹿饮溪稍一思索，问："你下午不回医院了吗？"

简清："不回，下午去大学城上课。"

医学院的假期向来比较短，学生已经返校，开始了新学期的课程。

江州大学的老校区在大学城，从市区到大学城要搭一个多小时的公交车，或是四十分钟的地铁，附属医院的老师每次都得提前计算好时间，以免上课迟到。

鹿饮溪不敢耽误简清的时间，就随便挑了件白色羽绒服裹上。

她问简清："这件好看吗？"

她是行走的衣架子，随便披张床单也是好看的。

简清替她理了理衣服帽子，看着镜子里的她，没说好看，也没说不好看，只是目光在她的脸上多停留了几秒。

出了店门，鹿饮溪问："开车去还是搭地铁去？"她不喜欢坐公交车，会晕车，所以没问公交车。

"地铁。"简清昨晚没怎么睡觉，中午也没午休，不想疲劳驾驶，在地铁上还能眯一会儿。

避开上班时人流量高峰期，两个人去地铁站候车。

没有更多解释的话，没有剖白彼此的心路历程，两个人就这么无事发生一般，延续往常那种相处模式。

列车还未驶来，两个人一前一后地站在候车区等候着。

鹿饮溪站得太靠前，简清把她往后拉了拉。她顺从地后退一步，转过头看着简清的侧脸。

简清脸上没有多少表情。她总是这副疏离冰冷的姿态，隐藏了所有感情，鲜少表露强烈的情绪，哪怕发生矛盾冲突，也吵不起来，自己只会得到她的冷处理。

鹿饮溪收回视线。她看不透简清。

简清比自己年长，有年长者的包容和体贴，但从不会向自己展示内心世界。

两个人之间，友情也是一种羁绊。

过了几站，离市中心渐远，车厢里的人少了些，鹿饮溪观察着车厢里的人群，从每个人的肢体动作中找出看似将要下车的人，盯着他们的座位，人家一起身，鹿饮溪就拉着简清过去坐下。

"你睡吧，到了我叫你。"

到了大学城，二百多人的专业课，教室里多出了个人来不会引发轩然大波，有些两耳不闻窗外事的同学甚至没注意到这一点。

大学的同学关系，不如初中、高中那么紧密，成年人之间的疏离客气初显端倪，有些人读了四五年书，也许到毕业了都叫不全班上同学的名字。

鹿饮溪从简清的包里翻找出医用口罩戴上，遮掩了大半张脸，只露出清亮的眼睛，一身出众的气质却掩盖不了，在一众学生中尤为鹤立鸡群。

好在学生的注意力大多集中在讲台上，只有后排的学生时不时假借回头看教室后面挂着的钟，打量鹿饮溪几眼，露出惊艳的目光。

每回简清上课，学生都会借着拍讲义的由头，光明正大地拿出手机，各种角度地偷拍她，还要发朋友圈，感慨炫耀一下自家专业老师的气质和外貌，让其他学院的同学疯狂羡慕，专门跑过来蹭课。

简清不是最关爱学生的老师，每年教师节，却是收到花最多的老师。

刚任教那年，她的年纪太轻，有些学生没个轻重还会光明正大地追求她。

教务科领导循惯例不找挑事的学生，就专门找老师谈话施压，让她把心思放在教学上，不要打扮得太花枝招展。打扮得花枝招展这事纯属无稽之谈，但简清也确实没放太多心思在教学上，上课几乎是照本宣科地念幻灯片、念书本，偶尔掺杂一两个还没下临床的学生们爱听的临床案例。

鹿饮溪撑着脑袋，想起自己的学生时代也遇到过像简清这种干巴巴地念书本的老师。

医学院的老师有不少是附属医院的医生兼任，并非专业教师出身。

有些医生刚任教那两年，几乎是先上课，后考证，教学技巧难免不足。况且临床、科研、教学，能在其中一个领域做出成绩已是不易，三者兼长的医生几乎没有。

鹿饮溪看着台上的简清，心想，她这么好看，别说是念教科书，就算是念经，自己也能听得津津有味。

上课是简清开口说话最多的时候，鹿饮溪支着脑袋，一字不漏地听完了。

傍晚五点半，三节课结束，平时一下课就一哄而散的学生，此时却蜂拥而上，缠着简清问东问西，费尽心思地翻教科书，硬生生地找出几个问题来求老师解答。

鹿饮溪走上前坐到第一排座位上，看着这群“勤学好问”的学生，安静地等待着。她看见有个高大的男同学站在人群后面，眼巴巴地看着简清，似乎打算等所有人问完再上前。

简清一本正经地应付了七七八八的问题，也看见了那个男同学。

“还有什么问题在网上的课程平台留言，我会解答。”她遣散其余学生，把那个男同学招上前：“要问诊？”

男同学走上前，看着简清，瞠目结舌地问：“老师，你会读心术吗？”

简清淡淡一笑，没有回答。

她瞎猜的，看他那神色，与医院候诊室外的病人神色无二，探头探脑，目光焦躁。

“我是肿瘤科的，你找我问诊？”

男同学耷拉着脑袋：“老师，我怀疑自己得了鼻咽癌……”

医学院的学生有个通病——医学生综合征，学了一个病，就对号入座，觉得和自己的身体情况十分吻合。

每年都会遇到几个慌慌张张地跑来医院喊老师、做咨询、开检查的学生，简清见怪不怪，拧开矿泉水瓶盖，抿了一口水，惯例询问：“哪里不舒服？”

“老师，我最近几个月早上起来嘴里总有血丝，有时会流一点点鼻血，很快就能止住，晚上睡觉总有一个鼻孔堵住，吸不到气，有时候还会偏头痛。还有，最近我感觉我的听力也下降了好多，还会耳鸣、耳闷！老师！你看，鼻涕带血、鼻衄、鼻塞、头痛、听力下降、耳鸣，这些不就是鼻咽癌的症状吗？”

简清淡淡地说：“同学，你才二十出头。”

鼻咽癌和甲状腺癌一样，被称为“幸福癌”，属于生长较慢、预后较好、生存期较长、治愈率相对较高的癌症，且不像会对年轻人下手的淋巴瘤、白血病等病魔，鼻咽癌的高发人群是四十岁以上的中老年男性，二十出头的小伙子得的概率极低，除非有家族遗传史。

男同学补充说：“老师，我是闽地人，我们那一带就有很多人患鼻咽癌的！”

恶性肿瘤有一定的流行病学特征，国内的闽、粤、桂地区，及国外的东南亚地区，是鼻咽癌的高发地。

简清问：“有家族史吗？”

男同学摇头：“那倒没有。”

“我检查一下你的颈部。”

男同学扒开衣服露出脖子让简清摸。

简清从颈部摸到耳后，没有摸到任何肿块，问道：“你有慢性鼻炎？”

男同学脸红到脖子根，点头。

“现在换季，鼻子比较敏感，出门可以戴个口罩；少熬夜，少戴着耳机玩手机打游戏。别想太多，你实在不放心，想给附属医院创收，我就给你开个鼻咽镜的检查。”

郊区地块便宜，校园占地面积极大，道路两旁栽满了梧桐、银杏、香樟。

江大校园风景是全国出了名得好看，连校园里的流浪猫都是网红猫，校内有专门的流浪猫救助志愿者协会，医学院的医生还会免费给它们做绝育手术。有时候，附属医院的医生会提前一个小时过来，不是提前上课，而是在校园内，颇有闲情逸致地逛逛，呼吸一下新鲜空气。

应付完那位男同学，出了教室，简清特意带鹿饮溪走了条偏僻的小径，避开下课的人群。道路两旁栽满银杏树，目之所及一片金黄，柏油路上铺满银杏叶，没有落脚的空地。

微风拂过，银杏叶雪花一般飒飒飘落。

鹿饮溪俯身捡了一片叶子，看着这场银杏雨，念了句应景的诗：“无边落木萧萧下。”

好巧不巧地，简清正抬眼看着飘落的银杏叶，脱口而出一句：“树在脱发。”

话音一前一后地落地。

美好的意象被破坏殆尽，鹿饮溪静默片刻，把玩着手里捡来的叶子，低头笑说：“不想说话，你可以不说的。”

两个人安安静静地待在一块儿也挺好。

简清便不开口了，两个人肩并肩地走了一段路，迎面望见一片湖，碧水似玉，波平如镜，有亭立于湖中央。

简清望着湖水，灵犀自来，拣鹿饮溪喜欢的话说给她听："湖对面的那块地上种了荔枝树、杧果树，等夏天时可以来摘。"

鹿饮溪顺着她说的方向看过去，绽开笑容："怕是没等我过来摘，就已经被校园里的学生给摘光了。"

简清也看过去，没说话，默默地想，到时自己先去偷摘一些回来，给她尝尝。

"走，我们去亭子那边看看。"鹿饮溪拉着简清要去亭子里看风景，还念叨着，"记不记得初中学过的课文？《湖心亭看雪》，这么多年了，我就只记得一句'天与云与山与水，上下一白'，如果现在下雪，大概就能还原那个景象。"

简清说："明年一月带你来看。"

不知明年一月自己还在不在这个世界里了……鹿饮溪低头看着叶子脉络，"哎"了一声，问简清："简老师，你最初是不是觉得我很矫情，脆弱敏感，伤春悲秋，随便看些花草月亮都会絮叨一番，所以才不喜欢和我多说话啊？"

简清停下脚步，看向鹿饮溪。

鹿饮溪也停下，坦然地迎上她的视线。

对视几秒后，简清眼眸中沾染了星星点点的笑意。

她确实莫名其妙地看不惯太干净脆弱的白纸，一撕就碎，总想破坏，即便不能泼上一层墨，也想抹上一点儿什么痕迹。

鹿饮溪转开头，不敢再和简清对视。

她觉得简清眼里的笑意有些瘆人。

默了片刻，她还是鼓起勇气，把心里话竹筒倒豆子般倒了出来："心思细腻敏感也有好处的，情绪丰沛一点儿，看一棵树、一朵花、一片叶子、一段文字，都能得到很好的情绪体验。"

虽然鹿饮溪不知道简清过去经历了什么事，导致她现在封闭自己，也不知道未来几个月会发生什么，但自己能改变一点儿是一点儿，至少不要让她走上自毁的道路。

鹿饮溪把银杏叶送给简清："送你一片银杏叶，简老师，开心点儿，多体验一下各种情绪，不要总是活得这么压抑。要不我讲几段绕口令给你听？"

简清走进了湖心亭，捏着银杏叶："你讲。"

鹿饮溪双手撑在栏杆上，想起当年每日五点起来，在湖畔练台词的经历，笑了笑，当真卖弄起来："给你来一个网上最经典的绕口令，也是我以前晨练时最容易出错的——刘奶奶给牛奶奶买榴莲牛奶，牛奶奶给刘奶奶拿榴莲牛奶，刘奶奶说牛奶奶的榴莲牛奶不如柳奶奶的榴莲牛奶……"

她一口气说了下去，吐字清晰，不带停顿。

简清认真倾听，听完，面无表情地拍了拍手，给她鼓掌。

鹿饮溪呼了一口气，休息片刻，说："打钱，二百元。"

简清表情松动，给她转了二百元钱过去，问："演员就是这么练台词的？"

"嗯。"鹿饮溪点了点头，"台词的基本功是气、声、字，吐字清晰是基本要求，我是南方人，以前有点儿'n、l'不分，老师就让我练'刘姥姥的'绕口令，每个音节的发音都有一个绕口令进行练习，像'b、p'，就是"八百标本奔北坡"那个；基本功练好了，就练人、情、意，这时候念的就不是绕口令，而是散文、小说、诗歌、寓言。说到吐字问题，其实还有一件事可以说，我外婆告诉我的。"

"说说看。"

鹿饮溪看着简清手里的银杏叶，笑道："你猜我的名字怎么来的？"

"不是说出自那句'林空鹿饮溪'吗？"

"最初不是，我妈生我那年，我外婆从乡下进城来照顾我妈。我外婆很喜欢银杏树，最初想给我取名银杏，她老人家从乡下来的普通话不好，抱着我去上户口时，警察同志是个文化人，看我爸叫鹿鸣，就是那个'呦呦鹿鸣，食野之苹'的鹿鸣，按这取名方式，把'银杏'听成了'饮溪'，出处就成了'林空鹿饮溪'，名字立马上档次了。"

简清把玩着手里的银杏叶，微微一笑，放弃了随手丢掉这片叶子的念头，拿出纸巾擦了擦，擦拭干净后，放进了自己的口袋里。

鹿饮溪揉了揉鼻子，继续小声说："我和你讲了这个故事，以后你看到银杏树，想到的就不只是树了。"

简清明知故问："那我还会想到什么？"

难道不会想到我吗？

鹿饮溪没有将这话说出口，故作正经地解释："这就像古代诗歌的那什么……寄情于景，由景生情。"

简清还要说些什么，远远走来了几个说说笑笑的同学。

鹿饮溪也看见了，说："看他们手里拿的笛子、箫、葫芦丝，他们应该是声乐社团的吧？我们走吧，把地儿让给他们练习，你带我吃东西去。"

老校区大一、大二的学生居多，还可以在各种社团里结交朋友、纵享青春，等到大三、大四、大五学生们就得搬到市区的新校区去，一边读书上课，一边下临床见习、实习，就没那么多玩乐的时间了。

天色已暗，校园里亮起了灯光。

两个人走过一片树林，看着影影绰绰的树影，隐隐约约听见了男女同学的嬉笑声。

鹿饮溪笑着说："这一定是你们学校学生的约会圣地。"

简清有些嫌弃："也不嫌虫子多。"

鹿饮溪戳了戳她的肩膀："哎，说实话，你以前在这里读书时，有没有和别人来过这里？"

简清别开头："没有。"

她读书时经常去的地方——银杏路、湖心亭，她已经带鹿饮溪看过了。

沿途经过的教学楼几乎都是灯火通明的，有的班级在上晚课，也有的学生在晚自习。

简清说："下个月我也有晚课，选修课。"

鹿饮溪"嗯"了一声："那到时我来听听看，讲什么内容的？"

医学院的选修课分医学类和人文类，医院的医生需要在期末把课程名称、内容报给教务科，教务科让学生自主报名。

每年学生报名最多的都是两性教育类的课程，其次是医学类的，如《实验动物学》《新药进展与评价》，人文类的课程，如《宋词元曲》《医学美学》常年面临因报名人数不足二十人，而陷入被迫取消的尴尬境地。

简清沉默了一会儿，才说："《古代诗歌鉴赏》。"

往年她报上去的都是《临床试验概述》《肺癌国内外研究进展》等医学类课程，今年鬼使神差地报了门人文类的课程。

鹿饮溪愣了半秒，"扑哧"一笑，心说你还真不怕误人子弟。

简清听见笑声，冷冷地问："笑什么？"

鹿饮溪立即憋住笑，做了个深呼吸，平复笑意，说："课程表发给我，我一定来听，绝对风雨无阻——有多少个学生报名啊？"

"一百五十个。"简清神色如常，顿了顿，补充了一句，"满员了。"

鹿饮溪心中暗笑，心说那满员的学生是冲着课程来的吗？他们分明是冲着你来的。

"回了一趟学校，感觉自己都变年轻了。"她张开手，转了个圈，瞥见一栋小白楼，便指了指那栋建筑，问，"没开灯的那栋是解剖楼吗？"

解剖楼一般只有期末才会在晚上开放给学生复习、练习操作，平时只有白天上课才开。

简清点头："嗯，你要进去逛逛吗？"

"大晚上的谁想进那种地方逛啊？"鹿饮溪笑了一阵，又说，"不过，你可以请我去你们学校的生命科学馆看看。"

每个医学院都有自己的生命科学馆，陈列了各色人体标本。

简清应下："在生物信息学院旁边，晚上不开放，下次带你看。"

两个人一路走走停停，说说笑笑，走到了校门口，鹿饮溪忽然回过头看了一眼医学院的教学楼。

简清在这里生活过，在教室里上课学习，在路灯下踽踽独行，也曾在湖畔低声背诵，还曾在通宵自习室里熬夜复习到天明，这里的一花一树一草，见证过她学生时代的青涩模样。

如今，简清向她展示曾经看过的风景。

鹿饮溪忽然在这一刻意识到，自己似乎在慢慢走进简清的世界。

冰山裂开了一道缝，自己走进去，窥见了世界的一隅。

简清碰了碰鹿饮溪的手背："带你去学生街。"

学生街就在百米之外，其中有一块美食区，十几二十家小贩推着小车，贵州的辣鸡面、四川的水煮鱼片、广东的肠粉、北京的烤鸭、新疆的烤馕……五湖四海的美食汇聚在此。

鹿饮溪嗅着食物的香气，一家一家摊位地逛过去，最后拉着简清的衣袖问："你读书时最爱吃哪一家的饭？"

简清把她带到贵州辣鸡面的摊位前，熟练地点餐："老板，来两份辣鸡面，一份常规，一份少盐，葱、香菜都加。"

摊位的老板娘认出了她，笑着打招呼："简教授，您又来了？"

简清说："还不是教授。"

教学医院的医生通常拥有两个职称，教学科研体系的职称，比临床体系的职称评得晚一些，有时有些主任到退休了也还是个副教授。

老板娘才不管这些，只要是学校的老师，她通通喊教授："教授，请学生吃面呀？"

简清点了点头，鹿饮溪笑着和老板娘打招呼，小声嘀咕道："谁是你的学生了？"

简清一本正经地说："不如你帮我借些诗歌鉴赏的书，我的课件还没做好。"

鹿饮溪轻轻"哼"了一声，不理会她，看老板娘烫面、拌料，问东问西，偷师学习。

# 第九章 救人

新校区的校园还是象牙塔般的存在，学生尚未接触临床，尚未目睹生死，还有时间吹箫吹笛，风花雪月。

老校区的医学院，本科生逐渐步入临床，开始接触真实的社会。

学生开学后，医教科的人例行进行全院的大查房。

他们查的不是病人，而是学生和教研室的带教老师。

医教科众人风风火火地查到肿瘤二区，撇开带教医生们，把大五的实习生们喊到教研室里谈心。

组下的实习生出办公室前，张跃扯着他们的袖子喊："哥平时没亏待你们吧？你们得给你们张哥说些好话！"

实习生笑哈哈地说："放心，放心！就冲张哥早上给我的牛奶，我准把你夸得天花乱坠，让你评上今年的优秀带教！"

过了一会儿，简清路过，看见写病历的张跃，随口问了一句："没欺负学生吧？"

张跃"啧"了一声："师姐，我是那种人吗？我勤勤恳恳、兢兢业业地浇灌祖国的花朵，把他们一个个浇灌得多茁壮啊！"

简清拉开抽屉，瞥了张跃一眼："我放这里的牛奶，被你拿去浇灌哪个学生了？"

张跃："旺仔牛奶是不是？小鹿拿走喝了，绝不是我拿的！"

恰巧谈话的学生回来，兴奋地跑过来讨夸奖："哥！我把你大夸特夸了一顿！特别渲染了今早我没吃早餐，你把自己唯一的一瓶旺仔牛奶给了我这件光辉事迹！老师们很感动，要亲自夸一夸你，还想让你写篇文章投稿到宣传科去，在院内宣扬一下这种园丁精神！”

简清用指尖敲了敲桌面，看了一眼学生，又看向张跃：“他也姓鹿吗？”

张跃表情凝固片刻，立马打开钱包，抽出一张百元红钞给学生：“师姐，那都是一场误会！徒弟去负一楼的食杂店买一箱旺仔牛奶回来！”

鹿饮溪帮简清跑腿送资料回来，简清塞了盒旺仔牛奶到她口袋里。

鹿饮溪掏出牛奶摸了摸，简清抬了抬下巴，指着办公室角落说：“我给你买了一箱。”

埋头写病历的张跃听见那个“我”字，转过身，还没开口，简清视线一扫，他又转了回去，继续写病历。

鹿饮溪笑了笑，拿出几瓶牛奶分给办公室里的人，分到张跃时，简清说：“他不能喝，一喝就会胃痛。”

正满面笑容地要接过牛奶的张跃缩回手：“啊……是！你张哥我不爱喝，小鹿乖，留着自己喝。”

简清不动声色，打开病历，对张跃说：“二十一床要做胸穿，把学生们喊过来。”

张跃点了点头，站起来大声喊：“我们组有个肺癌病人要做胸穿，有空的学生都过来一块儿学操作啊。”

魏明明拉着任佳佳过去：“走，一块儿去学习操作。”

虽然学生被分配到各个医疗组，但有时一些理论课或是三基技能操作，住院总医师会安排所有实习生一块儿学习。

人体的肺和胸壁并非完全贴合，中间有两层薄膜，这两层膜形成一个封闭的腔隙，称为胸膜腔，胸膜腔内没有气体，只有少量液体。

晚期肺癌患者容易并发胸腔积液，而胸腔穿刺就是用无菌针刺进皮肤、肋间组织、壁层胸膜进入胸膜腔的一种操作。

胸穿大多有两个作用：一是诊断，通过胸穿抽取液体进行检查，明确疾病；二是治疗，晚期恶性肿瘤患者常见并发症之一是胸腔积液，会引发呼吸困难、呼吸衰竭、心衰等，进行穿刺置管引流积液可以减轻症状。

病房里，一堆身着白大褂的学生围在病人床边，简清一一提问胸穿的适应症、禁忌证和注意事项，然后总结了一遍，点名让任佳佳操作。

教学医院里，本科实习生动手机会其实并不多，多数时候，医生更喜欢让规培生、研究生、博士生去操作，实习生只被使唤去跑腿送材料、送样品。

任佳佳珍惜每一个上手的机会，仔细摆好病人的体位。

简清在旁边盯着她的操作，忽然开口道："接下来，选取腋后线第三、第四肋间隙作为穿刺点。"

任佳佳点了点头，正要操作，动作忽然一顿，转过头看了简清一眼。

简清抱着手臂，冷眼冷面地问："怎么？我说错了吗？"

她这副样子，活脱脱像个玉面阎王。

任佳佳转回头，心提到了嗓子眼，看着病人的脊背，犹豫了几秒，再次看向简清："老师，我记得书上写的是腋后线第七、第八肋间隙……"

简清面不改色地说："哦，想起来了，我记错了，确实是腋后线第七、第八肋间隙。"

任佳佳这才把心放下，继续操作。

鹿饮溪看着简清，隐约觉得她是故意而为之。

穿刺操作结束后，简清又断断续续地提问了几个问题，然后一双双眼睛看过去，说："病人不会按重点生病，到了临床，你们自己要听，要看，要想，要有自己独立的判断，要有推翻现有结论的勇气。教科书写的东西不一定是最全面的，上级医生说的话、做的事也不一定都是对的。"

她说最后一句话时，目光落在了任佳佳身上。

任佳佳看着她，蓦然红了眼眶。

医院楼梯走道的墙壁上，明晃晃地挂着禁止抽烟的标志语，但隔三差五就有人坐在阶梯上一根一根地点烟。

院内员工看到了，念上一句"少抽一点儿"，他们总是红着眼眶不说话，挤出一丝笑容，表示对医务工作者的尊敬。

看着一双双通红的眼睛，看见了里面的悲苦情绪，大家也不忍心苛责什么，更不能安慰什么，医院里需要安慰的人可太多了。

鹿饮溪今天路过楼道，听到了隐隐约约的啜泣声。

她推开门，只见任佳佳抱着膝盖坐在楼梯上，正委屈得肩膀直抖。她今年大五，面临毕业的压力，昨晚熬了半夜复习功课，今天脑子有点迷糊，出现一点小失误，被带教老师当众狠狠批评了一顿。

就是看出她情绪不太对，简清才示意魏明明叫上她一起去学习胸穿，想找机会鼓励她一下。她也争气，胸穿时的表现得到了简清的赞许。

但毕竟是被带教老师批评了，此时还在自责，鹿饮溪走过去，坐在她身边，从口袋里拿出一包纸巾递给她。

"谢谢……"任佳佳红着眼眶接过纸巾。

鹿饮溪柔声安慰道："到了医院，不能把自己当学生看了，嗯……就当自己是初入职场的新人，谁刚工作时没受过点儿委屈啊？"

任佳佳擦着泪，还有些委屈："做医生好难啊……"

"觉得难就对了，因为你手里是病人的健康和生命。"身后忽然传来熟悉的嗓音。

两个人齐刷刷地站了起来，任佳佳喊了一声："老师。"

简清点了点头当作回应，没再安慰什么，看向鹿饮溪："吃饭。"

鹿饮溪"哦"了一声，看了一眼任佳佳，犹豫片刻后说："不要因为一个小困难就对这个行业垂头丧气，动摇当年学医的决心，你的老师说得对，觉得难说明你有责任心，你把病人的健康和生命看得很重……"

两个人站在窗边等电梯上来。

鹿饮溪从窗外俯瞰楼底，看见密密麻麻的人群涌进医院。

她站得太高，看不清每一个人影，只觉得熙熙攘攘，众生似蝼蚁。

她郑重地对简清说："谢谢你对她的鼓励。"

简清看了她一眼，沉默，但鹿饮溪读懂了她眼神中的含义。

鹿饮溪揉了揉鼻子，笑说："我不想看你们救人过河被河水淹死，自然也不想看你们被什么大风大浪摧残得不想当摆渡人了。"

有时候，学生遇上一个好老师，能坚定对整个行业的信念。

鹿饮溪说："很多人的从医梦，就是在本科最后一年实习阶段破灭的。"

简清默了片刻，说："任何一行都是适者生存。"

鹿饮溪点了点头，若有所思。

电梯上来了，两个人乘坐电梯下楼。

去食堂的路上，鹿饮溪突发奇想，问简清："简医生，适者生存，你看我适合从医吗？"

简清问："你想听实话还是好听的话？"

鹿饮溪笑说："你都这么说了，那我大概就能猜到你的话了。"

简清沉默片刻，吐露实话："你有晕血症，不适合长久地待在临床。"

鹿饮溪刹住脚步，敛了脸上的笑容："你……什么时候看出来的？"

简清跟着停步，面上一派淡然的表情："在别墅那晚，你割伤了我的手，看见我的血，你脸色变得很苍白，后来每次有抢救的场面，特别是遇到病灶破裂大出血的病人，你都会避开。最初我以为这和你童年的经历有关，所以带你去精神心理科想一块儿治，但……"

她看了鹿饮溪一眼。

鹿饮溪接过她的话："但我生气了，之后还恳求你不要把我送到精神科去。"

原来当初自己被带去看精神心理科的医生，还有这么一层原因。

也难怪，每次抢救，按理说是一个难得的学习观摩机会，鹿饮溪却每次都避开，甚至白大褂上沾到血时，也会避开她，换了新的再过来见她。

鹿饮溪走在前方，低着头，手背在身后，慢慢回忆，想到了一个点，忽然转过身。

简清就跟在她身后，她一转身，撞上对方深沉的视线，原本气势汹汹的鹿饮溪连忙后退一步，指责道："那晚你看出来了还往我脸上抹血？"

简清脸上看不出半分悔意："测试一下。"

鹿饮溪转过身，继续走向食堂，冷哼说："测试一下？我晕倒了怎么办？"

最严重那会儿，她见血就晕倒，五年过去，情况已经好了许多，只是还会反胃。

上回她们在公园里救何蓓，何蓓的额头被磕破，她替何蓓擦去额上的鲜血，在何蓓被送往医院后，她跑去厕所一阵呕吐，连酸水都吐出来了。

简清跟在她身后，说："我会人工呼吸。"

鹿饮溪摆了摆手："我只是晕倒，心跳还没停，用不着给我做人工呼吸。"

简清问："看过医生吗？"

鹿饮溪眼神黯然："看过，接受过脱敏治疗，好了很多，但是……就像你说的，不适合长久待在临床。"

简清说："你的心理阴影不是在童年产生的，在你患晕血症那年，发生了什么事？"

鹿饮溪低头沉默，没有说出口的准备。

简清轻声说："先吃饭。"

她不想说也没关系。

两个人面对面坐在餐厅食堂里，简清餐盘上是两素一荤，鹿饮溪的是两荤一素，鹿饮溪还喜欢伸筷子从简清的餐盘里夹走唯一的荤菜手撕鸡。

吃到一半，鹿饮溪才说："那件事和我人格分裂的问题无关，你不要把我送去精神科。"

简清"嗯"了一声，又问："真的无关吗？"

鹿饮溪说："真的无关。"

她心里却有了一丝动摇，那件事发生在二十岁时，如今在这个世界里，她也是二十岁。这是巧合吗？二者真的没有任何关联吗？

简清看了鹿饮溪一眼，把盘里的大半手撕鸡都夹给了她。

隔壁刚落座的张跃看不下去了："我说，现在又不是大灾荒年代，就几块肉还夹来夹去的，你们喜欢吃再去阿姨那边打点儿不就行了，还整这一出出的？"

鹿饮溪正喝着汤，闻言险些被呛到，闷咳了几声。

简清放下筷子，目光扫了一圈，给张跃指了个最角落的位置："过去。"

张跃放下嘴里的馒头，嘟囔道："至于吗？谁才是你的亲师弟啊？"说着，端起餐盘坐到角落去了。

魏明明看到自家导师，也端着餐盘要坐过来，看见简清赶人，脚步自觉地一拐，拐到张跃那边的角落去了，走之前还不忘拍马屁："老板，你是我的亲老板！"

鹿饮溪转过身看了一眼角落里的两个人，微微一笑，转回视线时，正撞见简清在看她。

两个人对上视线，鹿饮溪粲然地笑了笑。

"下个月进组，我就要离开医院了。"

饭后，两个人在内科楼底下的长廊上晒太阳。

冬去春来，草木新生，有些人却永远留在了冬天。

肿瘤科里的病人都是掰着指头数日子的，熬过了一个冬天，又陪家人过了一个新年，余下不知还有多少日子可以熬。

简清见惯生离死别，对这种短暂离别，除了胸口有些发闷，生不出别的情绪，只说："这学期周二下午、晚上和周三上午，我都会在大学城里。"

拍摄只需要三个月，三个月过后，她们还有很多时间相处，只要对方不离开。

思及此，简清的脑海里浮现鹿饮溪在纸上留下的密密麻麻的信息，思潮涌动，她闭上双目，不动声色地坐在长廊的木椅上，与鹿饮溪一起晒太阳。

鹿饮溪伸手抓了一把阳光，看长廊上的人来人往，有穿着白大褂脚步匆匆的医护人员，也有穿着蓝白色条纹病号服的病人，在家属的搀扶下慢吞吞地行走。

她不可避免地又想到了自己的母亲顾明玉。

"二十岁""医院"，这两个关键词在现实世界与虚拟世界里重叠。

顾明玉老了、病了时，谁来搀扶她呢？

她这个不孝的女儿因为二十岁那年的赌气，离家五年之久。

这五年来，鹿饮溪不断做梦，梦见自己重返二十岁，重返医院，如今实现了这个梦，却又惦记着回去，还惦念着自己是个演员，习惯性观察人群，观察风景，感受情绪，为塑造角色积淀素材。

鹿饮溪扪心自问，如果留在这里，以二十岁的年纪重新选择学医，自己愿意吗？

当年自己为什么学医来着？

因为父母都是医生，她从小生活在医院的家属楼里，左邻右舍也都是医生，父亲鹿鸣是肿瘤内科医生，也是牺牲在这个岗位上的，母亲顾明玉是胸外科医生，为了这个职业，几乎忽略了对家人的陪伴和关怀。

当年，她填报志愿时才十七岁，迷迷茫茫，懵懵懂懂，不知未来要做什么事，对各行各业的印象停留在书本和影视剧里，顾明玉说不要学医，她就偏偏所有志愿都填了临床专业。除了赌气，现在想想，应该是她潜意识里想了解这个行业，这个鹿鸣从事了一生的行业，顾明玉为此几近抛弃母亲、抛弃子女的行业。

来到这个世界最初的那几天，她也不是没想过逃离，但一来没钱，二来眷恋医疗环境，所以暂时留下了。

适者生存，她因为父母眷恋这个环境，却从未考虑过自己适不适合医疗行业。

她当真热爱这行吗？

不，不是，她仅是熟悉和喜爱，远远谈不上热爱。

若是热爱，她不会轻易离开。她离开后数年，年少时的书生意气、愤懑不平酿成了不甘心，喜爱也被那份不甘心稀释。若能以二十五岁的心智应对当年的事，她也许不会放弃学医，但让二十五岁的她重新选择学医，长久地待在这个行业里，恐怕她也是不愿意了。

附属第一医院的教学楼在内科楼背后，从外表看有些年头了，墙角种了爬山虎、紫罗兰。

下午，鹿饮溪帮简清送导师手册到医教科办公室去。

医教科的干事在电视、热搜榜上看过她，热情地留她喝了几杯茶，打探她上次在公园救人的事迹，还惋惜地感慨了何蓓生死无常。

鹿饮溪客气地寒暄了几句，正要离开，只见医教科的严主任拿着几张报告单从外面进来，神色阴沉。

他回到办公位上，抽出纸巾擤鼻涕，抹了一把后将纸巾丢进垃圾桶，纸上隐约带着血迹。

鹿饮溪放下茶杯，站起来打了个招呼，和医教科的干事闲聊一般："附属第一医院的肿瘤科在省内的名声都快超过那家肿瘤医院了，大家都喜欢来这里看病，春节、元宵都过完了，病人也变多了，要不是有实习生、规培生们帮忙，大家还不知道要加班到什么时候。不聊了，科里还有好多活，我先回去干活了。"

她特意提了句实习生提醒严主任。

干事站起来相送："慢走啊，下次再来喝茶。"

走之前，鹿饮溪隐约听到了严主任在办公室里说话："今年的实习生都不错，得让带教老师们好好培养啊。"

他的嗓门响亮，鹿饮溪微微一笑，疾步离开。

回到二区办公室，鹿饮溪问张跃："医教科的严主任，为人怎么样啊？"

张跃说："严主任可严厉了，不过办事很爽快，很多棘手的事他三下五除二就能搞定。"

正说着，张跃"哎哟"一声捂住脑袋，抬头一看，原来是简清拿了根笔敲他的脑袋。

简清把笔收回口袋，拉开椅子坐下，淡淡地说道："写病历，少聊天。"

张跃揉了揉脑袋："师姐，你那根笔我瞧着有点儿眼熟，是不是从我这里顺走的？"

简清："没写名字。"

张跃"哦"了一声，乖乖地写病历去了。

鹿饮溪顺手抽出笔一看，上面贴着"魏明明"三个字。

她微微一笑，拿着笔在简清面前晃了晃。

简清的眼珠跟着笔左右转动，然后，她看见了"魏明明"三个字。

鹿饮溪把笔塞回简清的口袋里："贿赂我，晚上吃麻辣小龙虾。"

简清点了点头，同意。

张跃凑过来问："贿赂什么？"

两个人异口同声地说："写病历去！"

傍晚，简清加班，鹿饮溪自己去操场慢跑。

跑完了十圈，她拿出手机和简清联系。

简清发消息过来说已经下班，先行去东湖桥头那家店打包麻辣小龙虾。

鹿饮溪抱着外套，低头回复信息："那我们在白鹭公园会合。"

东湖桥头在白鹭公园的东边，她从医院出发，能到达公园的西门。

西门最热闹，东门这边有一片围起来的东湖，大人怕小孩玩水时跌入湖中，都不让孩子到这边玩，冬季一般不开放，春、夏季会向游客开放，游客可以在湖上划船。

两个人开了实时地图，图上两个小红点互相接近，越来越近。

简清提着麻辣小龙虾的外卖认真走路，偶尔拿起手机看一眼那个小红点的位置。

小红点在东湖那边停下，没有再动。

简清走进了公园的东门，走着走着，远远望见了波光粼粼的湖面，又走近，看清了鹿饮溪的身影，嘴角不自觉地挂上了淡笑。然而，笑容持续不到三秒，她看见了湖边站着的一个中年男人，背影看上去十分熟悉。

她正待仔细辨认，中年男人忽然纵身跃入了湖中。

"严主任！不要想不开！"鹿饮溪喊了这一声后，望了一眼四周，有四五个观望的人，又看到简清远远跑来。

简清不会游泳……

鹿饮溪犹豫了几秒，看着在湖里扑腾的人，脱掉鞋子，丢下外套、手机，纵身跃入湖中救人。

初春的湖水冰冷刺骨，寒气渗入骨髓，鹿饮溪被冻得牙齿打战，紧紧咬着牙。到了水中，离岸前的犹豫尽数褪去，她拼命划水，朝严主任游去，心中只有救人这一个念头。

她在南方沿海地区长大，外表纤弱，小时候却和村里所有小孩一样，泡在村里的池塘、河沟里捉鱼捉虾，野蛮生长。长大了一点儿，她家在市里的医院附近，隔壁就是医学院，有免费开放的游泳池，每个夏天的下午她几乎都在游泳池里泡着，把仰泳、蛙泳、蝶泳、侧泳学了个遍。

湖岸上围观的几个人大声呼救，简清跑过来，趴在石砌的堤岸栏杆上眺望鹿饮溪的身影。

鹿饮溪游得很快，像一条灵活的鱼，直奔向在湖水中挣扎的男人。

简清紧紧攥住堤岸栏杆，看着鹿饮溪，心脏怦怦直跳，嘴唇抿成了一条直线。

她不会游泳，下水也无济于事，只会拖累人。

周围人群越聚越多，她眼中的慌乱之色只持续了几秒。紧接着，她迅速恢复冷静，转而组织围观人群脱下外套结成绳索。

严主任在湖水中浮浮沉沉，双臂胡乱挥舞乱抓。

不会游泳的溺水者一旦落水，出于本能反应，双手会死死抓住能抓住的东西，所以救人者绝不能从正面捞人，否则容易被溺水者抱住，难以挣脱，双双溺毙。

鹿饮溪游到严主任身边，避开他的身体前方，绕到他的背后，左手臂穿过他的腋窝，反扣住他的身体，以侧泳姿态将他拖到堤岸边。

适才他翻过堤岸的栏杆，纵身跃入湖中。

所幸这是人工湖，风平浪静，不起波澜，他跳下去后没有波浪推送，两个人离岸边不到十米，鹿饮溪划拉几下就回去了。

但是堤岸栏杆离水面有两米之高，鹿饮溪把人拖到了岸边，上不去。

一百米之外倒是有个阶梯式的入口，但她实在没有把握拖着一个人游一百米再上岸。

岸壁由方块形花岗岩砌成，表面凹凸不平。

鹿饮溪左手钩着人，右手试图攀附在岩块与岩块相接的缝隙上，但岩块常年被雨水、湖水冲刷，还长了些许青苔，摸上去滑溜溜的。

攀附不住，她只能依靠划水保持身体平衡，急得像只在热锅上团团转的蚂蚁。

岸上的简清连忙把衣服结成的绳索丢下去，几个围观的青年紧紧抓住岸上这头的绳端。

鹿饮溪拽住绳索，有了拉力支撑，她大半个身子挂在绳索上，完全腾不开手给人绑绳。

她要怎么把严主任送上去？

鹿饮溪正疑惑时，简清在岸上喊：“是活索，你套他的腰上。”

听到这句话，鹿饮溪拽着绳尾仔细打量，看清尾端打的是圈套结，直接套在人身上就行，用不着再动手绑。

她把绳索套在严主任的腰上，上面的人齐心协力，把他一点点地拽了上去。

没了绳索支撑，也没有人需要拖拽，鹿饮溪浮在水中，渐渐感受不到湖水的冰冷刺骨。

她被冻麻木了……

她想起从前寒冬腊月里，自己一个没成名的十八线小明星，拍一场落水的戏，跳到河水里扑腾，起来时也是这般四肢麻木得感受不到一丁点儿冷意。

四肢越发僵硬，牙齿还在不停地打战，她在湖里慢慢划着水。

简清在岸上居高临下地看着她。

鹿饮溪察觉简清的视线，担心自己现在这副模样太过狼狈，于是抹了一把脸上的水，露出一个笑容，朝着岸上的人大声解释：“我从小就会游泳，你别担心。”

简清目光深沉，面无表情地看了鹿饮溪几秒，转开视线，看众人解开严主任身上的绳索。

严主任双目紧闭，腹部鼓起，显然装了一肚子湖水。

溺水者的心肺复苏术与普通心肺复苏术顺序不同，普通心肺复苏术先进行胸部按压，再进行人工呼吸，而溺水者由于缺氧，施救者必须先清理口腔异物、开放气道、进行人工呼吸，再进行胸外按压。

解开绳索后，众人把他放到地上，简清摆好体位，伸手贴上他的颈动脉，发现还有搏动，再一摸，还摸到了一个滑动的肿块。

简清眼中闪过一丝讶异之色。

旁边有人拍了拍他的脸颊，很快，严主任就醒了过来，咳了几声，吐出一些水。

看来他被及时捞上岸，损伤不大，只是呛了些水。

有热心的围观者脱下大衣给他保暖。

“大叔，怎么这么不小心啊？”

"有栏杆隔着你咋还掉下去了呢？"

"是不是碰到什么事了啊？你千万不要想不开啊，有什么问题和家里人坐下来一块儿商量解决！"

围观人群三言两语地询问着，简清站起来，回到栏杆边，俯视水中的鹿饮溪。

栏杆边的人检查了一遍绳索，没发现断裂的地方，再度丢下绳索救人。

鹿饮溪把绳尾的圈套结套在自己腰上，抓住绳索，双脚抵在岸壁上，上面的人慢慢地把她拉了上去。

她一跨过栏杆，身子一歪，几乎瘫倒在地。

简清手疾眼快地扶住她。

她瘫在简清怀里，浑身湿漉漉地，抖作一团。

"要不要叫救护车来？"

"到医院去看看吧，附一就在附近。"

严主任摆摆手，又吐了一些水，说："不用……不用……我没事，缓过来了……"

他不想将事情闹大，不想让医院的同事知道。

简清捡起鹿饮溪先前丢在地上的衣服，给鹿饮溪裹好，同时问另一个落水者："主任，您现在是要我报警，还是把您家里人的电话号码报给我？"

严主任咳了几声，脸色苍白，说："我自己走回家。"

简清快人快语："没有这个选项，我联系警察，让警察送你回家。"

说着她拿出手机要拨 110。

"等等！"严主任止住她的动作，坐在地上喘了几声，犹豫道，"不要报警，我给你报电话号码……"

他报了妻子的电话号码。

他的妻子住在医院附近的家属楼里，骑着小电驴匆匆赶来，看到变成落汤鸡的严主任，急得哭出声来，扑上去拍打他，呜咽道："老严，你吓死我了！干什么突然交代后事一样把银行卡密码都发给我……还交代你藏私房钱的地方……你是不是干了想不开的蠢事？啊？"

人已经交接清楚，简清背起湿漉漉的人，起身就要走。

趴在她背上的鹿饮溪搂住她的脖颈，忽然用力拍了拍她的肩膀："等等，等等，我的麻辣小龙虾别忘了拿！"

围观的人见鹿饮溪成落汤鸡了还不忘吃的东西，哄然大笑，有人帮忙提起麻辣小龙虾递给她，免得简清弯腰来拿。

鹿饮溪接过东西道谢，和严主任告别："主任，我们先走了，有什么事您回家和您妻子慢慢商量，不要着急，有天大的事也得先填饱肚子，能活一天是一天，能吃一顿是一顿。"

围观的人也跟着劝解，严主任替妻子擦着泪水。

简清一言不发，背着鹿饮溪离开。

路上，鹿饮溪趴在简清在背上絮絮叨叨地说了一堆话，简清一声未吭。

"我看见你来了才跳下去救人的。"

"我有九成的把握可以把人救回来。"

"他选在傍晚时分，在人多的公园里这么做，一定是冲动性的，不是下定决心有计划、有预谋地自杀。"

鹿饮溪最后小心翼翼地问："你生气了吗？是不是怪我太冲动了？"

"没有。"简清面如寒霜，"见义勇为是好事。"

"那你……为什么不理我啊？"

每次生气她都否认，明明脸上都结了一层霜，能冻死个人。

鹿饮乖巧地说道："我知道惹你担心了，我以后会注意的。"

简清"嗯"了一声，没多说什么。

夕阳西下，余晖打在她们身上，拉出两条长长的影子。

两个人一回到家，鹿饮溪就被拽进简清的卧室的那间浴室。

简清说："脱衣服，泡澡。"

鹿饮溪看着浴缸："我今天才知道你这间浴室里有浴缸，怎么我那间里面就只有淋浴？"

简清解释说："你那间是客卧。"

"哦，客卧就降了一个档次啊……"

“别啰唆，进去，泡澡。”

鹿饮溪抓住湿漉漉的衣领，坐在浴缸边缘望向简清：“嫌我弄脏你的地板了？但是，你现在看着我，我怎么脱？”

她还一脸无辜地眨了眨眼。

“我没嫌……”解释了这句话，简清抱着手臂，眼珠转动，从头到尾打量了鹿饮溪一番。

鹿饮溪浑身湿透，几缕柔软的发丝贴在鬓边，小脸被冻得苍白，唇上无血色。

简清打量完了说：“也没什么好看的。”

鹿饮溪朝她龇牙咧嘴地扮了个鬼脸：“走，走，走，你走开！”

简清转身出去了，没忘记带上门。

浴缸边放着几瓶沐浴露、洗发水、身体乳、护发精华等东西，鹿饮溪一一看过去，挑了瓶泡泡沐浴露。

这个冰块居然喜欢这种能弄出一堆泡沫的沐浴露。

她挤了点儿沐浴露倒入浴缸中，放水，浴缸中升起热水和泡沫。

鹿饮溪在氤氲水汽中脱下湿透的衣衫，踏入浴缸躺下。冰冷的身体被热水浸泡，毛孔扩张，四肢百骸涌入暖意，被冻得僵硬的身子渐渐放松，鹿饮溪闭上眼睛，长舒了一口气。

热水蒸得她昏昏欲睡，她太过舒适了，险些就想躺在浴缸中小憩片刻，门口忽然响起“咚咚”的敲门声。

身子渐渐下滑的鹿饮溪蓦然惊醒，拍了一下水，激起一片水花。

她朝着门口喊道：“怎么了？”

门外传来清冷平静的嗓音：“送浴袍。”

她看了一眼浴缸中的泡沫，完完全全遮住了自己的身体。

“谢谢，进来。”

简清推门而入，把她的浴袍挂在墙钩上。

这个有洁癖的人见不得家里有半点儿灰尘，隔三差五就请家政阿姨过来打扫。她们从花鸟市场搬回来的绿植她却不肯假手于人，鹿饮溪忘了擦拭时，简清就自己动手。

此时，正认真摆弄绿植的简清看见鹿饮溪出来了，说："先喝汤。"

之前没感觉到饿，现在一听喝汤，鹿饮溪忽觉腹中空空，饥肠辘辘。

她"哦"了一声，乖乖地走去餐桌前。

麻辣小龙虾被带回来时已经凉透，简清重新翻炒加热了一遍，摆在桌上，香味扑鼻。

汤是味道极冲的姜汤，汤里是两个金黄的荷包蛋，姜味与煎蛋的焦香味糅合，颇有幼年家乡的味道。

小时候，她淋了一场大雨变成落汤鸡回家，外婆也会煮一碗姜汤，坐在灯光下，亲眼看着她将姜汤灌进肚子里。

心头涌起亲切感，鹿饮溪连忙舀了半碗汤，捞走其中一个荷包蛋，吃得津津有味。

桌上还有一道十分清淡的蔬菜沙拉，甘蓝、生菜、鹌鹑蛋、小西红柿，五颜六色，她看着就觉得赏心悦目。

吃人嘴软，拿人手短，鹿饮溪吃着这些食物，觉得自己很好被收买。

吃了几口，她发现桌上的菜似乎只有她动过，于是转过头问玄关那边的人："简老师，你怎么不吃？"

"就来。"擦拭完最后一片叶子，简清去阳台洗手。

冬去春来，家中绿植越发茂盛，枝枝蔓蔓，翠意葳蕤，一派欣欣向荣的样子。

简清说："小龙虾味道重，要来阳台吃吗？"

"好啊，你把那个躺椅挪开一点儿，搬两张小椅子出去。"鹿饮溪把餐桌上的菜一一端出去。

清风明月中，两个人在阳台上对坐着。

鹿饮溪灌了大半碗姜汤，戴上手套开始剥虾，边剥边闲聊："严主任想跳湖，为什么？"

简清眼中波澜不惊，淡淡地说："你都不知道的事，我也不知道。"

"少哄我，你肯定猜到了。"

"也许他是生病了，"简清稍加思考，"明天应该会来找我。"

"我猜，他是不是不想我们把他跳湖的事情说出去？"

"嗯。"

“我看他就不像是预谋自杀，一定是冲动了才想不开的。”

“我不会说的。”

“嗯。”

“明天我们好好劝他。”

简清还是“嗯”了一声。

鹿饮溪塞给她一只剥好的虾：“你多说几个字。”

简清“嗯”了一声，问：“汤会不会太辣？”

“不会，刚刚好，很好喝，不过我不喜欢姜丝，下次煮好后挑出去。”

“惯得你，不挑。”

鹿饮溪“哼”了一声。

简清倒了一小杯酒放在桌上，推到鹿饮溪面前哄她：“送你月亮。”

天上一轮皎洁的明月，投在杯中的酒水里。

鹿饮溪一口饮尽酒，也倒了一杯推到简清面前：“那我送你星星。”

简清瞥了一眼：“杯里只有月亮。”

鹿饮溪笑着说：“星星在月亮旁边，暂时看不见。”

她本是天上的一轮孤月，偶然间投影到了自己的杯中。

鹿饮溪莫名其妙地想起这么一句诗：愿我如星君如月，夜夜流光相皎洁。

第二天下午，严主任果然带着自己的妻子和检验检查报告来到简清的诊室里。

临近傍晚下班，简清让跟门诊的魏明明先离开，病区的鹿饮溪过来等她下班。

严主任夫妻俩看见鹿饮溪就冲过来握手感谢，要请她吃饭。

鹿饮溪笑道：“吃饭就免了，举手之劳而已，先看看主任是什么情况吧。”

跳湖前一刻，她确实犹豫过，要不要救人？是不是剧情中早已注定了的结局，她干扰了剧情会不会和上回一样莫名其妙地生一场大病？

可如果她不救人，良心上过不去，此后都会活在愧疚感中。

她不想再体验见死不救、被愧疚折磨的滋味。

如果救人是错，天道要报应她，那便是天道不公，不是她做错了什么。

简清接过严主任带过来的检验检查报告单，检验报告单中只有血常规、血生化、尿常规、甲功三项等常规血样检验结果，仅靠这些常规检验无法判断是否患癌。

简清问："主任，您怀疑自己是鼻咽癌？"

严主任并非医学专业出身，而是师范学院的马克思主义专业出身，进入江州大学附属第一医院的教育系统长达二十多年，在医院耳濡目染，对医学知识也有了一定的了解。

他说："我在别的医院做了内镜和鼻咽部的 CT 检查，虽然没有病理检查，但医生高度怀疑是鼻咽癌，加上我自己是有鼻咽癌家族史的，我爷爷就是因为鼻咽癌去世的。四十岁以后，我每年都会做鼻咽部的 CT，没想到还是中招了。"

简清接过检查报告单，两份报告单的结论都是：鼻咽部黏膜隆起，鼻咽 ca？请结合临床诊断。

"你颈部的那个肿块只有花生米大小，摸上去你会不会感觉疼痛？"

严主任说："有一点点的压痛感，一月出现的，刚好那个时候全院员工安排了年终体检，但常规体检发现不了这个，我自己去做了鼻镜，鼻涕也偶尔带着血丝。不瞒你说，人在大病来的时候都有感觉的，我就感觉活不过今年了……"

鼻咽癌初诊的患者，有不少是颈部无诱因出现肿物，最初肿物只有花生米粒大小，却没有引起足够重视，发展到摸上去有鸽子蛋大小了才来医院就诊。

简清说："不至于活不过今年，我看鼻咽部和颈部淋巴的肿块都不是很大，鼻咽癌进展比较慢，生存期比较长，你对治疗要有信心。"

严主任心灰意冷："癌细胞已经转移到肺部了，你看我二月份拍的胸部增强 CT 片，肺部也有磨玻璃状的结节。"

许多肺癌初诊患者，在影像报告单中，会出现"磨玻璃状结节"这个字眼，但其他一些疾病，诸如肺炎、肺泡出血、支气管炎都可能出现这个症状，不一定就是肺癌。

癌症的早、中、晚期划分依靠 TNM 分期，T（tomour），指的是原发部位肿块大小，N（node），淋巴结区域情况，M（metastasis），

M1/M0 代表有无远处转移。

若严主任的鼻咽癌的癌细胞当真转移到了肺部，那么就看作是 M1。

M1 的患者，直接被判定为Ⅳ期患者，即晚期患者。

简清一边打开查阅影像的网页，一边问："主任平时抽烟吗？"

医院里到处挂着禁止吸烟的牌子，但不少人还是偷偷抽烟。严主任的牙齿和指甲盖都是黄的，身上常年带着烟味，一闻就是老烟枪。

他说："抽了二十多年了。"

"早就叫你戒烟你不戒！该！"严主任的妻子用力拍打了一下他的肩膀，声音带着哭腔。

她的眼眶十分红肿，一看就知道哭了许久。

简清见惯了问着问着就哭起来的家属，也没停下来安慰什么，专注查阅影像资料，边查边问："以前有其他癌症病史吗？"

严主任说："没有。"

电脑显示屏上黑白图像滚动，左肺下叶有一个磨玻璃状的结节，直径八毫米左右。

不超过一公分的肺部小结节，医生大多嘱咐患者三至六个月随访观察，不会轻易开胸动手术。

简清放大那些结节观察，发现结节呈毛刺状，还有一根细小的血管贴在结节边缘。

简清招手让鹿饮溪过来看，指着小血管说："这个小东西在输送营养供养这个小结节。"

鹿饮溪小声骂它："吃里扒外的东西！"

简清淡淡地笑了笑。

毛刺状，有血管，加上严主任二十多年的吸烟史，这确实要考虑恶性的概率更大。

她调阅了严主任历年体检的胸部 X 光片，观察左肺下叶的那个小结节。

X 光片的清晰度远不如增强 CT，但她也能隐约看出，这个小结节三四年前就存在了，生长速度较为缓慢，可见不像是鼻咽部转移过来的癌，倒像是肺部原发的癌，且有可能是生长较为缓慢的非小细胞型肺癌。

当然，这只是她凭经验做出的一个猜测，而非实际诊断。

癌症的确诊依赖病理检查。

无数个细胞无规则地聚合在一块儿，形成了一个病灶。

所谓的病理检查，就是通过穿刺，或者手术中切下病灶的一块组织，送到病理科，由病理科的医生进行染色、切片，在显微镜下观察分析组织细胞的形状、分化程度，从而判断整个病灶是良性的还是恶性的。

如果癌症是身体里的叛军，病理检查就好比从一支疑似叛变的军队中揪出一列小兵抓进大牢里严刑审问，调查确认这一整支军队是否为叛乱分子。

简清又问了一些问题，然后总结说："主任，别多想，现在有两种情况：一是你猜测的，鼻咽癌晚期，伴颈部淋巴转移和肺部转移；二是鼻咽癌和肺癌，双原发的癌，但鼻咽部、颈部、肺部的肿块都很小，都有可能是早期的，治愈率很高。我需要进一步鉴别诊断。现在，你先办入院手续，我给你开些检查，明天上午安排多学科会诊。"

对严主任的治疗，她的上级和老师胡见君应该会亲自过问，她作为本院的首诊医生，需要有自己的判断，但治疗方案还不能确定，而是交由多学科团队商讨，然后再决定在哪个科治疗。

严主任夫妻俩站起来道谢，又为昨天的事谢了一遍。

严主任的妻子徐阿姨犹豫着说："小简医生，要不然还是让老严住 1 区去吧？"

简清说："胡副院长是整个肿瘤中心的负责人，但最直接管辖的还是二区。"

有时，许多病人来找简清看病，看中的不是她的实力，而是她背后的名师胡见君。

胡见君的专家号不好挂，他一个星期就坐诊半个上午，病人通常排一个月都排不上号。

名医不容易见，但名医的年轻弟子容易见，病人挂简清的号，被简清收治入院，最终的治疗方案，简清的上司胡见君都会过目，碰上什么疑难杂症，他也一定会出手把关。

严主任知道妻子的担忧，拍板说："我不搞特殊，今天来找小简医生就是相信她，就住二区！"

简清开了住院单，亲自带严主任夫妻俩去办入院手续。

一行人进入肿瘤二区时，值班的医生和护士无不讶异，纷纷围过来问情况。

简清吩咐张跃："张跃，你来办住院手续，这些资料你先拿手机拍下来，胡老师还没下班，我带过去给他看一下。"

张跃一口应下，搬了凳子让严主任夫妻俩坐下。

简清要去找胡见君，不方便带着鹿饮溪，便让她先回家。

鹿饮溪说："我在医院等你。"

简清说："那你先去食堂吃晚饭。"

鹿饮溪"嗯"了一声，拉开抽屉，往简清手里塞小面包："你也先吃点儿东西。"

简清撕开面包装，边走边吃。

夜晚的病区比白天安静许多。

严主任两鬓斑白，坐在椅子上复述既往病史、个人情况，妻子看着他，眼中泪光闪烁。

鹿饮溪又拿了几个小面包，严主任待会儿惯例要抽血检查，还不能吃东西，她就将小面包塞进严主任的妻子的怀里："徐阿姨，吃点儿东西垫腹。"

徐阿姨抹去眼中的泪花："好孩子，阿姨现在哪里还吃得下东西？"

癌症病人痛苦，家属心中何尝不是千疮百孔？

鹿饮溪说："阿姨，您现在更要保重身体。"

癌症不是患者一个人的艰难问题，而是一个家庭的困苦。

抗癌漫漫路，这场拉锯战才刚刚拉开序幕。

徐阿姨是个聪明人，听明白了鹿饮溪的话，没再推辞。

鹿饮溪又递给她一瓶牛奶，事无巨细地交代她住院要从家里带哪些物品来，医院的食堂在哪里，从哪些偏僻通道可以上肿瘤二区来，几点是电梯人流量的高峰期，高峰期电梯门口会设安检，一定要出示就诊卡才会被放上来……

听到最后，徐阿姨握着鹿饮溪的手，连续喊了好几声“好孩子”。

鹿饮溪在病区等了一个小时，简清才从胡见君那里回来。

一回来，简清就到严主任的床边和他商量：“主任，干部病房那里有几张空床位，胡副院长问你要不要转到干部病房去？”

肿瘤二区这里暂时腾不出床位，给的是一个加床号。

公立医院里各科床位皆有一定限制，每个地区设立多少床位皆由卫健委统筹安排，也许科里正规床位就四五十张，但需要看病的有几百人，为了尽可能满足这几百号人的就医需求，就设立了编制之外的加床号。

大多数病人不能住进病房，只能拉一张病床，在走廊上将就。

严主任摆手说：“住那里做什么？我就在走廊上睡，也挺好。你也不要为了给我腾床位去赶你的病人出院，我现在身体撑得住，比他们都好。”

简清点头称是。

回到办公室，简清走过去跟鹿饮溪说：“下班，回家。”

鹿饮溪在默背台词，闻言转过头问情况：“怎么样？是肺转移的晚期鼻咽癌吗？”

简清说：“不能完全确定，但和我猜测的情况一致，肺部那个有可能是早期的肺癌。”

双发癌是临床上相对较为少见的病例，但如果忽视了这个可能性，把某个部位的癌当成转移癌进行治疗，用错了治疗方案，极有可能会耽误病情。

严主任这是鼻咽癌还是肺癌，决定了后续的治疗方案，所以胡见君给她的首要任务是安排病理检查。

没有病理确诊前，医生只能通过影像资料和个人经验来判断情况，依旧有可能误判。

华灯初上，街上车水马龙。

从医院到马路对面回家的路，两个人走了许多遍。

有时两个人一前一后，有时并肩而立；有时鹿饮溪絮叨地分享白天的事，简清偶尔回应一两句；有时两个人都沉默，却不会觉得尴尬。

今天两个人并肩行走，鹿饮溪又在絮叨严主任夫妻俩的事："我听徐阿姨说，她和严主任是自由恋爱的，两个人大学时就背着父母、背着学校谈恋爱了，我记得他们那个年代的大学生是不许谈恋爱的……"

她说得兴致盎然，简清怕她过马路时不注意看路，靠近她，肩贴着她的肩，一起过马路。

"毕业后，严主任和家里人说谈对象了，想结婚，他的家里人不同意他和徐阿姨在一块儿，说徐阿姨祖上是地主，家庭成分不好，影响将来的前途，严主任就说'我不要前途，就只娶她'，被家里人指着鼻子骂没出息。没想到吧，严主任那样的人，年轻时也会为了爱情奋不顾身。问世界情为何物……"

简清没有跟着赞颂爱情，心想，短短一个小时，这人怎么能挖出这么多陈年旧事？

她一本正经地叮嘱："过马路，不要闲扯。"

两个人过了斑马线，将车水马龙甩在身后。

走在小区里，简清打量四下的风景。

初春，春风拂面，乍暖还寒。

枝条抽出嫩蕊，紫罗兰含苞欲放，她隐约嗅见了空气中的花香。

过往数年她未曾注意到的景色，今夜全部涌到了眼前。

上回她注意到春天到来，还是年少时，她牵着妹妹的手回家，妹妹摘了一朵细小柔软的花，小心翼翼地放到她的掌心里，讨她欢心。她嫌路边的野花被风吹雨打不干净，要丢掉，妹妹不让，抢过来攥了一路，回家后放到水里洗净、晒干，做成了标本再送给她。

她的妹妹阮溪，与她是截然不同的两种人，柔软、干净、善良、真诚，就像身边这个人。简清看向身边的鹿饮溪。

一出电梯门，目光落到家门口，简清愣住，敛了笑，停下脚步，眼中的柔和色彩尽数退去，转而充满戒备与冷意。

门口站着一个三十岁左右的女人，冷白皮，高个子，拎着一个名牌包，穿着一身剪裁得体的黑色小西装。

见她们回来，陌生女人的目光落在简清身上，然后又看向鹿饮溪，打量两秒，视线下移。

鹿饮溪也打量那个女人：妆容精致，眉眼狭长，鼻梁高挺，与简清的面容有三分相似。

陌生女人微笑着问："阿清，我等了你一个小时，不请我进去坐坐？"

稍显冷漠的面容，笑起来却如春风拂面，亲和感十足。

简清目不斜视地走过去，按下密码，打开门，也没说要不要请人进去。

鹿饮溪猜到这个女人是简清的家里人，进了门后，拿了双干净的棉拖鞋放在门口，请她进来。

门口的女人客气地颔首道谢，换鞋进门，站在玄关口，见她们脱下外套挂到衣帽架上，也脱下自己的西装外套挂好，才跟着走进客厅。

鹿饮溪主动让出空间，对简清说："长得和你有点儿像，是你姐姐吗？"

简清低声回道："算是吧。"

鹿饮溪："那你们聊，我进去补眠，昨晚没怎么睡好。"

简清"嗯"了一声后，接着对她说："晚上我煮夜宵，你起来吃一些。"

鹿饮溪笑了笑，关门进房，去浴室简单冲洗，换了睡衣，躺倒在柔软的棉被上，滚了两圈后，爬起来坐到桌前，拿过剧本背诵台词。

简清坐到沙发上，冷淡地说："有话直说。"

简晏跟着坐下，揉了揉站得发酸的脚腕："做姐姐的，来探望一下自己的妹妹，不可以吗？"

逢年过节她不关心，莫名其妙地来探望。

简清不拿正眼看她，依旧惜字如金："有话直说。"

简晏便开门见山地说："愿意回家吗？回来帮我做些事。"

简清直截了当地拒绝："不愿意，免谈。"

"你好好考虑考虑。"

"不用考虑。"

"阿清，虽然我们不是一个母亲生的，你也没喊过我一声姐姐，但我一直把你当亲妹妹看。爸爸现在身体不好，年轻一辈里，就剩我们姐妹俩相依为命，你不回来，我势单力薄，斗不过那些人的。”

简清置若未闻，剥了一颗橘子，捏着橘瓣，慢悠悠地吃着。

“说完了？”

简晏的神色瞬间冷淡下来，她“嗯”了一声，说：“完了，那我有空再来，你改主意了也可以联系我。”

她站起身，温和的语气变得刻薄起来：“对了，刚才那小姑娘，我看她和你的阮溪妹妹还挺像，眼尾那颗痣都一模一样，你该不会把她当成那个死去的妹妹了吧？”

简清面不改色地擦了擦手，站起来打开门，把外套丢给简晏：“出去，以后别来了。”

简晏收好外套，挂在臂弯上，卸下言语刻薄的姐姐面具，披上商业精英人士的皮：“那我在家等你的电话，你有空也回家看看老头。”

简清坐在床头，垂眸，在灯光下仔细打量睡梦中的人的容颜：黛眉朱唇，肤若脂玉，眼尾一点褐色泪痣，无端惹人怜惜。

她望着床榻上的人，心想，若阮溪要是活到这个年纪，眉眼长开了，也该是这般好看。

睡梦中的人眉头忽然动了动，细微的动静稍纵即逝。

简清将她的一举一动纳入眼中，默了片刻，诈说：“醒了？回房间去睡。”

鹿饮溪纹丝不动，气息绵长、平和，仿若陷入沉睡。

简清抓过她的手腕，手指搭上她的脉搏。

脉搏“突突”弹跳，越跳越快。

“还装？”

知道被揭穿了，鹿饮溪睁开了眼。

简清看着鹿饮溪的背影，有千言万语也不知道从何说起，想解释些什么，又觉得那些过往经历太过难堪，不想剥开。她习惯了沉默，便沉默相待。

鹿饮溪忽然转回身来，轻轻扯了扯她的衣角：“你以后不要做坏事，好不好？”

简清轻轻应了一声：“好。”

她没有问缘由，不清楚前因后果，只要是鹿饮溪的要求，她全应允了。

鹿饮溪笑了笑，起身盘腿坐在小床上，嘟囔着："我刚才做了个好长好长的梦，梦里的你，做了很多伤天害理的事，大家都在骂你，警察要抓你。"

简清问："你呢？"

"我？我不知道要怎么办，难过地哭了很久，恨你不争气。我不想包庇你，但又不想让你进监狱，就选择和你同归于尽……"

简清淡淡挑眉："大义灭亲？"

"亲？"鹿饮溪"扑哧"一声笑了，低下头思索了片刻，抬眸看着简清，认真地说，"在这里，你对我好，我感受得到，你是我唯一亲近的人，现在是，以后也会是。"

简清最后若真成了十恶不赦的坏人，她不假手于人，会亲手惩罚这个坏人。

简清坐下来喃喃地说："我不回去，就做一个医生，安分守己，治病救人，不做坏事，不参与权力斗争。这样你放心吗？"

她鲜少流露感情，平日也是寡言少语。

难得听她说了一句掏心窝子的话，鹿饮溪闭上眼睛，鼻子有些发酸，喜悦与酸涩之情糅合在一块，心绪复杂无比。

鹿饮溪久久不言，简清放开她，站起来笑了笑："回房间休息，我去洗漱了。"丢下这句话，简清转身出了书房。

第二日，医院。

桑桑前些天也住进来了，昨天化疗完毕，今天简清找她的家属谈话，叮嘱出院后要加强营养，注意锻炼，等病灶再小一点儿，就能动手术开胸把肺部的病灶切除了。她的父母是憨厚老实其貌不扬的农民工，就生了这么一个女儿，为了给女儿治病，花光了所有积蓄，欠了亲朋好友一堆债，但始终没放弃。

桑桑的妈妈拍着胸脯保证："放心，医生！我给我闺女吃好的喝好的，我就是上街讨饭，也要把她的手术费凑齐，治好她的病！"

其实若有希望手术，简清会带她向医院申请救助基金。

救助基金有限，一般只拨给治愈希望大的病人，很少拨给肿瘤科的病人，但桑桑年龄这么小，若有希望，简清一定会尽力去争取。

八字还没一撇的事情，简清不会给太多希望，简单安慰了一两句话，说了声："先这样，你们夫妻俩自己也保重身体。"

桑桑的妈妈见惯了简清的冷眼冷面，难得听到一句有人情味的关怀话语，怔了怔，连声应下："会注意的，会注意的，医生你也注意休息。"

"谢谢关心。"简清从角落里捞了两盒旺仔牛奶，"饮溪送给桑桑的，让我转交。"

"小鹿医生她人呢？"

"她快结束实习了，去拍大合照了。"

"哦，那下次来我们还能见到她吗？"

"说不准。"

"我闺女喜欢她喜欢得紧，我带我闺女过去看看她。"

"没事，她很快就回来，你们就在病房里等等，我让她过去找你们。"

在医院的实习即将结束，剧组的导演和宣传组、摄影组的人来医院探望实习的演员们，拍摄他们实习的花絮、合照，为医疗剧的宣传做准备工作。

这部剧里没有流量明星，主角都是科班出身的实力派演员，配角也大多是从影视学院海选或老师推荐的，氛围没那么浮躁，彼此见了面还可以喊一声师哥、师姐。

在医院门口拍完大合照后，鹿饮溪蹦跶着回科室找简清。

简清往她的口袋里塞了几颗奶糖："我去会诊，桑桑要出院了。"

离开医院，下次再见不知是什么时候，鹿饮溪捂着一口袋糖，去病房找小孩告别。

桑桑的妈妈正在收拾东西，准备出院，桑桑在穿衣服。

鹿饮溪走过去，把口袋里的糖都给了桑桑，只给自己留了一颗。

桑桑问："妈妈说下次来就看不到你了，你要去哪里？"

鹿饮溪说："我要去拍戏，等我的戏播出了，你可以在电视上看到我。"

桑桑咧嘴笑："你会成为大明星吗？"

鹿饮溪笑着说道："这个可说不准，有些人二十岁就成大明星了，有些人一毕业就改行了。"

桑桑问："我可以再遇到你吗？"

鹿饮溪点头："可以啊，你下次返院是什么时候？"

"下个月 15 号，还要来挂药水。"

"那我 15 号晚上过来找你玩。"

桑桑翘起尾指："拉钩。"

鹿饮溪勾住她的尾指："拉钩，骗人是小狗。"

把她们送到了医院门口，鹿饮溪挥挥手说再见。

他们都是再普通不过的老百姓，也许家境贫寒，也许其貌不扬，也许文化水平不高，但当苦难降临在他们头上时，他们善良、乐观、坚韧的特质，让无数人为之动容，也温暖了无数人。

他们渺小而伟大。

# 第十章 暂别

晚上，简清惯例在书房里忙碌。鹿饮溪着手准备收拾行李。

拍医疗剧的好处是，情节大多发生在医院里，剧组搭个摄影棚，室内拍摄就好，到真实的医院去都算是外出采景了。

郊区的地皮便宜，江州市的影视城就搭建在郊区，毗邻大学城，偶尔还有大学生过来兼职群演。

未来的三到五月，鹿饮溪的活动范围都在郊区，多数时间待在摄影棚内，其间天气由凉转热，行李箱中要收拾带走的只有春装，夏装她还没置办。

简单整理好了行李，鹿饮溪开始算账。目前她身上有一张简清给的银行卡，两个月时间，她花了五万，其中住院的费用占了一半以上，尤其是躺在 ICU 的那几天，花钱如流水……

想到医院那张出院费用清单，鹿饮溪捂着胸口，重重地叹了一声气，这个不争气的肺……

剧组的片酬将在二月底最后一天打过来，到时候她补上去，把钱还给简清。拍摄结束后，片酬结清，届时她在这个世界待了半年，靠剩下的钱再待半年时间，绰绰有余。只是，不知明年一月，剧情结束后，她能否顺利回到原来的世界？

鹿饮溪推开窗户，仰望着夜空思念远方。过了年，她有一部电影要上映，那是她拍的第二部电影，她第一次担任女主角。第一回拍电影时，她演了个小配角，侥幸拿了个最佳新人奖，激动得一晚上没睡着，把奖杯抱在被窝里，搂了一夜。第二天和师父说这事，师父嘲笑她没出息。

过了年，顾明玉就五十岁了，下个月的21号就是她的生日。她不喜欢过生日，五十大寿也许就自己煮碗面将就吃，根本不过，和往常一样在医院里忙碌，饿了就去食堂吃。

过了年，她的师父三十二岁了；她的师娘，也就是她的老板，三十三岁了。师父年岁比她老板小，却更老气横秋一些，也比老板更有人情味。老板最初只拿她当摇钱树，总喊着“快起来，去赚钱”。但如果没有老板帮扶，她哪里会这么轻松地就在圈里立足呢？

过了年，她的助理二十二岁了，一直忙得没时间找对象，经常在她耳边念叨，要她补偿介绍一个圈内的大帅哥……

现实世界里亲朋好友的面容一一浮现在鹿饮溪的脑海里，有些面貌清晰，有些已经模糊。

来到这个陌生世界将满两个月，她开始记不清现实世界里的人了。若是有一天她全忘光了怎么办？

鹿饮溪慌神片刻，找出纸笔，闭上眼睛在脑海里回忆所有人的面容。她不能忘记他们。她要趁记忆还清晰时，拿笔画下他们。鹿饮溪先从顾明玉开始。多年未见，血缘关系最近的人，反而是面容最模糊的那个。

鹿饮溪伏在案上涂涂画画。人像还未成形，门口传来“咚咚”的敲门声。

房门是敞开的，来人敲门只是礼貌性示意。

鹿饮溪抬眸望过去：“简老师？”

简清一声不吭地走进来，收拾起她的纸笔就走，鹿饮溪丈二和尚摸不着头脑，一路跟着她进了书房。

坐在书房里，鹿饮溪一脸蒙地问：“干什么？”

“到这里来画。”

“那可不行，我喜欢安静的环境。”

“这里不吵。”

鹿饮溪指了指她的机械键盘：“你的键盘声音大，会吵到我。”

简清被堵得无话可说，收回视线，面无表情地看着电脑屏幕。

鹿饮溪想起从前，自己总是被简清冷冰冰地嘲讽、嫌弃，如今自觉大仇得报，心里乐得开出了一朵花。

她二话不说转身出门。

简清看着鹿饮溪离开的背影，眼里涌上一丝失落。

不料一分钟后，鹿饮溪又回来了。

简清眼前一亮，视线掠过她，只见她怀里抱着饮料、零食，一股脑地堆在书桌上，一一摆好，与简清相对而坐。她摊开纸张，抬眸对上简清的视线，莞尔一笑：“画画没有零食哪行？”

简清一愣，随之嘴角勾起一丝微小的弧度。

平时简清去门诊坐诊，鹿饮溪极少跟去，大多数时间在病区里帮忙跑腿，或是在钢琴室里弹琴。

今天早交班完后，简清却和鹿饮溪说：“今天跟我去门诊。”

鹿饮溪想也没想，点头同意。

一旁的魏明明惊诧地问：“老板，有我一个人伺候你还不够吗？”

简清瞥了她一眼，没说话。

魏明明是简清收的第一个学生，专硕研究生，彼此之间相处除了师生关系，更像是关系好到可以随意开玩笑的同事。

专硕研究生侧重临床：临床经验丰富，毕业后好找工作；但科研稍弱，若想进一步提升学历，博士生导师也许会更青睐科研底子好的学硕研究生；想留在大型三甲医院，科研也是敲门砖。

为此，魏明明经常调侃简清：“老板，你得快点儿升上教授，拿到博士生导师资格，别人都不收我了，我就来找你，你得收下我这个开门弟子。”

鹿饮溪笑着调侃：“张哥也老说要收你当弟子。”

魏明明翻了个白眼，隔空送给张跃：“等那家伙升到教授，我怕是要等到退休被返聘。”

张跃是八年制，魏明明五年制毕业，两个人差不多同龄。

简清觑她一眼：“这么自信会被返聘？”

魏明明连忙狗腿地拍马屁：“那是自然了，您教出来的开门弟子，他们当然得抢着返聘。”

她既吹捧了简清，又夸了自己。

简清微微摇头，无奈地笑了笑，随即抬了抬下巴，指着诊室的门："开门弟子，去开门。"

诊室面积约十平方米，东西不多：一张检查的床、一条阻隔视线的帘子、一排放文件的柜子、一张放电脑的桌子、几张椅子、几面锦旗。简清坐在里侧，负责问诊、开药，魏明明坐在外侧，任务是学习、跑腿、写门诊病历。鹿饮溪给她们冲泡好咖啡，与魏明明同坐一侧。

清晨的阳光从窗户外面照进来，打在简清身上。她把如瀑的长发扎成了马尾，阳光照耀下，表面镀上了一层金棕色的光泽，尤为好看。

颜值太高的医生，患者会下意识地觉得不靠谱，所以每次坐诊她都会戴上口罩，有时还会戴个蓝色手术帽，遮住漂亮的秀发，不施粉黛，不苟言笑，提高患者的信任度。

今天没戴手术帽，她拉开抽屉，戴上一副无度数的黑框眼镜，减去些许清冷感，添了几分斯文儒雅气息。

鹿饮溪头一回见她戴眼镜的模样，"扑哧"一声笑了。

简清拿冷冰冰的眼神盯她，她连忙敛了笑。

肿瘤内科很少作为首诊科室，来门诊就诊的患者大多是术后、放化疗后的患者，住院患者的首程病历中，甚至可以免去鉴别诊断的书写。

第一个进来的是一名三十六岁的女性患者，姓张，独自就医。相对多数癌症患者来说，她还算年轻，但已经是Ⅳ期的胃癌患者，这次来复查。张女士精神状态特别好，心态也好，说话中气十足，条理分明，刚进来时，她们还以为她是替家人问诊的。

因为有不少外地的癌症患者确实经受不住长途跋涉，由家人带着检验检查资料过来咨询。

张女士说："我得了癌后，我家里人都不管我了，做完手术后，我听医生的话，慢慢吃药治疗，现在也活得好好的，我还每天跑步锻炼，去健身房健身。"

简清点头："心态乐观，确实对缓解病情有好处，但不建议剧烈运动。"

"运动不是可以提高免疫力吗？"

“它不是持续性提高，运动过程中的疲劳阶段，你的免疫力是降低的，其他疾病就会入侵。”

癌症患者，尤其是血液系统的癌症患者，免疫力低下，平时出入都会戴着口罩。

开了药和检查项目，魏明明敲写门诊病历，简清打印检查单，鹿饮溪把打印机吐出来的病历和检查单递给张女士，目送她离开，微微叹了口气。

张女士已经是癌症Ⅳ期的患者，癌细胞扩散开，即将走到生命的终点，就算这个节点她像一朵鲜花般朝气蓬勃，假以时日，病情爆发，她会迅速枯萎。

她才三十六岁啊！真是个可怜的人……

鹿饮溪不可避免地共情了，抑郁了好一会儿。

当年她也曾陪同一个年轻患者去做检查。

患者做增强CT/PET-CT（正电子发射计算机断层显像）前都需注射造影剂，需要家属签名方可注射，偏偏那个患者的家人赶不过来，患者就哀求她帮忙签字。

“鹿饮溪，去医教科帮我把导师手册拿回来。”简清指使鹿饮溪去跑腿，让她离开压抑的诊室，去外面散心。

鹿饮溪“哦”了一声，听话地跑腿去了。

简清微微摇头：“心肠这么软，还敢问我适不适合从医……”

魏明明说：“不就是因为她心肠软，你才这么喜欢她的啊？”

简清没有多说什么。最初，其实她是看鹿饮溪敏感脆弱，像张干净的白纸一撕就能碎，她破坏欲作祟，故意带鹿饮溪到医院来，想折磨一下这人，让鹿饮溪看看真正生不如死的人，闻闻血腥味、呕吐味、各种难以言喻的味道，听听患者和家属撕心裂肺的哭号，磨去鹿饮溪身上矫揉造作敏感脆弱的神经。谁知后来鹿饮溪性情突变，依旧敏感，却不再脆弱，还总是说些奇奇怪怪的话……

简清抬起手腕看了一眼时间，问：“下一个患者怎么还没来？再不来就喊下下个患者进来。”

“被堵路上了吧，那我切下一个号了。”

诊室门口的LED显示屏由“请02号进……”改为“请03号进入……”

医教科的职工组团去探望病房的严主任，办公室里只有两个留守的实习生。

鹿饮溪从一堆手册中翻找出简清盖好章的导师手册，拿走。

路上，她偷翻简清给魏明明的评语，什么“该生勤奋刻苦，态度积极……”一看就是网上复制粘贴来的，指不定还是让魏明明自己抄写的，简清就签个龙飞凤舞的名字。

回去她要嘲笑简清几句。

鹿饮溪一来一回，加上难挤的电梯，等到回去时，差不多过去二十分钟了。鹿饮溪拿着导师册子走出电梯，还没走到诊室门口，远远地就听见了激烈的争吵声。

“我挂的是2号，我的号在他前面，凭什么他先进去？”

“我带着我爸九点就来了，半天了还没看上呢！”

“你这个医生怎么回事，看不见吗？”

“服务态度这么差怎么能医好病人？”

简清的诊室门口围了一堆人，有个穿着黑色夹克衫的男人站在诊室门边，一边喊着，一边拍门。

鹿饮溪隐约听明白了，是因为排队叫号的事吵起来了。

门诊，尤其是急诊，时常会遇到不按叫号顺序插队看病的人，病人与病人、病人与医生之间难免发生摩擦。但肿瘤科这种情况比较少见。

鹿饮溪脱下自己身上的白大褂，摘下口罩，放入导诊台里，卷起简清的导师手册当病历本，打开手机开了录音，走过去充当排队等候的病人。

她凑过去问一个看热闹的大姐：“姐，这是怎么回事啊？”

大姐小声说：“这男的过号了，医生让别人先进去，他过来后等了一会儿，医生没叫他进去，他就发火了。”

诊室里的简清还在给其他病人开药、开检查项目，心平气和地跟门口的男人解释：“你跟我闹没用，医院规定，过号的都是排在最后面。”

夹克衫男人拿出手机，打开相机对着简清一通拍：“行，你不管是吧？我是 ×× 视频平台的大 V，有好几百万的粉丝，我现在就把你曝光到网上去，让粉丝和网友评评理。我爸身体难受，一直等到现在，外面的人一直插我的队，你也不管管吗？”

护士呵斥他：“别拍了，别拍了！不许拍啊！”

简清示意魏明明：“打电话叫保卫科的人上来。”

鹿饮溪做了个深呼吸，调整面部表情，撸起袖子，冲进人群，拿出演泼妇骂街的气势，亮起了嗓子：“你自己过号，搁这儿跟谁颠倒黑白揣着明白装糊涂呢？到底谁不讲规矩了？你九点来怎么了？我五点就起床，八点就在门口蹲着，出去上了个厕所回来就看见你在吵？你吵什么吵？有什么好吵的？你不看病我们还要看病！别耽误大家伙的时间！大家说是不是？”

她受过专业的台词训练，丹田发声，声音洪亮，一串话说得有腔有调，格外清晰，配上激愤的表情，激得沉默的人群由看热闹转为发声。

“对啊，别吵了，我们还要看病呢。”

“大家都不容易，你过号了就按医院的规定来。”

“你自己不守时，能怪医生吗？医生也是按规定办事。”

被众人围攻，夹克衫男人脸上一阵红一阵白：“我预约的是 2 号！早高峰路上车堵，我就晚了十分钟！凭什么就因为十分钟让我排最后？你们没迟到过啊？”

鹿饮溪高声反驳：“什么叫就晚了十分钟？你不知道医院里三分钟就可以救一条人命？你自己不守时凭什么浪费我们的时间？你的时间是金钱，大家的时间不是钱？凭什么要我们给你的过错买单？大家欠你的啊？你要真心想带你爸看病，知道早高峰路上堵，你为什么不早点儿起来？你搁这儿得罪了医生，医生还有心情帮你爸看病吗？你是不是成心想害你爸？”

男人说不过她，气急败坏：“你闭嘴！”

鹿饮溪不露怯：“我是病人，心脏不好，你不让我看医生，还要打我，我要是有个三长两短，我的七大姑八大姨饶不了你！”

人群中一个坐着轮椅的老大爷咳了几声，脸色极为难看，声音沙哑地喊道：“志刚，回来，别吵了！”

就诊高峰期，有不少保安在楼下设安检、维持电梯秩序，电话一打就上来了。

为首的一个保安拿出本子登记情况，劝说夹克衫男人："你要是有意见，我们就去保安室或者医患调解办公室和你解释解释，你不要在这里耽误别人看病，出了事大家都不好办，你说是不是？"

男的没吭声了，坐回椅子上，臭着一张脸。

护士遣散围观人群，简清在诊室继续看病。

鹿饮溪不得已也在候诊区坐了一会儿，继续假装是看病的病人。

魏明明发了一条消息过来："老板让你先回病区。"

鹿饮溪回复说："我先不回。"

她担心那个夹克衫男人待会儿又发飙，医生和护士都很忙，她要留在这里帮忙。想到简清的遭遇，她又很生气，泥人尚且有三分脾气，一个靠知识吃饭的职业，却低微到骂不能还口、打不能还手，唉！

她气呼呼地瞪了一眼那个夹克衫男人，男人也回瞪。

男人身边的老人家被气得不断捶胸咳嗽。鹿饮溪看着那个老人家，慢慢放软了眼神。咳嗽，老人家是肺癌病人？

咳嗽声愈来愈激烈，夹克衫男人喊道："你老盯着我爸看干什么？"

鹿饮溪怒道："你看你爸被你气成什么样了？他喉咙里有痰，你拿张纸给他！"

"要你多管闲事！"男人一边说，一边四下张望着找纸巾。

有个善心的阿姨主动掏出一包纸巾给他，他拿过来放到他爸嘴边，轻轻拍着他爸的肩膀："爸，没事吧？"

老人家头发花白，身子前倾，咳得面色通红，似是呼吸不畅，一直在捶胸，咳出来许多痰，痰中带着血丝。

这似乎是中央型肺癌的患者，会出现小量咯血症状。

鹿饮溪胃里一阵翻涌，连忙转开视线。

医院里人来人往，大家各怀心事，忧心忡忡，热闹过了就过了，诊疗工作最重要，只能在班后消化那些负面情绪。

忽然间，"扑通"一声，老人家从轮椅上摔了下来，匍匐在地，不断咯出鲜红黏稠的血液，血液中混有泡沫。

“爸！爸！你这是怎么了？”夹克衫男人连忙跪倒在地，想抱老人家起来，喂点儿止咳药。

鹿饮溪见到血，眼前一黑，忍住强烈呕吐的冲动，站起来大喊：“不要乱动，不要喂药，大咯血，放到地上躺着，头偏向一侧，防止人窒息！你不要学电视剧里的错误做法抱着他瞎嚎！”

胸部肿瘤病灶侵犯血管，血管破裂，造成大咯血，血液没来得及被排到体外，极容易引发呼吸道梗阻窒息，没有开展救治的情况下，病人只能通过咳嗽反射清理气道内的积血，所以绝不能服用止咳药物。

夹克衫男人见老人咯血，慌得六神无主，鹿饮溪吼什么他完全照做。

简清和魏明明听到动静，急忙从诊室里跑出来。

简清跪到老人身边，观察地上的血的颜色和杂物，简单判断是呕血还是咯血，一面检查老人的脉搏和是否出现窒息症状，一面指挥：“魏明明，叫推车；鹿饮溪，电话联系电梯调度，600016，到六楼来。”

老人吐了她一身血，她问夹克衫男人：“肺癌吗？左肺有病还是右肺有病？”

男人紧张得直哆嗦：“肺……癌，右……右肺！医生，我……我求你，救救我爸！”

患者出现大咯血症状，不能乱移动，不宜采取坐立位，不知道出血部位就平卧，有明确的出血侧，要采取侧卧位。

简清把老人摆成头低身高的 45° 俯卧位，面部偏向右侧，轻轻拍击他的背部：“别怕，别怕，把血咳出来。”她又和夹克衫男人说：“你冷静一下，我们现在要把他送到楼下的急诊科，你把病历找出来给我看，我问几个问题，你要冷静地回答我……”

魏明明和护士推着平车赶过来，众人合力将老人家抬上去，摆成右侧卧位，推送到电梯里。

医院的医用电梯装有固定电话，电梯里有专门的电梯人员，平时负责按楼层按钮、维护秩序、疏导人群，一旦有紧急情况，会调度电梯，关闭其他楼层的感应，避免走走停停，直达楼层，高效率运转病人。

简清和几个护士送老人家到急诊科，魏明明和鹿饮溪留守门诊诊室。

魏明明抓着鹿饮溪感慨：“小鹿啊小鹿，你隐藏得够深哪，今天我才发现你这么厉害……”

平日鹿饮溪都是一副温婉绵软、岁月静好，风一吹就能倒的柔弱小猫模样，没想到有这么凶悍泼辣的一面。

鹿饮溪试图拾起偶像包袱，温声软语，笑着解释：“那是为了保护你们……我一点儿不泼辣，刚才那个人不是真的我，是表演中的我，我就是给你们表演一个张牙舞爪、嚣张跋扈的形象，都是演戏。我演技好，你们看不出来，我那心也是‘扑通扑通’地跳，我好怕他打我……”

魏明明若有所思：“真的吗？”

鹿饮溪点了点头，神情严肃地说：“我也去急诊科看看。”

就诊高峰期，电梯走走停停或许还不如走楼梯来得快，鹿饮溪从门诊六楼跑到负一楼，穿过门诊大厅，到达了急诊科。

急诊科一眼望去全是人，人声鼎沸，摩肩接踵，鹿饮溪停步休息，扶腰喘气。鲜红黏稠的血液混合着泡沫，散发着血腥味……适才的画面不断在脑海中闪过，鹿饮溪胃中翻江倒海，她捂着小腹，口中似乎念念有词，试图转移注意力。

急诊科也有简单的分区，老人家大咯血，应该被送到了抢救区。

刚才那个名为志刚的夹克衫男人也跟去了，自己找到他，就能找到简清的大概位置。

鹿饮溪朝抢救区走去。

“妈，老爸突然吐血，医生说可能要做个手术，你现在到附一的急诊科来看一下……我也不知道……很多医生进去了……”

“喂，哥们，我老爸可能要动个急诊手术，你再借我点儿钱，我下下个月就还你，嗯，啊，这样，那没事……我再联系联系周哥……”

“老二，你再给我转点儿钱，今天要做的检查比较多，医生说老爸可能要做个什么微创介入手术……什么叫干脆不要治了？我就是把老家那套房子卖了也要治……多活一天是一天，你给我滚到医院来！”

夹克衫男人蹲在地上，戾气全无，头发杂乱，眼眶通红，一个接一个地打电话，低声下气地借钱，通知家里人过来。

他身上那件夹克衫穿得半旧，脚上的球鞋又脏又黑，手机是多年前的旧款……想来，他家的经济条件不是特别宽裕。

鹿饮溪找到他，见他这副模样，适才的怨气、怒气也消了大半。

生死关头，因摩擦而产生的负面情绪变得万分渺小。

夹克衫男人也看到了她，动了动嘴皮想说些什么，又忍住了，抬起眼皮瞧了她一眼就收回视线，像只斗败公鸡一般萎靡不振，继续打电话凑手术费。

他之前说自己是某视频平台的大V，有几百万粉丝，不知是真是假。如果是真的，那应该不会缺钱，也许钱都用来给父亲治病了。

这人性情或许让人讨厌，还算有颗难得的孝心。

鹿饮溪靠着墙壁，关了手机录音，也不理会他了，就守在抢救室外等简清出来。

如果那位老人家要动急诊手术，那应该是胸外科、介入科的医生过来，简清抢救完病人，交接了病情就会出来。

耽误了这么多时间，中午简清也需要加班，也不知还能不能回家休息。

十分钟后，简清穿着一身沾着血渍的白大褂出来，看见鹿饮溪，目光一顿。

医生的白大褂并非时时刻刻整洁干净，也不像电视剧里那般光鲜，医院十分抠搜，一年四季就发那么几套白大褂，每个星期都有阿姨来收，统一送去清洗消毒，洗个几遍就有些发黄发皱，内科不上手术台，有些不讲究的医生只要衣服不沾上血，就不送去洗，长年累月下来，那白大褂脏得跟什么似的。

简清爱干净，科室不给多发白大褂，她就自己去找到厂家定做了几套一模一样的，每隔两天就自己带回家洗、晒、熨烫，穿在身上干净整洁，没有一丝褶皱。

鹿饮溪看到她，微微一笑。简清无暇理会她，去和那个夹克衫男人说了些话，里面又出来了一个医生，带夹克衫男人进去谈话，签署手术同意书。

附属第一医院抠，急诊科可能没有多余的白大褂给其他科室的医生，简清还得回肿瘤二区换衣服。她一身血，不能去挤人多的电梯，就七绕八绕地绕到一处偏僻的，专门运送货物的电梯。

鹿饮溪在后面跟着她。货运电梯比较破旧，也没有专门的电梯人员守着，人迹罕至。两个人进了电梯，简清抽出口袋里的笔，用笔头摁下电梯楼层数。

鹿饮溪站在她身边，转过头凝视她的侧脸。她脸上没什么表情，眼神也是淡淡的，让人看不出喜怒。鹿饮溪转回头，看着不断跳跃的数字，轻声解释："我刚才……是在表演。"

她不能破坏自己的形象。

简清握起左手，指腹轻轻蹭那条长达五公分的疤痕，没说话眼里浮现浅淡的笑意，她问鹿饮溪："喝奶茶吗？"

鹿饮溪"啊"了一声："怎么突然要请我喝奶茶？感谢我吗？"

简清解释："医患纠纷，骂不还口，医务科奖励医生二十元。二十元，只够请你喝一杯奶茶。"

医生挨了一顿骂，就值一杯奶茶钱。

鹿饮溪"哧"地笑了一声，又是无奈，又是心疼。

她轻轻说道："好吧，下午再给我点，当下午茶。"

简清"嗯"了一声，没再说话。

换好衣服回到门诊诊室，简清继续看诊。

鹿饮溪不想再进去，就坐在外面，拿着纸笔描绘老老少少、男男女女的众生看病象，还勾勒了一张简清穿着白大褂看诊的素描图，上传到自己的微博上。

这一上午，简清没再外出，连趟上厕所的时间都没有，等到看完全部病人，已经到了下午一点了。

鹿饮溪叫好了外卖送到病区办公室里，三个人就回病区吃饭。魏明明边吃边和张跃说起早上的事。简清默默刷手机，一声没吭。她左手边的魏明明察觉一丝不对劲，凑过来问："我好像看到了微博的界面，您平时吃饭不刷手机的，这是发生什么大事了？"

简清毫不留情地伸手将魏明明推开。魏明明刚被推开，右手边的鹿饮溪又凑了过来："我好像也看到了熟悉的界面，哎——"

没等她看清，手机屏幕就暗了下来，被简清收进了口袋。

鹿饮溪好奇地问："你背着我偷看哪个小明星的主页呢？"

简清瞥了她一眼，没理她，专心吃饭。

鹿饮溪小声哼了哼，也不理她了，多吃了几口醋熘土豆丝。

中午没回家，在医院的值班室躺了一会儿，下午醒来，鹿饮溪走进办公室，发现严主任来了，值班室的人员纷纷围上去问好，关心他的身体情况。

简清趁还没上班、病人还没过来的这点儿时间，打开电脑审核病历。

实习生、研究生书写的病历不会直接归档，而是先提交到张跃那里，张跃看完，还得简清添上自己的电子签名，再登录胡见君的账号，主任医师查房那里需要添上他的签名。

他们这一组的组长是胡见君，他经常忙得见不到人影，签个字都要提前打电话问时间。简清从前是主治医师，底下的人都是她在带，住院医师、进修医师具体管床。

她一边检查审核病历，一边开启冷冰冰的嘲讽模式："十二床ICU转过来的患者，还能步行入室，能耐。"

"模板忘改了。"张跃连忙"噼里啪啦"地打字修改，嘿嘿傻笑。

简清："肿瘤被摸完整，谁摸完整的？张跃你摸完整的？"

魏明明看热闹不嫌事大，嘲笑说："哎呀，这是哪台电脑的输入法啊？怎么这么不正经？"

张跃汗颜："被膜，被膜，一定是看差眼了。"

简清："右肺散在小姐姐，小姐姐不放在心上，放肺上？"

张跃说："是小结节，小结节！我马上改过来。"

魏明明乐呵呵地说："你那键盘，一天到晚都在搜些什么东西，又是摸啊又是小姐姐的？"

张跃指了指魏明明："你少污蔑我啊，这可是内网电脑，我就算想上网搜什么东西也上不了啊！"

鹿饮溪看着他们拌嘴，笑了笑，心想，有这两个人在，简清在这里应该也不会太孤单。

夜晚，简清在书房里做课件，鹿饮溪坐在一旁看书，像只安静乖巧的小猫陪伴着她。看了一会儿，鹿饮溪凑过去看简清的课件内容，闲聊般问道："这是……你的《古代诗歌鉴赏》的选修课课件？'问世间情为何物，直教生死相许'，元好问的诗，我第一次看见，是在一本武侠书上。"

"什么书？"

"《神雕侠侣》，看过吗？"

"听过，没看。"

鹿饮溪笑着问："你的童年都不看电视剧和武侠书的吗？"

简清没回答。她的童年，在提心吊胆中度过。

鹿饮溪又说："改天我翻出来给你看看。"

简清老实地说道："不爱看书。"

"好吧，但简老师你这课件，可以加点儿学生更爱听的东西，这样文绉绉的一首诗放上去，他们可能不喜欢听。"

简清微微挑眉："我上课，他们都很认真。"

鹿饮溪莞尔一笑，心说他们那是冲着课来的吗？都是冲着你来的。

简清虚心请教："鹿同学，那你说怎么办？"

鹿饮溪说："加个小视频进去，有带这首诗的，我给你找，你再加点儿你们医学的特色，比如，网上那句经典的'问世间情为何物，不过是三种激素，苯基乙胺，多巴胺，内啡肽'，作为引导语。"

简清淡淡一笑，问她："以后想当老师吗？"

鹿饮溪说："我还真想过，以后我老了，没戏拍了，就去教书，但可能教不了，我的学历不够。"

现实世界里，她在大二就辍学去混娱乐圈了。

简清说："你要是想继续念书，就放心念。"

鹿饮溪笑了笑："我要是想读到博士呢？"

简清说："想去做的事，就去做。"

她会无条件地支持鹿饮溪。

"如果有机会的话……"人们总是喜欢畅想未来，鹿饮溪被鼓动了几分心思，若能回到现实世界里，未来她还想继续学习，不再选择医学，而是表演专业。她不能演一辈子戏，也不想在娱乐圈里待一辈子，将来就在校园里做个教书匠也挺好的。

简清看着鹿饮溪的笑容，轻轻说了一句：“晚安。”

鹿饮溪站在她的卧室门口，轻声回应说：“晚安。”

第二天，是鹿饮溪在医院实习的最后一天，严主任的病理报告也出来了。

原本附属第一医院的病理报告要一个星期才能出，但院内员工自然有绿色通道，电脑上的报告还没成型，病理科的主任就一个电话打到了简清那里：“鼻咽部鳞状细胞癌，肺部腺细胞癌……”

若肺部的病灶是转移癌，那么肺部也该是鳞状细胞癌，若不是，那就说明肺部是原发癌。

简清找到徐阿姨谈话：“是双原发癌，鼻咽癌对放疗比较敏感，需要转入放疗科治疗，肺部的病灶可以手术切除，明后天，我们还会安排一场多学科会诊，您和我们一块儿去。”

徐阿姨说道：“老严在附一工作了二十多年，他信任你们，我也相信你们，都听医生的安排，有什么需要我配合的工作我都配合。”

都说久病成医，短短两三天的时间，简清和严主任的妻子徐阿姨沟通时，徐阿姨已经能接上医生的话，把TNM分期、穿刺、放化疗说得头头是道。

前些天她还是在大庭广众之下拍打丈夫、流泪哭泣的妻子，如今她依旧眼眶红肿，却和许多癌症病人的家属一样，为了家人，为了对病情了如指掌，被迫学习、被迫吸纳那些肿瘤知识。有些老病号或是家中有病人的家属，医生查房时遇上学生支支吾吾答不上来的问题，他们都能笑着提点一二。

医患关系，有时家属是充当沟通桥梁的一个角色，当患者神志不清，卧病在床，或是面临紧急救治情况时，遇上一个条理清晰、情绪冷静、表述明确的家属，不仅是患者的幸运，也是医生的幸运。

实习的最后一天中午，鹿饮溪和简清带着水果去探望在肝胆胰外科住院的颜淼淼。颜淼淼坐在病床上，床上架着小书桌，她正在键盘上“噼里啪啦”地敲论文。

简清搬了把凳子坐下：“不要太劳累。”

颜淼淼唉声叹气道：“科研部那些人天天打电话催我，说上个月就该送到卫健委盖章的，因为我拖了大半个月了。”

鹿饮溪凑过去看，颜淼淼写的是三级诊疗、上下级医院转诊的课题。

颜淼淼捏了捏鹿饮溪的脸颊：“今天什么风把你们两个人吹来了？”

鹿饮溪龇牙咧嘴：“我要结束实习了。”

“大明星要回去拍戏了？记得给我介绍几个你们圈内的‘小鲜肉’。”

鹿饮溪揉了揉脸颊，说：“‘小鲜肉’没有，都是大叔级别的了。”

颜淼淼表示：“我看大叔演戏就够了。”

三个人坐在一块儿，聊了一会儿天，便告别回办公室休息了。

办公室里，张跃从小冰箱里拿出一个蛋糕：“小鹿啊，快夸一下张哥，不要让张哥这个蛋糕错付哦。”

魏明明骂他：“不要脸，是我们组的人一块儿凑钱买的六寸小蛋糕！你好意思说成你一个人的心意？”

两个人你来我往地斗嘴，简清洗手拆蛋糕，问鹿饮溪：“想吹蜡烛吗？”

鹿饮溪没想到还有这么温馨的一出，双手合十地感谢说：“不是生日，就不吹了，我要感谢一下——”

“不听。”简清直接打断她的离别感言。

鹿饮溪拍了一下脑袋，笑着自我调侃：“职业病。”

以前上台领个奖、剧组散伙时她都要发表些临别感言，感谢一下大家。

简清是不爱这套虚礼的，鹿饮溪老老实实地把她递过来的蛋糕吃完就行。

鹿饮溪边吃蛋糕边问简清：“你的生日是什么时候？”

简清说：“11 月 21 日。”

鹿饮溪“哦”了一声，心中有一丝窃喜：“我是 10 月 21 日，我们刚好差了一个月。”

医院里，来来往往的人很多，见习、实习生来了一拨又一拨，科室的人实在记不住太多名字，都习惯喊：妹子、小伙子、妹妹、那个谁，鹿饮溪凭着出众的外貌和勤快地跑腿，让所有人都记住了她，一整个下午，熟的、不熟的人都凑过来，说了几句告别保重的话。

大家不说还好，一说，鹿饮溪就感受到了浓浓的离别氛围。

傍晚下班，鹿饮溪竟还收到了一封匿名的情书。

简清冷冰冰地嘲讽："什么年代，还写情书？"

鹿饮溪背对着她拆开情书看，信中没有留名，对方知道两个人没有未来，只是想表达一份爱慕之心，感谢她当初的安慰和鼓励。

"我鼓励安慰过的人还真不少……这字迹是谁呢？"她没有一点儿印象。

简清手臂一伸，作势欲抢情书。

鹿饮溪绕开她，不给她看，收起情书叠好，解释说："人家匿名写给我，就是不想让我知道名字，偷偷放我包里的，肯定也不想让别人知道内容，就不给你看了。"

简清冷冷地瞥了她一眼："不稀罕看。"

夜晚，鹿饮溪收拾好行李，照常去书房陪伴简清。

简清还想继续冷着她，鹿饮溪委屈巴巴地说："最后一晚了，明天下午我要去剧组报到了。"

简清沉默片刻，问："东西都收拾好了吗？"

"收好了。"

"晚上睡觉要关好门窗。"

"嗯，我会每天和你说'晚安'。"

"有节假日吗？"

"没有，一旦开工，钱就'哗啦啦'地烧，不能停工。"

"钱还够用吗？"

"够。"

"明天下午我申请补休，送你去剧组。"

"嗯。"

简清又沉默下来。

离开与送别的心情，是全然不同的。

离开的那个人，有未知之处可以探索，有陌生新鲜的事物要接触；送别的人，驻留在原地，守着彼此的回忆。

鹿饮溪说："我帮你把昨晚那段课件做完，下次你上选修课，我去听。"

简清说："好。"

等到鹿饮溪完成课件，已是深夜十一点。

鹿饮溪去客厅倒了小半杯温水，简清站在卧室门口看着她，像是在等她说"晚安"。

鹿饮溪喝了水，走过去轻声道别："简老师，晚安。"

简清淡淡地回应："晚安。"

鹿饮溪回了卧室，洗漱，换上睡衣，躺在床上，睁着眼睡不着。

因为与简清的这段相识经历，她无数次审视自我，在现实世界与虚拟世界之间来回较量，二者孰轻孰重？

可惜这不是加减乘除的算术题，她无法计算出一个完全正确的答案。

第二天上午鹿饮溪起来时，简清已经去上班了。

鹿饮溪吃完早饭，把行李清点了一遍，然后去阳台上背了一会儿剧本。

中午简清回来，进门见客厅没人，愣了一会儿，去阳台上找人。

阳台上日光正盛，鹿饮溪挽起袖子，扎起头发，拿着剪刀，在阳光下给盆栽修剪枝叶。

剧本摊开着，被随意地丢在小桌子上。

简清一声不吭地坐下来，拿过剧本看。

剧本里有几个显眼的医学错误，她用铅笔圈了出来，标注上正确操作。

鹿饮溪察觉她的到来，朝她笑了笑，说："饭菜做好了。"

简清"嗯"了一声。

简清一页一页地翻剧本，翻到其中一页，微微皱眉："有吻戏？"

鹿饮溪在剧中饰演女二号，和一个男三号有感情戏，唯一的一场吻戏，是隔着口罩亲吻的一幕。

简清把“口罩”圈起来，打了个大大的叉，说：“错误示范，不卫生。”

口罩的作用是阻隔病菌，上面不知沾了多少肉眼看不见的脏东西，怎么下得去嘴？

鹿饮溪蹲在地上修剪枝叶，哈哈大笑。

“好——”鹿饮溪拉长了声音，站起来，走到水池边洗手，“我会和编剧、导演说的，现在先吃饭吧。”

吃了饭，两个人去阳台上晒太阳。

简清继续拾起剧本看，问鹿饮溪：“你们演员会因戏生情吗？”

鹿饮溪回忆了一会儿，说：“大家天天同吃同住同在片场里演戏对词，确实很容易日久生情，但我不会，我只会把他们看作是短暂的同事关系。”

她又不是第一次演戏了，知道怎么入戏、怎么出戏。

简清看着她，淡淡挑眉：“同住？你可以不用和他们一起住酒店，我给你安排好了住所。”

鹿饮溪没搭话。

她本想在今天把银行卡还给简清，顺便说未来搬出去住的打算，但现在说这些话倒像是要和人决裂一般，容易引起不必要的误会。

简清问：“有意见吗？”

鹿饮溪反问：“我能有意见吗？”

简清平静地回道：“不能，但你可以提建议。”

鹿饮溪柔声说：“我一个人住有点儿害怕，我想平时住在酒店里，同事之间有个照应，你来大学城时，我再过去找你，好不好？”

简清思索片刻，点头同意：“好。”转而继续问，“需要给你招个助理吗？”

鹿饮溪“扑哧”一声笑了，摇了摇头：“我现在不是什么大腕明星，也没有很多活动流程，每天待在片场里老老实实地拍戏就好了，就和你去医院上班工作一样，不需要助理。”

简清说：“我有助理。”

鹿饮溪想起来了：“对啊，你有科研助理，帮你做临床试验的，上次我帮你筛选的那个陈叔情况怎么样？现在他应该已经被注射过新药了吧？”

那段时间她在住院，没有亲眼看见他的用药过程。

“嗯，他成功入组，首次给药过了，目前还没出现什么不良事件。”

“那就好，希望新药对他有效。对了，你今天中午不午休吗？”

简清有午休的习惯，喜欢眯二三十分钟。

“我下午没班。”

鹿饮溪劝说：“那你也可以去休息一会儿。”

简清淡淡地说道：“我不困。”

鹿饮溪想起她的睡眠时间一向少，从前困得晒着头发都能睡着，哪里可能今天就不困了？无非是……

她是不是想，能多和自己待一会儿？

日光照耀下，暖风好似把人吹出了几分醉意，暖融融、飘飘然的，鹿饮溪转头看向简清。

简清盯着她看了一会儿，伸手遮挡住她的视线：“不要这样看我。”

鹿饮溪轻声问：“为什么？”

简清默不作声。

鹿饮溪把她的手拿下来，低头看了看，看见那道五公分长的疤痕。

鹿饮溪心中悔恨，轻声道歉说：“对不起，给你留下了一道疤，不知道什么时候才能消，我当时不应该……”

面对迟到了两个月的道歉，简清淡淡地说：“我没怪过你。”

鹿饮溪笑着说：“当然没怪，你直接报复了。”

其实也称不上报复，简清只是在她牙疼不能吃东西时，故意吃好吃的东西给她看，冷言冷语地嘲讽一两句话，故意气一气她。

简清对她，从始至终都有一种极为特殊的包容心。

鹿饮溪似有所觉，问简清：“我是不是长得很像你的某个熟人？为什么对我这么好？”

简清没有回答。

鹿饮溪道：“你不想说没关系，你给我一点儿时间，我有很多话想和你说，但现在不能说，等到明年一月我再和你说，好不好？”

倘若到了明年一月，她仍旧无法回到原来的世界，还要留在这个虚拟世界里，那她就决定在这个世界里好好生活下去。

简清眼里有笑意一闪而过，她点头应道："好，我等你。"

鹿饮溪也对简清笑了笑。

"这辆车给你用，我有别的代步车。"开车送鹿饮溪入住了银河酒店，简清把车钥匙递给她。

鹿饮溪抓起车钥匙，在眼前晃了晃："简医生，你不怕我卷款逃跑，你落得个人财两空吗？"

简清淡淡地笑了笑，没说话。

鹿饮溪知道，这是希望自己常回去看她的一种委婉的表达方式，没有推拒，轻声说："我晚上有空就开车进市区，载你去海边兜风。"

简清说："晚上有课，我先走了，你照顾好自己。"

"嗯，我送你回市区，然后我自己再开车回来。"鹿饮溪想去送她。

简清拒绝说："不用，我坐地铁回去。"

"那我送你去地铁站。"

这个简清没拒绝，从酒店到地铁站有一段距离。

送简清进了站，目送她的背影消失在人群中，鹿饮溪一个人回到车里，掏出手机，想问问简清坐到哪站了，手机键盘刚跳出，车窗便响起了"咚咚"声。

她看见车窗外那张熟悉漂亮的面孔，怔住了，疑惑地摇下车窗："简……简总？"

简晏摘下墨镜，露出得体的微笑："我就说这车牌号看着眼熟，小朋友，载我去银河酒店，好吗？"

她是简清的三姐，于情，鹿饮溪应该载她一程。

她和简清似乎关系不好，于理，鹿饮溪可以不载她。

鹿饮溪尚在犹豫，简晏又轻轻敲了敲车窗，告诉她："你们的剧，银河娱乐传媒是投资方。"

噢，简清是她间接的老板。

鹿饮溪不犹豫了，下车打开右后座的车门，礼貌地请老板上车。

按照商务礼仪，一般出行，领导坐右后座，随员坐副驾驶座。

简晏没进后座，绕到副驾驶座边坐进去，自己系好安全带，随和地说：“小朋友，我没把你当司机，只是让你顺路载我一程。”

她相貌出众，不说不笑时有种雷厉风行的冷厉感，一旦开口说话，却又给人一种如沐春风的亲和感，不知不觉中，就令人放松了戒备心。

鹿饮溪看着那张与简清有三分相似的面容，启动车子，问简晏：“简总出门也坐地铁啊？”

老板这么平易近人吗？

简晏重新戴上眼镜，气定神闲地摇了摇头：“我没坐过地铁，开车路过，看到了熟悉的车牌号，过来瞧一眼。”

车子驶出几百米，鹿饮溪发现后头有辆迈巴赫 62S 一直跟着她们。

千万级别的豪车，她多瞧了几眼后视镜。

简晏察觉到她的动作，解释说：“后头的人是我的司机和助理。”

鹿饮溪挑了挑眉：“您不坐您的迈巴赫，跑来坐奥迪？”

简晏笑了笑，问：“喜欢迈巴赫吗？我送你一辆。”

鹿饮溪猜不透对方要玩什么把戏，摇头拒绝：“谢谢简总，我挺喜欢这辆黑色小奥迪的。”

简晏戴着墨镜，微微转过头打量着鹿饮溪，问：“你不敢收？怕什么，我说送你就是送你，不需要你做什么事。”

墨色镜片遮挡了她的眼神，鹿饮溪单方面被打量，犹如最初来到这个世界的夜晚，她被简清逼在窗边冰冷地审视。

这姐妹俩的想法，鹿饮溪都揣摩不透，只好继续拒绝说：“谢谢简总，无功不受禄。”

何况她们还非亲非故。

简晏歪头笑了笑，亲切地问：“几岁了？”

“二十岁，简总，您叫我小鹿就好。”

别总小朋友、小朋友的，她被叫得起了一身鸡皮疙瘩。

“二十岁……”简晏若有所思地点了点头，“小了五岁……”

鹿饮溪没听明白，“嗯”了一声，问：“什么？”

简晏轻声重复：“你比她小了五岁。”

"她？哪个她？"

简晏意味不明地继续说："这些事，你应该去问你的阿清姐姐。"

鹿饮溪若无其事般地"噢"了一声。

她这话是什么意思？问简清？简清瞒了自己什么？

鹿饮溪沉默了，好一会儿都没再说话。

简晏主动挑起话题："我比你大了十五岁，你也可以叫我一声姐姐。你会叫阿清姐姐吗？"

鹿饮溪扯了扯嘴角："简总，别开玩笑，她不是我的姐姐，我叫她姐姐做什么？"

副驾驶座头部前方的遮阳板上安有一面化妆镜，简晏扒拉下来，一边照镜子一面补妆，问身侧的鹿饮溪："小朋友，你觉得是我好看，还是你的阿清姐姐好看？"

鹿饮溪瞥了她一眼。

这姐妹俩，一个像国色天香的牡丹花，雍容华贵，一个像凌寒独自开放的梅花，清冷自持。

明知这样说更讨人喜欢，鹿饮溪却偏说："简总您很好看，可简医生那样的，正好撞在我的审美上了。"

简晏把化妆包收进手提包，温和地笑了笑："我就知道，你们这些人，不是看上了她的家世，就是看中了她的相貌。她现在能给你什么资源呢？代言？电影？电视剧？她什么都给不了，但你想要什么，我都可以给你。"

鹿饮溪实诚地说："我想要回家。"

她想回到她原来的现实世界。

简晏没料到是这个答案，愣了一下，嘲讽道："还没断奶？"

她嘲讽人的模样，与简清倒有几分相似之处。鹿饮溪微微摇头笑了笑。

简晏："对了，剧组的编剧担心医学内容不够专业，想找个医生当顾问，你有没有推荐的医生啊？"

鹿饮溪："啊……我不太清楚，不过医生都很忙，哪有时间来剧组？"

简晏微笑道："我倒是可以找一个，就算不给钱，她也愿意来。"

"谁会这么傻呀？"

简晏的脸上依旧挂着笑容："她不仅傻，还是个疯子呢。"

鹿饮溪不以为然地说："简总别开玩笑了，疯子能当医生？"

"她现在不疯，以后可就说不准了，她们家有遗传的疯病，她的外婆是个疯子，她的妈妈也是个疯子，现在还在精神病院里被关着呢。她这个人，明知自己将来可能犯病，还去做那些事，你说她是不是很缺德？"

她说的是……简清？

鹿饮溪冷下脸："你又是哪门子的大善人？酒店到了，简总，你下去吧。"

简晏还是笑道："我还真是大善人，每年慈善晚宴，我都是捐款最多的那个人……别这么严肃，难道你不想知道她的妈妈为什么发疯吗？她的妈妈就是被她害的……也和你，哦不，和你长得很像的那个人有关……"